ERONA
THE NOVEL

登場人物紹介

Characters

クラウディア・コンスタンツィ

王国騎士団の中でも精鋭揃いのサヴィーナ騎士団を率いる女騎士団長。王国始まって以来の剣才と魔力を持ち、貴族としての美貌と気品も備えた才媛。

アレックス

クラウディアの幼馴染で彼女と共に歩みたい一心で騎士を目指した努力家。クラウディアには及ばないものの騎士団に属するだけの実力を持つ。

ゲルドロリックス

オークの王を名乗る変異体。オークの強靭な肉体に人間を超える知能を有し、高度な魔法を操って根城の周辺を荒らしている。

序章　世界と現実

——かつて世界は平和だった。神の恩寵と豊かな自然、そして優れた上位種たちによる素晴らしきこの世の楽園があった。

人や獣の住む現世《うつしよ》の世界、現界。

数多《あまた》の精霊たちの住む幻《まほろ》の世界、精霊界。

この両界を自在に行き来できる遥かな上位種、エルフ。人に似た姿形であり優れた叡智と力持つ彼らは、精霊界を故郷としつつも現界へと降り立ち、無軌道に生きる人や獣らを統治し導いていきた。

「はぁ、はぁ……どうして、こんなぁ……ッッ……！」

神に愛されし種であるエルフは眩《まばゆ》いほどに見目麗しく、真珠のごとき白い肌と長く尖った耳を持つという。

彼らは叡智と、奇跡にも似た術や秘儀でもって世界に平穏と調和をもたらした。人や獣の住まう現界は長らく未開の地であったものの、エルフらの導きと統治によって幸福と繁栄とを確約されたかに見えた。

「よせ、また、胸ぇッ……ぬるぬるの舌なんかで、舐めっ、くひぃ……！」

そのエルフらが、ある時期を境にして姿を消したことは、人類史において約１５００

年前と、はや久しい。

彼らがいずこへと旅だったのか。何故、現界から去ったのか。

残された人も、獣も、鳥も、知る者は一人としていないと言われる。

知り得たのは、彼らが去り行く少し以前から、亜人と呼ばれるデミヒューマンらが世界を闊歩《かっぽ》し始めたということであった。

「やめろぉ、はぉぉ、胸っ、唾でベトベトにぃ……！」

――じゅるるっジュル、ぶじゅるるるヅジュッ！

現界に残された人間たちは、敬うべき統治者を失うも各々の力で新たな秩序を作っていく。

国家を形成し、社会を築き法を打ち建て、独自の文化なるものを世界へと広げていったのだ。

彼らは未成熟ながらも独り立ちしたのだ。決して容易《ようい》な道のりではなかったがエルフが残した知恵を駆使し、教え授かった魔法をも利用して新たな平和を築き上げたのだ。

「じゅるっヅジュルヅルルッ――そんなものは見せかけだけのハリボテよ。なあ、そうは思わんか、クラウディア？」

しかし人の世の平和など、所詮《しょせん》は歴史のひと幕にすぎぬ。脆き砂上の楼閣も同じ。

そのことを彼女は、是非もなく痛感させられつつあった。

「はぁ、はぁ、胸ぇ、乳首だめぇっ……吸われて、伸びてぇ……ひぃぃ!?　ま、股座《またぐら》に、硬いモノがぁ……ッッ！」

半ば破れて役に立たぬ衣服、鮮やかな深紅の騎士装束が局部への刺激に怯《おび》え慄《おのの》く。

股座をずりずりと下からこするのは太腿にも匹敵する太さの肉の棒。長さとてゆうに30センチを超す、おぞましいほどに黒光りする男根だ。

その人外候の凶悪な巨根に下着なき局部を傲然《ごうぜん》とまさぐられ、薄暗がりの中、彼女は恐怖に大きく身震いする。

「ぐぶぶ、そう怯えるな。今日も楽しもうじゃないか、ええ？」

「誰が、楽しむなんてっ……ひぃぃだめ、硬いのがずりずり当たってくるぅ⁉」

幾度も身を捩《よじ》り暴れる様は、紛《まが》うことなく被陵辱者のそれである。据えたにおいの渦巻く地下室は、まさしく虜囚のためのそれだ。

されど騎士であるにもかかわらず、彼女に抗《あらが》う術は――抗う気配は、微塵《みじん》もなかった。

「この、卑怯者め……どんなに身体をもてあそんでも、心はお前に屈しなどしない……ッ！」

彼女の濡れた青い瞳には、言葉とは裏腹に確かな意思の揺らぎがある。

――どうして――どうして、こんなことに――？

女は自らに問いかけるも、あるべきはずの明確な回答は、なぜか遠く、部屋と同じ薄暗がりに隠れている。

否、違う――身を裂くような凶悪なる悦楽に、今なお次々と齧《かじ》られ削り取られていくのだった。

「ひぃ胸いじりながらっ、マンコっ、ずりずりしてぇ……！」

「ぐぶぶ、いやらしいおっぱいを可愛がっただけで、もうこうも濡らしおって」

巨根相応か、あるいはそれ以上とも見える巨体が、でっぷりとした腹を女の背に乗せ、獣に似せた交尾の姿勢を取る。

「そぅらいくぞ、びしょびしょになったスケベマンコを今日もたっぷり可愛がってやる！」

「ひぎいっ、あッあぁああ♥」

ずぶりと肉割る音を立てて、人外の巨根が膣の裂け目へと潜り込む。

その人間の若い女はたちどころに嬌声《きょうせい》をあげ、肉筒を浸す巨大な快楽から逃れんとして丸尻を揺すった。

「はぁん♥　んん♥　ひぁぁあン♥」

――パン！　パン！　パン！　パン！

――グポッ！　グポッ！　グポッ！　グポッ！

交尾然とした雄々しい腰打ちの衝撃に、しなやかな背筋がしなり、汗を吸った長い髪が篝火の灯を受けて煌き揺れ躍る。

四つん這《ば》いにてがむしゃらに絡み合う、まさに野生の獣の情交。

たっぷりとした豊かな乳房をなおもぐにぐにと揉みしだかれる最中、女は今一度、己に問いかけた。

（なんで……どうして、王国一の剣士と謳われた私が、オークのチンポなんて挿入《い》れられているのぉ……？）

何故己は犯されるのか。醜き亜人などに汚されているのか。剣も鎧も手元になきまま尻たぶを掴《つか》まれ貫かれ続けるのか。

悲壮ながらも甘ったるい悲鳴が部屋中にキンキンと木霊する中、懸命に記憶の糸を辿る。

そう、あれは祖国でのこと。騎士として命を受け、亜人討伐目的で出立し——深き森に聳え立つ古城を、ここを訪れて、それから——

「ぐぶぶ、いい具合だ、さすが王国一の剣士、私の目に狂いはなかった」

「ひぅ、いひぃ♥　ふぅう、んんンッ♥」

そこで思考はすぱっと寸断され、解を得ぬまま女はなおも甲高く鳴いた。桜色の髪を幾度も波打たせ、腸すらをも打ち叩く剛直を濡れたヒダ肉で一心に撫で回す。溢《あふ》れ出る蜜ごと啜《すす》るかのごとく、ずるずるグポグポと音まで立てて。

陵辱という名の激しい交尾により、膣は熱し感覚は溶け、膨張を繰り返す下腹の奥は淫らな愉悦に染め上げられていく。思考が塗り潰され記憶が揺らぐ。相手の牡もまた射精へと突き進み、是非もなく高まる女の肢体が引きずられるように頂へと駆けていく。

——世は平穏だった。平穏であったはずだった。エルフたちからの庇護を失い地上の楽園から遠ざかろうとも、拙《つたな》いなりに人は自立し国々と騎士たちの活躍のもと、平和を築き未来へと歩んでいたはずなのだ。

しかれど今、女の身に降りかかる厄災は、それをせせら笑うかのごとく、着々と追い詰め、塗り潰さんとしてくる。

なぜ、こうなったのか。何があったのか、己はどうなったのか。

そしてなぜ、こんなにも、気持ち良くなってしまっているのか。

女は犬のように吐息を弾ませ、差し迫る頂点からどうにか逃れんと己に問いかけ、もがき続けた。

「ひぃい、いひぃん♥ だめ、いひぃだめぇチンポすごいぃ、イギたくないのにぃ、もおイクッ、イッちゃだめなのにまたッ、おほおおお～～ッ！」

やがて肉棒がびくびくと脈動し膣奥《ちつおく》で激しく暴れ始め、あたかもそれに呼応するようにヒダ肉がぎゅるぎゅると目まぐるしくうねる。

口元は卑しくも愉悦に緩み、嫌悪を宿すべき青い瞳が恍惚《こうこつ》に彩られ半ば裏返る。

豊満な肉体は抗う思惟もなく、押し寄せるその瞬間に備え、ただ尻を振り、哀れにのたうった。

「ふぅ、ふぅ、さあイクぞ、そろそろだ、存分に子種を注ぎ込んで盛大にイカせてやろう！」

「いひぃいんだめぇ、精子だめ、精子ナカだめぇッッ～～～いひぃいぃいいいマンコいっぐぅうう～～ッ♥♥」

――ドクッドクッどぷどぷどぷどぷぅ～～ッ！

――ビクッビクッ、ぷしゃあああッッ……！

膣奥で暴れ熱放つ巨根と、入り口を窄《すぼ》め濁った潮を噴出する陰唇。

世にもおぞましい亜人の体液を胎に浴びせかけられる中、女は――王国騎士団長クラウディアは、白目を剥《む》くほどの甘美感の奥に、己が過去をようやっと見出した。

(そうだ、った……私、このオークの策に、まんまと……)

それはたかだか日数にして、ひと月にも満たぬ直近な過去。

だとしても今の彼女にとっては朧にして遥かな遠い記憶。

思い出すこと自体が困難を極める、世にも恐ろしき物語の始まりなのであった。

1章　悪夢への序曲

コルヴィア王国。それは700年もの歴史を誇る、由緒ある王政国家のひとつであった。人が築いた国家群においても取り分け法整備の行き届いた堅牢な法治国家である。王政であり、緑豊かな富んだ国であり、隣の大国アグナイアスとは王子と当国王女との婚姻も決まっている。国家間の繋がりも盤石な、名実共に秀でた国家に相違なかった。

　真偽のほどは定かでないものの、建国にあたっては、かのエルフ族までが携わったという。いかな理由でか現界より姿を消した上位種。コルヴィア王家は彼らの血族、正当な認知を得た後継者の末裔とまで謳われた。

　事実王家の者は皆、魔法を操る業に優れる。上位種が残した最たる叡智を民草以上に扱うがゆえにこそ、その威光は健在であるとされた。

　しかして世は平穏ならず。国家間の諍いばかりか、野盗や蛮族、その他自然界に潜む脅威らと常に相対《あいたい》せねばならなかった。

　ことに人々を悩ませるのが、山林などに稀に出没する亜人と呼ばれるデミヒューマンどもである。

　それら亜人はゴブリン、オークといった種があり、多少の差異は見受けられど一様に不気味で醜悪な容姿を持つ、半人型の怪物であった。

同族間の諍いもさることながら、これら亜人どもに人間種は手を焼かされてきた。エルフが現界を去る間際に突如として現れたとされる彼奴らは、人や家畜を無作為に襲い、痛めつけ、食らい、女であれば劣情をぶつけ、悪逆の限りを尽《つ》くしてきたのである。

それら驚異を退《しりぞ》けるべく各国家が武装するのは、至極当然の成り行きだった。

王立騎士団、四大隊のうちのひとつ。筆頭第一隊、《紅の剣》ことサヴィーナ騎士団。

それが当コルヴィア王国の誇る精鋭部隊の名であった。

騎士の団と名乗るだけあり一般兵卒とは異なる人材の集いである。鎧具足を身に纏《まと》い剣や槍を振るうばかりではない。エルフが残せし魔法の技をも武技として扱う、国家防衛の要となる一団である。主な任務は専ら亜人どもの討伐で、外の脅威から都市や近隣の街を守っていた。

そして、サヴィーナ騎士団の長の座を預かりし紅一点。

それが彼女、クラウディア・コンスタンツィであった。

「逃がさない、人々を襲う醜い亜人どもめ！」

「グギギッグイイイエエエ！」

聞くに堪えない悲鳴と共に、血しぶきをあげてゴブリンが地に倒れ伏した。

「団長、援護します！」

「必要ない、ここは私が持つ。市民の救助が最優先だ！」

レンガと石畳の街並みの中、さっと愛剣にひとつ血振りをくれ、檄を飛ばす口調で指示する。

「手空きの者はゴブリン殲滅《せんめつ》にあたれ！　一匹たりと逃がしてはいけない、逃げた奴は森に潜伏し再び街や村を襲う！」

白銀の胴鎧と籠手、深紅の騎士装束に身を固めし女性であった。

歳の頃は20かその少し前。二次性徴をきっちりと終えた、適齢期のうら若き女である。

背中にさらりと流れる長髪は桜の花のごとき淡い色彩。凛とした表情を象る眼はつぶらで形良く空の色。陶磁器のごとき白い素肌は今は戦意に高揚しほんのりと上気の色が差す。

総じて美しい娘であることは遠目であろうと疑いなかった。否、その形容はいささか足りぬ。その美貌《びぼう》を近くで見れば思わず感嘆のため息が漏れるであろうから。

「住民の避難、終わりました。ゴブリンは西に向かっています！」

「よし、これより追撃戦に移る。一匹たりとも残さない、見失うな！」

「「「ハッ！」」」

騎士団長の命を受け、団員の騎士たちが一礼の後、ざっと踵《きびす》を返して駆け出す。

彼らの背中をしばし見送り自身も愛馬にて追わんとしたところで、最後まで市民の避難に従事した、一人の若い団員に声をかけられた。

「団長、遅れました！　すぐに向かいます！」
二、三歳ほど歳下の、まだ少年といっていい男だった。身長体格ともそれなりだが顔立ちには未だ子供のそれが残って見えた。

「にしても……さすがだね、クー姉。単騎で飛びこんであっという間に五匹もだなんて」

駆け足で近づきひと息つくと、チラと人目がないのを確認し、その少年は小さく笑う。

騎士団長たる美女クラウディアは、軽く吐息を漏らし、目を閉じ眉根を中央に寄せる。

「場所をわきまえろアレックス。ここは戦場で私は騎士団長、お前は騎士。団長と呼べ団長と」

「す、すみません、クラウディア団長」

クラウディアは眉間から力を抜き、炎のごとき紅玉を持つ愛用の長剣を鞘に納める。

と、相手の視線が若干泳いでいるのに気づき、愛馬の手綱《たづな》を握る傍ら、胡乱《うろん》げな表情を向ける。

「――何？　じっと見たりして」

「え、あ、いえ、その……」

「？　？　…………ッ……!?」

彼女はしばし訝《いぶか》った後、彼の視線を自分の目で追い、胸元を見てカッと頬を赤らめた。

「な、何を見ているのアレク!?　こんな時に！」

「え、あ、違う、そうじゃないって！」

クラウディアが胸元を手で押さえると、少年アレクこと騎士アレックスもまた焦った様子で頬を赤らめる。

「違うんだ、あ、いえ違うんです、誤解と言うかなんと言うか……！」

「～～まったく、色気づいちゃって……さあ、私たちもみんなを追うわよ、乗りなさい！」

「う、うん、ああいや、はい！」

いちいち言い直すところにほんの少しの滑稽を感じつつ、腹に蹴りをやり愛馬を街の外へと走らせる。

アレクの視線も分からないではないクラウディアである。なぜなら胸が目立っているという自覚くらいはあるからだ。

輝く胴衣に包まれた胸は、遠目にも即女と知れるほど膨らみを帯びて大きかった。一般的な人間の女ではこうまで立派に発育はすまい。誰しもそう感じるほど胸部は盛りあがりふたつの大山を作っていた。

加えて尻、これもまた見事に発育が行き届いている。長い裾に隠れてはいるが、豊かな肉付きを帯びていることは衣装越しとてはっきりと見て取れる。胸が不自然に見えないことからも肉付きの良さは一目瞭然だった。

その一方でくびれは締まり、引き締まった足首も相まって日頃の鍛錬の成果を思わせた。女性然としたふくよかな肉付きに無用な贅肉《ぜいにく》のなさが合わさり、鎧具足でさえ隠しきれない色香なるものがそこにはあった。

それを知らぬではないがゆえに、彼女の目元はうっすらと色づいているのであった。

「街を出てそろそろ森の奥……見えた！　ゴブリンたちめ、思ったより足が速い……さあ、やるわよ、アレク！」

「う、うん、任せてクー姉！」

「クラウディア団長でしょ⁉」

これ以上呑気に口論などしていられない。

クラウディアは素早く手前で愛馬を止め、再び剣を抜き、追いついていた団員らと共に残敵の掃討にかかるのだった。

※

「ゴブリン討伐の任、ご苦労であった」

コルヴィア王国、首都中心部、王城。

白亜の大理石で作られし広々とした謁見の間。入り口から玉座へと伸びる金縁の赤い絨毯の上。

片膝をつき跪《ひざまず》くクラウディアは、玉座に向けて、頭を垂れた。

「ありがたきお言葉。陛下のご期待に応えられるよう一層精進して参ります」

「そなたのような騎士がおれば我がコルヴィア王国も安泰というものだ」

王は玉座に座したまま、ひとつ大仰に頷いた。

「その若さでサヴィーナ騎士団の長。さすがは名門コンスタンツィの娘じゃな」

「入団当時はどうなることやと思いましたが……おっと失敬。いやはや、剣も魔法もすでに国では並ぶものなし。家柄も良く容姿端麗。まさしく国の誇りと言えましょうぞ」

脇に控えた近衛の兵も、王の賛辞に手放しで追従する。

「その通りじゃ。そなたの働きのおかげでコルヴィアの安泰もあるようなもの。此度《こたび》もまたひとつの街が救われた。皆、感謝しておる」

人の良さそうな王の面《おもて》には心よりの感謝があった。家臣相手とて蔑《ないがし》ろにする素振りはなく、民草に愛される素質が見えた。

「ふむ、ではなんぞ褒美でも取らせましょうか。働き者ゆえ労をねぎらってやっては？」

横から口を挟んだのは、王の傍ら、近衛の対に立つ壮年の男であった。口回りに立派な髭を蓄え贅を尽くした衣装を羽織る者。大臣、ベルカストロ・アッバーティニー。

言葉とは裏腹にどこか皮肉っぽい口調に対し、王は脇に目をやった。

「遠征を終え戻った直後にする話ではないぞ。まずは民を代表し礼を述べ、ゆっくり休んでもらうべきじゃ」

「これは失敬。かのコンスタンツィ卿も今や物入りかと思いまして」

大臣の言葉の意味するところを、クラウディアは理解していた。

名家の出にして力ある術士、されど生来病弱で、近年は床に伏せる時間も多くなっている母。父の苦労と療養にかかる金のことを言っているのだ。

そこにいかな意味があるのか、察することも出来ぬではないが、それでもクラウディアは静かに辞した。

「ありがたきお言葉。ですが、どうかお気遣いなされませんよう。これも騎士としての務め。使命を果たしたにすぎませんゆえ」

大臣とは異なりそこに他意などなかった。本心から出た嫌味なき言葉だった。

それが分かるのか大臣が鼻白み、王は目元を柔らかくした。

「良き心がけじゃ。なに、褒美についてはまた日を改めようぞ。今は団員共々ゆっくり英気を養うがよい」

「ハッ。失礼いたします」

膝をついたまま再度一礼し、クラウディアは謁見の間を後にする。大臣の視線が背中に刺さるが特段気にすることもなかった。

(褒美だなんて。私はただ騎士として恥じない生き方を心がけているだけなのに)

下賜を軽んじるつもりはないが、そのために働いているわけではないのも口にはしない本音であった。

彼女の家、コンスタンツィは遠く建国から続く由緒ある家柄とされていた。取り分け母は古く王族の傍流であり、同じくエルフより賜ったとされる強い魔力を受け継いでいた。片や養子入りした父は生来頑強な肉体を持ち、やはり騎士の名門として国に仕えてきたそうだ。

生憎《あいにく》と母は身体が弱く、父は父で魔法の素養に欠けている。言わばクラウディアは両親の得手を受け継いだ天才児《サラブレッド》だった。秀でた身体能力、剣の才、魔法の素養、騎士として隙のない人材なのである。入団したのは12歳の頃。それからわずか7年あまりで筆頭部隊を預かる一団長まで昇格したのだ。世間からもてはやされるのも無理からぬ話であった。

無論、自らの才に驕《おご》るでもなければ出自の威を借りるでもない。父の跡を継ぎ騎士になったのはあくまで国のため、民のため、平和のため。権力片手に英雄を気取る気など皆無である。

しかしながら、騎士となった動機の内に、極めて個人的な理由も含むことを、認めぬではないクラウディアだった。

「クーね――っとと、クラウディア団長！」

城門を抜けて市街に入ると、待っていたと思《おぼ》しき様子でアレク――アレックスが小走りに近づいてきた。

無自覚に瞼を半ばほど下ろし、ジトリと彼を横目で見やるクラウディア。

「――ハァ……もう、言っても無駄なのかしら……」

「え？」

「なんでもない。独り言よ」

言って心持ち唇を尖らせ、傍目《はため》にも豊かな胸のすぐ下で腕を組んで石畳を歩く。

今しがた思い描いていたところを、ひょっこり顔を出すなんて。

気恥ずかしさが混じっていることを、内心自覚するクラウディアである。

騎士になったもうひとつの動機。それがこの少年であった。

彼との出会いは今から10年ほども遡る。互いにまだ子供であった時分、彼はか弱い弟のごとき存在であった。親同士に交流がありそれがきっかけで面識を持ち、互いに一人っ子ということで遊んだりもしてきた。

俗世間で言うところの幼馴染となる間柄。しかし初期から仲が良かったかと問われれば、それは微妙なところである。父の影響により活動的であったクラウディアに対し、アレクは当初ひ弱で内気なタイプだった。外出を好むクラウディアと家で過ごすことを望むアレクとでは馬が合わぬことも多々あった。

思えばその頃から割と世話好きだった気はするが、意識に変化が現れたのは、ある時彼の内気さを案じ探検と称して森へと連れ出した際である。

彼は当然難色を示し、運悪く獣に出会った際には酷く怯え足が竦《すく》んだ。

その姿に保護欲めいた感情を持ったのをぼんやりとだが覚えている。使命感に駆り立てられる心地で幼きクラウディアは彼を守り、手を引いて森を駆けた。

その時である、己のあるべき姿、進むべき道を見出したのは。誰かを守る存在になりたい、父と同じく騎士になりたい、子供心に強くそう思ったのだ。

(だから……私は騎士を目指した。そんなこと話したら浮かれそうで困るけれど)

早足で追ってくる背後の彼を意識し、聞こえぬよう小さく失笑。恥ずかしいかな、こうして一緒に街角を歩くのを快く思う自分がいる。その感情が好意であることを——恋愛感情であるということを、うら若き一人の女として自覚出来ぬはずはなかった。

そして彼もまた、少なからず自分を想ってくれていることも……。

(子供の頃は臆病で弱々しかったくせに、私が騎士になったからって後を追うように自分も騎士になろうだなんて)

片や才に恵まれた騎士団長、片や一介の若手騎士、二人の間には地位も実力にも大きく差がある。未だ保護欲が抜けきらぬのも無理のない話だ。それでも精進し騎士たらんとする幼馴染の姿に、平素は見せぬ女の一面がくすぐられるのを密かに感じていた。

年下好みなんて噂されるのも恥ずかしいし面白くない――クラウディアは努めて澄ました声で問う。

「で？　わざわざ城門まで出迎えるくらいなんだから、話があるんでしょう？」

「あ、うん。ベルカストロ大臣から次の任務を仰《おお》せつかって」

「大臣？　ついさっきお顔を拝見したのに」

そんな話はひと言もなかった、そう告げてクラウディアは首を傾《かし》げる。

「なんでも西のドゥガーリ砦がオークの軍勢に占拠されたんだって。で、それを討伐してこいって」

「ドゥガーリ砦……確か元は古い城跡で、砦としても利用されなくなって放棄されていたものよね……」

クラウディアは細い顎《あご》に指をやり黙考する。捨てられた古城を奪還せよなどと、あの大臣が果たして言うだろうか。

大臣ベルカストロについては、あまりいい話を聞かない。権威主義および血統主義で、かつ拡大主義者でもあるという噂だ。近隣諸国へ圧力をかけ平定しようと王にも具申しているらしい。調和を保つ今現在には過ぎた思想だと危険視する者も多い。

かく言うクラウディアも決して好ましくは思わない。騎士道精神《ノブレス・オブリージュ》を信条にする彼女と権威主義など相容れるはずもなく、先の会話にもあったようにどこかこちらを疎《うと》んじている素振りもあるのだから。

（だが命令は命令だ。放棄されたとはいえ人間の築いた城をオークごとき亜人などに奪われたままにしておくなんて、それこそ騎士の沽券に関わるもの）

それでなくとも元は騎士団が使用した場所だ、放置していい案件ではない。

クラウディアは気持ちを切り替え騎士の表情を面に作った。

「分かった。すぐに招集をかける。明日《みょうにち》早朝、砦へ向け出発する」

「え、帰還したばっかりなのに？」

「問題ない、損害もないし大して疲弊もしていない」

クラウディアは確と告げ、腕組みを解き豊かな胸を張った。真昼の陽光が胸甲に当たり、きらりと光を反射する。

「あなたも準備をしなさい、アレク。誇り高きサヴィーナ騎士団の一員たるもの、遅刻や寝坊なんて許されないぞ」

「わ、分かってるって。じゃ、また明日、クー姉！」

「だから――もうっ……！」

思わず姉の顔に戻り、手を振り走り去っていく姿を頬を膨らませて見送る。

その表情に不安などはなく、任務達成後どうやって彼を説教してやろうかという、甘酸っぱい未来図しか頭になかった。

さもありなん。多くの亜人は身体能力こそ人より秀でるも、知能面では明らかに下回るのだ。多少知能のある熊か大猿、そう比喩されることもしばしばである。民間人ならいざ知らず、魔法戦士たる騎士の一団がまともに戦って破れる道理がない。

その考えは自宅に戻り休息を得ても変わらなかった。油断さえせねばなんの問題があろうかと。気になるのは団員の選抜と編成と日程、あとは幼馴染の彼の言動についてだった。

そしてそれは日を跨ぎ、出立の直前となってさえ変わることはなかった。

「では、これより出立する。わざわざのお見送り感謝します、ベルカストロ大臣」

「頼むぞ。人もどきの下賤な蛮族どもに正義の鉄槌を下してやってもらいたい」

珍しく城門まで出てきた大臣が大仰に頷いて言う。その仕草はどこか芝居めいて、自らこそが正義の使者であるような態度だった。

「ハッ。名誉にかけて、必ずや。――では」

クラウディア以下サヴィーナ騎士団は皆臣下の礼を取り、踵を返して街の門を抜け森中の街道へと入っていく。

彼女ら一行も、遠巻きに見送った王都の民も、この時は思いもよらなかったであろう。

深き緑の森の奥、今や価値もない寂れた古城。

今や辺境も同然のその地に、世界を震撼させるほどの厄災が、よもや待ち受けていようとは……。

※

――ザシュッ、ズバァッ！

「ゲアアアアアッ！」

紅の宝玉を戴く愛剣が横薙ぎに一閃して獲物を切り裂いた。

人の倍近くある巨体が悲鳴と共に血しぶきをあげてドウッと地に倒れ伏す。

「これで五体目……そろそろ目的地は近いな」

森の中の開けた地にて、赤い装束を纏う女騎士が剣にひとつ血振りをくれる。

周囲に目をやる。辺りには血臭に混じって、獣臭と油の混ざったような独特のにおいが漂っていた。発生源は地面に転がる五つもの亜人の死体で、その様は肥え太り腐り果てた豚の躯を連想させた。

「クッ、この――イヤァァッ！」

二人一組《ツーマンセル》で散開する他の騎士たちは今なお亜人どもに剣を向けていた。技にしろ術にしろ彼女からすればまだまだというところ。同じ騎士とはいえ団員とそれを束ねる騎士団長、実力差は明白であった。

「すみません団長、一体取り逃がしました！　そっちに――！」

「任せろ、ハァアアッ！」

団員数名の包囲を掻い潜り、また一体がこちらへと迫ってくる。大柄だ、今しがた斬った亜人よりも成長した個体に違いない。

なるほど多少はやる――団員が手こずるのを認めながら、クラウディアは手をかざし念を籠め、

「光魔法撃《ヴァン・シエン》！」

――カッッッ！　ズジュゥ！

手前の空間から閃光が走り、亜人の腹を一直線に貫通した。

高位の術者にしか扱えぬ光と熱の攻撃魔法《アサルトマギア》。それは亜人の生命力をも削り取るに充分だった。

「すみません、こいつら思ったより手強くて……」

「これで六……確かに。並のオークではないようだ」

少し息の荒い手近な団員にクラウディアは頷きかける。

報告通り相手はオークの軍勢に違いなかった。3メートルを超える巨躯《きょく》、人の腹ほどもある太い手足、髪を持つ醜い頭部に、往々にして腹の出た蛮族さながらの体型と容姿。これがオークの一般的な特徴であった。

首都を出て森に入り三日と少し。古城まで間もなくというところで数体のオークらと接敵となった。

「通常のオークとは違うみたいだ。装備も整っているし食料事情もいいらしい」

ざっと死体を眺めただけでも通常種との差異が見て取れる。ゴブリンと同様オークは人間種族にとって、さほどの脅威とは見なされていなかった。こういった群れは別としても、少数であれば自警団レベルでも殲滅は可能だった。しかし今しがた目にした連中は生活環境がいいらしく、随分と健康で個々の能力も比較的高かった。

(みんなが手こずるのも無理はない。でも……)

「まったく、ゴブリンといいオークといい、少しは騎士団を休ませてもらいたいですね」

「そうぼやくな。ベルカストロ大臣直々の命令だ、それに民を守るのが騎士の務めだ、なんの問題もない」

うんざりとした様子の団員にクラウディアは笑みを向ける。手慣れた案件だと皆、緊張感が欠け気味だ。団長として釘を刺さねば万が一が起こりかねない。

「団長は真面目ですね。ま、確かにちょいと厄介でしたがサヴィーナ騎士団にかかればこんなもの――」

「うわあああっ!」

その時だった、騎士団の中でも取り分け高めの男性の悲鳴が聞こえたのは。

はっとして目をやると一人の騎士がオークの目の前で地面に尻をつけている。アレクだ。剣を手放してはいないものの一見して危機的状況だった。

(あのバカッ――!)

クラウディアは咄嗟《とっさ》に術技を選択した。距離にして10メートルほど、走って間に合う距離ではない。瞬時の確殺には術しかない。

「火炎魔法撃《ニム・グロンゾ》！」

練り上げた魔力と真言と共に、振りあげた指先から巨大な炎の塊が飛翔した。

――ゴバァァァァッ！

轟音と同時にオークの巨体が鈍器で殴られたかのごとく吹っ飛ぶ。

「大丈夫か、アレックス！」

事態に気づいた他の団員らが彼のもとに急行していく。クラウディアも後に続き幼馴染の少年へと駆け寄った。

「無事か⁉　大事はないか⁉」

「う、うん……助かったよ、クー姉」

とどめを刺される寸前に見えたが幸いにして怪我はなさそうだ。尻もちをつき冷や汗を浮かべていたが、クラウディアが駆け寄ると笑顔を見せた。

「…………………」

「あ……っと、クラウディア団長……」

「まったく、オーク相手でも油断するなと言ったろう！　あと、クー姉は禁止だ！」

ひと睨みくれて訂正させてから噛みつくような心地で叱責《しっせき》する。

危ないところだった。知能も技能も凡人以下だが体力と膂力は人並以上なのがオークである。力比べでは勝負にならず、得物の棍棒《クラブ》が直撃でもすれば鎧があったとて無事では済まぬ。

先のオークはすでに躯と化し半ば炭化して煙をあげている。間一髪間に合いはしたものの、彼女クラスの術でもなければ一撃で確殺とはいかなかったろう。

オーク相手に醜態を晒すなどサヴィーナ騎士団員としてあるまじき姿だ。

そう言ってなおも叱責を重ねると、彼と組んでいた相方の若い騎士が、おずおずとした様子で口を挟んだ。

「違うんです団長、アレックスは俺を庇って……」

「そ……そうだったか。すまない。よく助けてくれた……」

「いや、結局団長に助けられましたし、全然……」

さしものクラウディアとて事情を聞けば言葉を柔らかくせずにはいられない。油断ゆえの失態と思いきや真相はまったく別だったとは。

周囲への示しもあり人並以上に厳しくせねばと思っていたが、今度ばかりは少々行き過ぎた。

クラウディアは眉をハの字にし、小さく笑って膝をつき手をかざす。

「怪我をしているな。今、回復魔法をかける」

「い、いや、これくらい平気……」

「何を言う！　回復出来るうちに回復しておけ」

ほら、と身体に触れてやると、アレクも赤面し俯きはしたものの、うん、と素直に手当てを受ける。

（まったく……最初から素直に言えばよかったというのに）

彼が照れているのが分かり、自分まで妙に照れ臭くなってくる。

これでアレクは男らしいと言おうか、潔い一面があった。己の失敗を素直に受け入れ前向きに捉える傾向がある。才に溢れるとまでは言えぬが努力家で粘り強いという美点もあった。

（子供の頃は身体も小さくて男とは思えないくらいだったのに、急に強くなりたいとか言い出して訓練なんか始めて……まったく、変われば変わるものだな）

インドア派の彼が心変わりしたのも充分に驚いたが、同じ騎士団に入ってきた時が一番驚かされたものだ。「一体なぜ？」そう訊ねた際、彼は今と同様に照れ、自分に憧れて追いかけてきたと語った。

クラウディアとてその時分には初潮を終えた女であった。赤面し口籠る彼の眼差しにどういった思惟がこめられているのか、理解出来ぬではなかった。

思うにその頃からであろう。彼に密かな好意を抱き始めたのは。幼少期より鍛錬に明け暮れた自分は同年の友人はおろか色恋沙汰とも縁遠かったが、一途《いちず》な恋愛感情を向けられれば一人の女として心揺れずにはいられなかった。

（ちゃんと筋肉もつけて、知らない間に背も伸びて。昔の呼び方が抜けないのは困ったものだけれど）

皆の手前手厳しく接するも、いざ二人きりになろうものならば一体どうなってしまうことやら。彼の性的な視線でさえ多少なり快く思えてしまうのに。

そう、互いにまだ口にこそせぬものの、想い想われる仲であることは半ば周知の事実であった。いつ二人がくっつくか、それで団員らが賭け事に興じているのも知っている。

彼女にとってもこれは初恋であり未だ五里霧中の関係である。照れも当惑も大いにあった。それでも歳若い女としての小さな喜びがそこにはあるのだった。

「よし、これでもう大丈夫」

「ありがとう、クー姉……」

魔法による手当てが終わり二人はすくっと立ちあがった。少し空気が弛緩したためか呼び名に反応することもなかった。

クラウディアはクスッと小さく微笑み、まだ照れているアレックスの肩を軽く叩いて言った。

「あと少しで目的地だ。そこを制圧、奪還すれば任務は――」

「いたぞ！」

と、広く散開し周囲を警戒していた団員らが罵声じみた声をあげた。

はっと目をやると二体のオークが森の奥へと逃げていく姿が見えた。

怖気付いて隠れていたのだろう、二体は脇目も振らず深き森へと駆け去っていく。

「待ちやがれ！」

「はッ、逃げるなよ！」

血気に逸った団員ら数名が猟犬のごとくオークどもを追う。

相手はたかだかオーク二体、油断するのも仕方なかろう。

それでも何があるか分からぬからとクラウディアは制止を試みた。

「待て、深追いは――！」

「離れちゃまずい、追いかけましょう！」

彼女が言い終えるより先にアレックスが決断し走り出していた。

「皆も追うぞ！　急げ！」

応！　と団員らが応え、先頭に立つ彼の後に続く。

クラウディアもまた後に続き、人知れず小さく笑みをこぼした。

（本当に逞《たくま》しくなって……もうちゃんとした騎士なのね）

少々雑ではあるが自分も同じ判断だった。戦力で優る側にとって各個撃破こそがもっとも警戒すべき戦術である。オークにそこまでの知略があるとは思えないが油断は大敵であった。

その判断を瞬時に下せるところに頼もしさを感じないでもなく、密かに胸躍りながらクラウディアは彼の背を追い共に森の奥へと走った。

「おいアレックス、団長にはもう告ったか？」

「おい、今そんな話してる場合じゃ……」

「オーク相手にそう構えんでもいいだろ。んで、どうなんだ？」

「――――一対一の剣で勝つまでは告白はしない」

「マジで言ってる？　コルヴィア王国一の天才魔法騎士相手に？」

「分かってるよ！　でも勝つまで好きだなんて言えるか！」

「～～～～～～……!!」

秘密の会話のつもりだろうがしっかりこちらにも聞こえており、彼と団員とのあけすけな談義に赤面しつつさらに走る。

後で活を入れてやらねば――そう思い辿り着いた先は、やはりと言うべきか、目的地である古びた廃城であった。

先のオークの姿はなく、すでに城内に逃げこんだ模様。先んじた団員らと合流し、叱責は後回しに陣形を組み周囲を窺《うかが》う。

「いない……まさか、おびき寄せられた？」

「オークにそんな知能あるわけ……」

団員らの間に動揺の気配がさざ波のごとく広がっていった。

なるほど確かに陽動を疑う状況下だった。城門を越え包囲しやすい中庭に誘い込まれた形である。周りは高い城壁に囲われ弓兵部隊でも潜んでいたならば全滅は免れまい。

しかしオークに弓のような精緻を要する武器を扱う技術など。

クラウディアですら疑念を拭えぬままじっと急襲に備えることしばし。

不意に術士としての感覚が、魔法の気配を察知した。

「!?　なんだ!?」

「身体が……動かねぇ……!?」

ずしんと身体に見えない何かがのし掛かるような感覚が走った。

「これは……結界魔法!?」

クラウディアは瞬時に看破し術的抵抗を試みた。

全身を寒気が駆け抜ける。包囲殲滅を疑ったが、よもや魔法による拘束とは。術者の技量も高いようで、自分はまだしも他の団員らは皆その場で蹲《うずくま》り身動き取れなくなっていた。

嵌《は》められた――！　脳内に警鐘が鳴り響く中、古ぼけた城壁にザッと何者かが姿を見せる。

「その通り。並の騎士では立つことも出来ん」

ただ一人魔法に抗うクラウディアは、はっとしてその者を中庭から仰《あお》ぎ見た。

黒い巨漢、それがその者の第一印象であった。人に似ながらも人ならざる醜い面。他の連中と変わらない、下卑たオークの一体だった。

だが容姿も雰囲気もすべてが異質だった。ひと回り体格が大柄なだけでなく四肢にはぎっちりと筋肉が詰まり、並のオークなど比較にならない強靭さがひと目で知れた。

恐らくここの首領格だろう。身に纏う装束とて一般のそれとは明らかに異なる。他の連中はせいぜい簡素な防具か腰巻程度だが、その者は領主が纏うようなマントなどを羽織っていた。

「オークが、そんな……高位魔法を⁉」

クラウディアは驚愕《きょうがく》に目を見開き言った。信じ難い話であった。大した知性もない筋力ばかりのオークごときが魔法を操るなど聞いたこともない。

しかしこうして目にしただけでさえ、黒い身の内から湧き出てくるような強靭な魔力の波動を感じた。

「初めまして。コルヴィア王国サヴィーナ騎士団の諸君。私の名はゲルドロリックス、このオークどもの王だ」

（流暢《りゅうちょう》に喋る……だと？　間違いない、このオークは私の知るオークとは違う……！）

知性を滲《にじ》ませる態度を見て確信めいたものが浮かぶ。確かに魔法を扱っている。策を弄《ろう》したのもこの者だ。先の遭遇戦は偶発的なものではない、このための布石であったに違いなかった。

「驚かせたようだが私は特別でね。人間以上の知性を持って生まれた、そう、いわゆる特別変異体というやつだ」

まずい、とクラウディアは独り言ちた。幸い自分は抵抗出来ている。結界内でも辛うじて動ける。自分一人ならば突破することも可能だろう。が、他の団員らは皆蹲ったまま動けない。こんな状況で開戦となれば袋叩きにあうのは目に見えていた。

（なんてこと……いくら地の利を取られたとはいえ、オークごときにこうまでしてやられ

るなんて……！）

　こうなった以上、仲間たちの援護は期待出来ない。決して不出来な騎士たちではない。新参と言えるアレックスとて同様だ。その彼らとて動けぬとあっては一撃二撃で絶命となろう。

「うそだろ……こんな……」

「マジかよ、こんなとこで、俺ら……！」

　息巻いていた団員らとて今や恐慌の色合いが濃い。いかに鍛えても人間は人間、巨躯を誇る亜人相手に体力《タフネス》と筋力《ストレングス》で勝てるはずもない。磨き上げられた金属の鎧とてもはや棺桶の役目すら果たせまい。

　見ればその他のオークどもも城壁に立ち一斉にこちらを見下ろしている。ニタニタとした品のない笑みが確たる勝利を物語っていた。

（装備もいい……略奪して揃えたのか。どうにもならない、皆を……アレクを守る手段がない……！）

　国に名高き天才騎士は、この時初めて惨敗の未来を間近に感じた。自らの死ではない、大切な同胞を、愛する人を、むざむざと討たれる危機感というものを。

　一体どうすれば——ギリリと奥歯がきつく噛み合う中、黒い巨漢が——オークの王とやらが余裕たっぷりに告げた。

「このままなぶり殺しにしてもいいが、私は慈悲深い方でな。団の人間を捕虜として丁重に扱いましょう」

聞いた瞬間、はっとしてその者の顔を見上げた。愚かしいかな、藁にも縋《すが》るような眼差しで。

片や団員らの顔には強い懐疑の色が浮かぶ。相手は醜く下劣な亜人、取引が成立した前例などない。予想だにしなかった穏便な提案に奇妙を覚えずにはいられないのだ。

それについてはクラウディアとて同感で、刹那《せつな》の安堵もじきに不審に置き換わる。

そして。次いで告げられた言葉は、そんな彼らの疑惑の念を、別の形で大きく裏切った。

「代わりにクラウディア騎士団長……あなたのその、美しい身体をいただきたい」

「ふ――ふざけるな！　オークごときが何を言う！」

これには団員たちも驚愕と共に怒気を見せた。

この世界に住まう者ならば誰しもが知っている。この亜人どもがいかにして数を増やしているのか。近隣の街や村を襲い食料のみならず女をも奪い、獣性の赴くままその身をもてあそび種を増やしているのである。

そのオークに身を委ねるとは、つまりはそういうことであった。

「冗談じゃない、我らが騎士団長を下賤なオークなどに！」

「貴女をそんな目にあわせるくらいならここで潔く……！」

「そうだ、クー姉だけでも逃げてくれ！」

皆、次々と眦を吊り上げ誇りある死を選ばんとする。いかな理由があったとて仲間を売るなど断じて出来ぬ。アレックスばかりでなく全員が覚悟を決め叫んでいた。

「嫌だと言うなら皆殺しにするまで。私は構わんぞ」

黒き巨漢のオークの王は、意に介した風もなく告げた。

「どの道お前たちに用はない。捕虜にすらならんのなら生かしておく価値もない。片付いた後でゆっくりと交渉するまでよ、ぐぶぶ」

言外に結末は同じだと語っていた。この手の反応など予想していたに違いない。やはり変異種、知能指数は他とは段違いだ。

「では――全隊、かか――」

「待て！」

オークの王の掲げた右腕が今まさに振り下ろされんとした時であった。

悲壮な面持ちのクラウディアが咄嗟に口を挟んでいた。

「分かった……その条件を……飲む……だから、皆の命は……！」

「だ、団長⁉」

「そんな、駄目です！」

「団長だけなら脱出くらい！」

皆が目を剥き口々に叫び訴えたが、クラウディアの決心は揺るがなかった。

（たとえ私の身はどうなろうと、アレックス……アレクは……！）

無論彼女とてその身がどうなるか知っている。救援間に合わず襲われた村落、そこに住まう女たちが受けた惨劇を幾度となく目にしてきたからだ。その多くは悲嘆に暮れ精神を病む者も数知れずいた。

それらは無力な平民ゆえだが、よもや我が身に降りかかろうとは思いもしなかった。自分は守る側であり守られる側ではないのだと。

今ここで要求を飲めば、程度の差こそあれどこの身を汚されることになるだろう。一度か二度か。一日か、あるいは数日か。どうあれ女として何かを失う。

（でも、それでも……アレックスだけは……！）

今ここに来て、ようやくにして自覚する。自分にとって彼はなんなのか。どれほど大切に想っているのか。半ば衝動に近かったが、我が身を犠牲にしてでも守りたいと思うほどなのだと。

「クー姉……そんな……！」

青ざめ震えた彼の声。クラウディアは胸中で詫《わ》びる。ごめんなさい。こんなことになってしまうなんて。でも、どうしても死なせたくなかったの。と……。

騎士としては恥ずべき選択であろう。騎士とは名誉をこそ貴ぶもの、国と正義に忠を尽くし死しても膝を折ることはない、それが教えであり伝統なのだ。忠義のためならばいざ知らず恋焦がれる者のため剣を捨てるなど、何が王国一の剣士か。

間違っているとの自覚はある。一人逃げるのも選択出来ぬならいっそ共に屍となるべきだ。その意味では仲間たちの決断こそ正しい。

それでもなお、彼を――アレックスを想い、捨てられぬ自分がここにあることを。

自分が一人の女であることを、彼女はひしひしと実感した。

「ぐぶぶ、交渉成立ですな。全員捕らえよ！　捕まえた牝を扱うように、丁重にな！」

苦悩と屈辱とに打ちひしがれる中、勝鬨にも似たオークの王の声が古ぼけた城内に太く木霊する。

かくなる上は耐えるしかない。彼を、女としての己を捨てられぬというのならば。選べる選択肢はそれしか存在しないのである。

(許して……アレク……)

これより訪れる未来を思い、クラウディアはぎゅっと唇を噛み、胸元で硬く拳を作った。

※

ぐぶぶとらしい低い笑声が歯の隙間から漏れてくる。

これでいい。第一段階は成功というところだ。こうもうまく引っかかるとは余程こちらを舐めていたと見える。

構いはすまい。侮っていられるのも今のうちだけだ。役者は揃った。これで彼奴に用はない。使い勝手は上々であり縁を結ぶにも賭けではあったが、所詮は井の中の蛙、大海の価値など知る由もあるまい。でなくば何故にこうも易くこの女を渡すのか。

大海――その言葉はいくつかの意味を持つ。人間どもが闊歩する国家形態、つまり彼らの言うところの世界もそのひとつではある。

己にとってはそれでは足りぬ。もっと広い意味での世界でなければ。

恐らく今も彼らが住まうであろう場所、遥かな遠き、かの故郷ですらも。

今はまだ見えぬ。爪ひとつ届かぬ。門の在り処すら杳として知れない。

なれど鍵は手に入った。いずれ世を遍《あまね》く席巻し、かの地にすらも踏み入れるほどの大いなる可能性と、長年の悲願の懸け橋が。

今は遠いが、なに、いずれ必ず手に入る。その力が、知恵が、何より資格が、自分たちにはある。

俯き連行されゆく美女を眺めやり、男は――オークの王は、再びぐぶぶと低く笑った。

2章　呪われし肉体

——これが、この亜人の寝床なのか……。

薄暗い部屋に連行されて、最初に抱いた感想がそれだった。

言わずもがな、長らく打ち捨てられていた古城は今やオークどものねぐらと化していた。情報通りとはいえ沈鬱な気分にさせるに足りた。

意外だったのは殊のほか清掃が行き届いていた点であった。通常オークどもは荒らし放題食い散らかし放題で清潔感とは無縁であるのだが、どういうわけか最低限度の管理は行っていたようだった。

彼女は、クラウディアは黙考し察する。ここにいたオークどもは多少なり知的で統制が行き届いていた。世辞にも上品とは言えぬまでも傅《かしず》くべき主を見定めていた。主の指示により管理されているのだと察するのは容易であった。

その主の寝床であろうこの部屋も、牢獄同然に殺風景だが目立つ汚れはさしてない。容姿に気を使う品性があるのか壁には巨大な姿見があった。ひとつきりの寝台にはきちんと白いシーツがあり、野盗などよりもマシな生活を送っていることが一見して知れる。

「どうかね、私の部屋の居心地は？」

壁にある篝火に照らされた人影が、ぬっと黒々しい太腕を伸ばしてくる。

「これでも綺麗好きな方でね、そこいらのオークと同じとは思わないでもらいたい」

この部屋の、そして古城の主であるオークの王――名はゲルドロリックスと言ったか――が恭《うやうや》しい調子で背後から囁《ささや》く。

クラウディアは背を向けたまま唇を噛んだ。見ずとも分かる、この亜人の男（牡であるためそう呼んで構うまい）の牙持つ口元にはいやらしい笑みが浮かんでいることを。

すでに武装解除は終わり、騎士としての装具は赤衣と白銀の胸当てに籠手のみ。部下たち共々憎き敵側に投降したのだ。

そして自分はただ一人この亜人の寝床にて……忌まわしき未来を想像し、ぶるりと身を震わせた。

「や、約束は……守ってもらうぞ！」

「もちろん、ぐぶぶ……食事をお前に運ばせる、毎日無事を確認するといい」

無力化された仲間を救うための対価として身を捧げる。この肉体を、女としての我が身を……純潔をこの男に差し出す。

それこそが投降の条件であった。反故《ほご》にすれば仲間たちは殺される。条件を飲むしかない。少なくとも今は。

人の世とて決して起こり得ぬ話ではない。しかしだとしても、今ここにある巨大な不名誉に動じずにはいられなかった。

（オークなどに、こんな醜い亜人なんかに、私っ……！）

背後から両手を肩に置かれるとぞわりと鳥肌が立つのが分かった。これより犯される、剣も捨て抵抗も出来ぬまま。騎士としてこれほどの不名誉はない。

平素ならば魔法で戦うなり最悪自害もあるだろう。それが出来ぬ理由、それは極めて個人的な感情によるものだ。

（アレックス、アレクを——死なせたく、ない、からっ……！）

ここに来て彼への思慕なるものが首をもたげ苛《さいな》んでくる。彼を愛するがゆえに、彼以外の牡に抱かれる。それも人ならざる化け物に。屈辱感はなおのこと強く、秘めし女心をむごたらしく斬りつける。

「ぐぶぶ、そう怯えるな。じきに良くなってくるだろうからな」

ゲルドロリックスの太い指が、肩口と脇の留め具を外した。

「さて、こんな邪魔なものは外してしまおうか」

（っ、鎧、を……！）

鍛冶師が鍛えた堅牢な鎧がべきべきと音を立て胸から剥《は》がされた。3メートルを超す人外の巨体は膂力とて人外であり、金属のプレートがまるで飴細工のごとしであった。

——ブルルンッ。

胸から鎧が失せると同時、たっぷりとしたふたつの肉塊が赤衣の内側で大きく揺れる。

「おお、たわわに実っとる実っとる」

「ッ……！」

締めつけが緩んだことによって胸肉はなおも小さく揺れていた。

さもありなん。ふたつの肉塊は盛大に実り、あたかも立派な西瓜のごとし。人の頭ほどもあるそれらは重量とて並ではなく、支えを失わばこうもなるのは必然であった。

(オークなんかにいやらしい目で胸をっ……こんなことなら無理にでも下着をつけていれば……)

鎧との相性が悪いのもあるが、並々ならぬサイズのせいで合う下着がなかなかないのだ。こうもはっきり揺れてしまうのは着衣の下に何もないからだ。

俯き震えるクラウディアの胸を、ゲルドロリックスが背後からむにゅりと掴みあげる。

「あっ⁉　くぅ……！」

「おうおう、おっぱいがかわいそうに。こんな狭い所に閉じ込めて」

胸に負けぬ巨大な手のひらがふたつ纏めて柔く握りこみ、ぐねぐねと上下に揺さぶってくる。

「なんという大きさだ、私の手でさえやっと掴めるほどだ。ほぉ、しかも柔らかい。まるで乳の張った牝牛だ」

「黙れ、誰が、牛などっ……」

だが事実だった。その重量感に反し、ふたつの肉塊は非常に柔らかい。牛が乳を搾られるがごとく、指の間で幾度もその形を変形させた。

無論クラウディアは屈辱感になおさら打ち震える。こんな亜人に胸をもてあそばれ平然としていられる女などいない。

「んっ、んっ……く、ぅ……」

「いい手触りだ、服の上からでも肉感が伝わる。ブヒヒ、どれ、外に解放してやらんとな」

「んっ、あ——!?」

——ビリッ、ぷるるっ!

赤い長衣が少しだけ破け、右片方の半分ほどのみ素の胸肉が露出した。

外側からでも分かる通り、素の乳房は非常に大きく、また若々しい張りにも富んでいた。

これだけのサイズで垂れずにいられるのは日頃の鍛錬の賜物《たまもの》に相違なく、ぱんとした肌の曲線が美しい。手足と同じく白い素肌は降り積もった直後の淡雪を思わせ、先端に構える朱の頂は熟れて食べ頃の野苺のごとし。

白と朱のその美しい素肌をも黒い指どもは無遠慮に這いずっていく。

「こちらもなかなか肉感的だな、ぷっくりとして吸いやすそうだ。乳輪まで膨らんでいやらしい形じゃあないか」

「うるさい、やっ、乳首——指先でっ——んん……!」

アレクにも触らせたことないのに……!

クラウディアはキッと眦をあげ歯噛みしつつ胸中で毒づいた。はぁ……はぁ……と息が乱れる中、不意に彼のことを思う。アレックスもまたこうしたかったのだろうか。いつかその日を夢見ていたのか。多分そうだろう。自分とて夢想せぬではなかった。こんな形で肌を許すなど誰が想像出来ただろう。

（こんなやつに、あっ……乳首、もてあそばれて……悔しい……あっ！）

「服も邪魔だな」

胸を揉んでいた太い指が今度は赤衣を深く掴み、無造作に引き裂いてきた。

ビリッと胸元の布が奪われ巨大な肉塊がブルンとまろび出る。すべての拘束を失った胸肉は白と朱の肌を余さず披露し、肉感に満ち満ちた乳房というものを、爆乳と呼ぶべきその膨らみを、悪しき亜人の目に晒した。

「あうっ――あ……！」

衣服を裂かれた勢いからクラウディアはつんのめりベッドへと倒れ込んだ。片腕で胸を辛うじて隠しシーツの上を這いずる。清掃してなお残る獣臭も今は気にしていられない。

（胸いじられただけでこんなに悔しいなんて、もう逃げ出したくなってきてしまっ――て……!?）

だがこの羞恥と屈辱でさえ未だ前座にすぎぬことを、彼女はすぐにも理解させられた。

ゲルドロリックスが腰布を捨て、その下半身をむき出しとしたのだ。

「ぐぶぶ、私もそろそろ昂《たかぶ》ってきたぞ」

（な、何、なんて、大きさっ――!?）

眼球に映りこむ代物が信じられず圧倒される。

体躯《たいく》相応とでも言おうか、目の前の男の股間の代物は人間ではあり得ないサイズであった。自分の腕、いや成人男性の腕よりも太い。長さとてゆうに30センチ以上、子供の肩から指先ほどもある。緩い弧を描き反り返る姿は性器と言うよりかはもはや棍棒で、脂ぎって黒光りする様がまさしく凶器としか見えなかった。

知らず頬を青ざめさせて怯えた子犬のように縮こまる。話に聞いていたのと違う、否、人間でないのだから当然なのか。どうあれあんなものが我が身に入るなど到底思えるわけもない。

(あんなものに、私、貫かれて――ひっ……!?)

こいつも邪魔だな、そう独語し男は肉棒を股座の間に挿しこんできた。挿入のためではない、残った衣服をも奪うためだ。

信じ難いほど呆気なく下腹部の布までもがびりりと破かれた。肉棒のみでそれを為すとは強度もまさしく棍棒レベルか。内側から捲《まく》りあげられる形で騎士装束の腰布が縦に裂け、失われる。

残されたのはストッキングとブーツ、そして小さな白いショーツ。未練がましく腹部に残るのは襤褸と化した衣服の残骸だ。むっちりとした白い腿肉や肉感溢れる丸い臀部《でんぶ》、きゅっと引き締まり筋肉の浮いた細いくびれまでもがあらわとなった。

「さすが、鍛えあげられているな。乳も尻もデカい割に無駄な贅肉はほとんどない。――しかし……」

「んんっ!? くぅ、この……おぉ……ッ!」

「どんなに鍛えあげても女は女、牝の部分はこの通りだ」

牙持つ口元に笑みを浮かべ、オークの王は乳房を掴みムニュリたぷりと指で揉みしだく。乳輪にまで指を這わせ、捏ねるようにして刺激してくる。

クラウディアは頬を紅潮させ、肌に汗を浮かせて身震いした。今になってふと後悔が意識を過ぎる。こんなことになるくらいならもっと早くアレックスに身を委ねるべきだった、と。

「実に柔らかい、ぐぶぶ、もちもちとして手に吸いつく。なんという爆乳だ、騎士にあるまじきデカさだな」

むき出しとなった柔肉を揉みながら男は誘うような声音で言う。

「男好きするスケベな身体つきだ、これで部下の騎士たちを散々勃起《ぼっき》させてきたのだろうなぁ？」

「んぅ、あぅっ……この、下衆めぇ……ッ！」

「それを私がいただくわけだ。連中もさぞ羨むだろうなぁ。——じゅるっ、れろブチュッ——」

「ひぃいっ、くぅ……!?」

男は乳房を揉むだけに飽き足らず首を伸ばして乳首に吸いついた。舌を伸ばして突起を舐め転がしざらざらとした刺激を与えてくる。

嫌悪を募らせるばかりのクラウディアはシーツの上で四肢を強張《こわば》らせ、懸命に震えと声とを我慢するよりほかなかった。

（耐えろ……！　連絡がなければ、二週間……いや、一週間以内には、異変に気づいた他の者が必ず助けに来る……！）

オーク討伐に出立したのは何も騎士団総勢ではない、首都防衛のため多くがまだ待機している。団長未帰還とあっては手をこまねいているはずもなかろう。それでなくともサヴィーナ以外にも三つの騎士団が存在する。彼らとて招集に応じるに違いない。

今この瞬間は打つ手もないが、それまでの辛抱、逆転の機会は近々訪れる。己自身にそう言い聞かせ、クラウディアは豊満な乳房をふるふると震わせ身を律した。

「じゅるるっブチュッレロロッ――引き締まった腹の筋肉とこの柔肉の差が堪らんのう」

「はぁ、はぁ……んっ、太腿、もぉ……ッ！」

内股への刺激に慄きながら、今頃になって奇妙を覚える。乳房を揉みしだく指の動き。乳首を舐め啜る舌の仕草。下肢をまさぐる手の流れ。奇妙だ、これではまるで人間の行為ではないか。オークとは皆、考えなしに獣欲をぶつけるばかりであるはずなのに。

「はぁ、はぁ……はぁ、はぁ……！」

（違う、こいつやっぱり、他のオークとは別物……！）

これではまるで――快楽を与えんとしてくるかのよう。

知らず呼吸を乱しつつある中、ふとそんな風に思うクラウディア。

（全員で、生き残るんだ……二週間、いや一週間だけ耐えれば、必ず……必ず……！）

呪詛のように、あるいは神への祈りのように、胸中で繰り返し唱えながら、肉体に蓄積する熱に汗ばむ。

「じゅるるっレロロッ――ぐぶぶ、どうだ、熱くなってきたろう？」

男は執拗《しつよう》に舐めた乳首をもうひと舐めしてから、新たに動いた。

辛うじて残った尻側の裾をぺろりと捲りあげ露出させると、呼吸乱す女の肉体をうつ伏せにして尻をあげさせた。

「さて、ではこっちも確かめてやろう」

「ひゃっ、ひ――そこは――あぁ……!?」

こちらの太腿を掴んで膝立ちさせ男は顔をぐいと突き入れてきた。くの字に曲がった両足の付け根、豊かな尻たぶの割れ目の中心部に。獣の尻でも舐めるがごとく。

俗に言うクンニであることは未経験のクラウディアでも分かった。男が女の膣を舐め刺激する、そう聞いた時にはなんと破廉恥なと思ったものだ。

もちろんアレクともそうなるやもしれぬとは思っていた。羞恥半分期待半分であったのも事実。それがよもや醜い亜人に行われる日が来ようとは。

「やめっ、ふざけるな、穢らわしい真似するなっ、あぁあ!?」

――クイッ、くぱぁ……。

ゲルドロリックスは豚に似た鼻でショーツの股布を横にずらした。誰にも見せなかった秘められし花園が、淡い陰毛と薄い膣口《ちつこう》とがおぞましき怪物の視線に晒された。

男は背後でぐぶぶと笑い、鼻息を吹きかけ間近で視姦する。

「おおぉ、これはこれは綺麗なマンコだ。髪によく似た桃色の陰唇、濡れ光る真珠、整った毛……そこらの街娘など比にならん美しさよ」

「黙れぇ、き、貴様などに褒められても嬉しくは……やめろっひぃィ!? 開くな、鼻で引っかくっ、なぁ！」

豚のように尖った鼻先に膣の入り口をぱくりとこじ開けられ、クラウディアの口から狼狽《ろうばい》しきった悲鳴があがる。

その膣口のにおいを嗅ぎ、ゲルドロリックスがまたも笑う。

「おうおう、美味そうな牝孔が開いておるわ。まだ牝の悦びを知らんようだな。においと蜜の味で分かるぞ」

「ち、調子に乗るなぁ、蜜なんて出てなっ、んんッ、んんんッ♥」

威勢がいいと思われた罵声は、しかし敢《あ》え無く、くぐもった悲鳴に打ち消されていた。見えずとも分かる、オークの分厚い舌がべちょべちょと膣口を舐めている。啜って粘膜を外へと吸い出し、それをまたべろべろと舐めている。なんと穢らわしい、なんという恥辱、まるでハイエナが腐肉を貪っているかのよう。意識するだけで鳥肌が立ち眩暈《めまい》すら覚えそうになる。

「このケダモノめぇ、はあうっ、んひぃ、やるならいっそひと思いにぃ、んんんッ♥」

「オークの鼻は優秀だからなぁ、じゅるるっ、間違いなく処女のにおいだ」

　オークの嗅覚についてはともかく、舌と鼻息の感触には強烈《きょうれつ》なものがあった。雑食性なためか亜人の舌はザラつきが強い。犬猫のごとく毛づくろいが出来そうなほどだ。鼻の穴も人間のそれより遥かに大きく息も強い。そんな舌や鼻息が当たれば敏感な膣粘膜には刺激が強すぎるのも道理であった。

（こんなやつに大事なところっ、ああべろべろ舐められ、てぇ……ッ!?）

　これで反応するなというのは無茶な相談であった。それでなくとも身体は熱を帯び膣口は湿り気を含んでいた。そうとも濡れている、指摘されるまで気づかなかったが膣まで熱を帯び粘液が薄く染み出していた。クラウディアとて適齢期の女、性欲にも愛液にも覚えはあったがこの状況下でまさか濡れるとは思ってもみなかった。

「はぁ、はぁ、くぅ、よくも、おぉおんんッ♥」

（どう、して、私っ、濡れてるばかりかこんな声っ……いやらしい声なんてぇ……!?）

　その自らの反応すらもが意識を次第にざわつかせてくる。刺激が強すぎて痛い、粘膜がこそぎ取られるようだ。けれど敏感な膣神経は、それだけではないことを本能として察しつつあった。

「ああ美味い、美味いっ、じゅるるっブチュルルッ！　どんどん蜜が溢れてくるぞ。可愛い孔も気持ち良さげにヒクついておるわ」

「はぁぁ、はぁぅっ、んんっおぉぉんんっ♥」

　もはや罵倒すら満足に出来ず鼻先にあるシーツをぎゅっと噛む。反応が、身体のビクつきが抑えられない。けれど耐えなければ、アレックスを守らなければ。こんこんと恥蜜が湧き出てくるのを一人の女として実感しつつ、それでもなお愛する彼を想いその幻影に縋ろうとする。

助けてアレク、どうか私に耐え抜く力を……！

こみ上げる獰猛《どうもう》な熱感の中、胸中で必死に訴えかける騎士クラウディア。

が、こんなものなどまだ序の口なことは、それこそ語るに及ばずであった。

「――さて、頃合いか。牝孔が牡を求めてヒクついておるわ」

膣孔をさんざっぱら舐めた後、ゲルドロリックスがすっと動いた。わずかに残った衣服をも引き裂き全裸同然となった彼女を、ベッドからおろし巨大な姿見の前に連れてきた。

「はぁ、はぁ、な、何を……っっ、やっ……!?」

「自身が処女を失うところをその目でしっかと見せてやろう」

男はその剛腕でもって女の身体を軽々と抱え上げ、赤子のおしめでも替えるような姿勢を、姿見に向けて強要した。

亜人に背を預け大股を開き、濡れた恥部を丸出しとする姿。

あまりに無様《ぶざま》な己が格好に、クラウディアは自由な両腕で目を覆った。

「やめっ、こんな格好……！　離せ、下ろせぇっ……！」

（やだ、自分で自分の犯されるところ、バージン奪われるところ見るなんてぇ……！）

なんのための姿見かと思ったが、まさかこんな使い道をするとは。この怪物に、ここに慈悲などない。あるのはただ屈辱と恥辱だけだということを、改めて思い知らされた。

唾液と恥蜜とで失禁のごとく濡れ光る膣口。その初々しさに満ちた股座に、真下からずいっと肉棒が押し当てられる。

「ぐぶぶ、そう暴れるな。——では、挿《い》れるぞ」

「そんな、んぎぃ!? あっぐ～～ううウッッ～～！」

己が姿に惑うのも束の間、股座への感触にすぐにも恐慌を起こし頬が引きつる。

襲い来るのは巨大な恐怖。それも道理、人ではあり得ぬサイズの巨根は控えめに見ても到底入るようには思えない。まるで頑強な馬防柵の棒、もしくは巨大な鉄杭か。こんな代物を膣に収めるなど人間の娘なら試そうとも思うまい。

これで股座を貫かれるなどある種の拷問か処刑に等しい。

それでもなお割り裂き、押し入られる感覚に、クラウディアは心底震えあがった。

(は、侵《はい》ってくる、オークのペニスが、私の膣内《なか》にっ～～～ひいぃ!? しょっ、処女膜を破ってて、私の一番深いところにぃ……!?)

ブチブチという処女膜の裂ける音が、鼓膜を揺すったかに思えた。痛み。されどそこに気をやる余裕はない。そもそもからして巨大すぎるため破瓜《はか》がなくとも苦悶はあるのだから。

(こんな大きなのが、本当に侵って、くるっ……ゆっくりと、こじ開けるみたいにぃぃ……ッ!?)

ひと思いにやらぬのは恐らく慈悲ではなく、初の結合を堪能するため、もしくは恥辱を与えるため。他のオークとの知性の差を今一度思い知るに足りる。

しかし、だからなんだと言うのか。現にこうしてメリリメリリと膣洞を掘り進んでいくではないか。

（だめ、来るなっ、そこは、そこはアレクの来る、とこ、ろッッ〜〜〜……!!）

やがて膣洞の中腹をも越えもっとも深い場所に近づくと、クラウディアの瞳に涙が浮かんだ。

膣のもっとも深い場所。子宮。愛する男の児を宿すべき場、その種を受け入れる入り口。そこまで押し入らんとしている。汚さんとしている。

それだけは避けたい、せめてそこは、子宮口だけは愛する彼にのみ触れさせてあげたい。だがやはりこの場に慈悲はなく、たったひとつの小さな操さえ儚《はかな》くも踏みにじられ、

「はあはあっだめ、あぎッ、来るな、あァ――――ッッ〜〜〜〜ぁぁあああ〜〜〜ッッ!!」

――ズブブッ!!　ゴリュリュッッ!!

30センチを超える巨根は易々《やすやす》と膣底をも踏破し蹂躙《じゅうりん》した。内臓が持ち上がる確かな感覚。前人未踏の小さな孔が、子宮口が、巨大な亀頭に大きく持ち上げられていた。

「あああああっッッ!!　おっ、おっきいぃ、入ってるッッ〜〜〜!!」

クラウディアは涙の雫を垂らし、悲嘆と恐慌とにぶるぶると痙攣《けいれん》した。

ここに至っても信じ難い。あれほど太く長いペニスが小さな膣孔に収まりきるなんて。

何度見ようと不可能としか思えぬというのに。

されど姿見に映ったそれは確かに結合を終えたものだった。やはり小ぶりな膣洞にはキツいのか、白い下腹部がくびれの辺りまでぼっこりと前に膨らんでいる。子宮ごと内臓までせり上がったのは胎の感触からして明らかであった。

(こんなものが本当に、いくら赤ちゃんが通れる道だからってっ……！)

人体の神秘と言うにはあまりにおぞましい光景。妊婦ほどの膨らみではないものの、ゆえにこそその腹はなおさら歪で、人外の異物が挿さった事実をこれでもかと証明している。

「ぶひひ、どうだ！　ついにお前の処女を奪ったぞ！」

震え慄くクラウディアとは裏腹に、ゲルドロリックスは達成感溢れる哄笑《こうしょう》をあげた。

「いい具合だ、実に柔らかい。肉ヒダも細かくよく擦れる。さすがは王国一の騎士、マンコの具合も天下一品だ！」

いたくお気に召したらしく、膣肉の感触を堪能するようにしばしそのままで息を吐く。

そして膝をぐっとたわめ、真下からずこずこと豊尻に向けて腰を振り始めた。

――ズボォ、ズボォ、グチュポッ、グポォッ！

――ドスッ、ドスッ、ゴリッ、メリィッ！

「ッきひいいいいぃ!?　やめっ、かはっ、裂けッ、おおおおおッッ!!」

「他のオークどもは牝であれば満足する粗野な連中だがな、私は違うぞ、ヤルなら美しい高貴な女でないとな！」

（くぅ、なんでっ、こんなぁあッ！）

　ゲルドロリックスの言うように膣洞は柔軟に広がり肉棒を抱き包んだ。これほどの巨根をもってしても壊れずにいるのはやはり人体の神秘であろう。

　しかしだとしても感覚の方は決して柔軟とはいかなかった。下手すれば男の腕二本分もある極太な代物なのである。圧といい摩擦といい想像を絶し、ともすれば今にも張り裂けそうだ。

（苦しい、入ってくるたびお腹膨らんでっ、内臓せり上がってぇッ……！　壊れる、このままじゃ、壊され、ちゃううッ……！）

　当然苦痛もそれ相応で、股座どころか腰骨すらもが内側から破砕せんばかり。あるいは世の女たちは皆お産の際にこれを味わうのか。異物を抜き挿しされる意味ではこちらの方が辛かろうが。

　なんにせよクラウディアは涙ながらに苦悶にのたうつばかりだった。世に言う快楽などあるはずもなく、まさにひとつの苦行でしかない。せめて人間相手ならまだしも唾棄すべき亜人による強姦という点も、女としての精神と肉体を一際激しく苛んでいた。

「あうっくうぅ、ぐるじいいっっ〜〜ッッ！」

「そうか苦しいか、私の方は心地良いがなぁ。小さな粒のあるぷるぷるのヒダ肉がちんぽによく擦れて堪らんわ」

　喘ぐようにして空気を吸いこむクラウディアに、ゲルドロリックスは牙持つ口端をあげ、余裕と愉悦たっぷりに言う。

「お前の身体の価値を、誰より分かっているのは私だ……！」

「あうっぐううっ、何を、戯言をっ、ひぐっ、ううぅッ！」

「その私に犯されるのだ、――感謝しろ！」

「ぐひぃッああああアァッ！」

巨根が二度三度と大きく振りぬかれ拳大の亀頭が子宮ごと膣底を荒々しく打つ。ひび割れるような苦痛が走り、広がる腰骨が鋭く軋《きし》み、ずんと膨張した下腹の奥に焼きごてを思わせる灼熱が駆け巡る。

「ううッぐぐ……やめっ、きひぃぃィ……！」

（ごめんなさいアレク、ごめ……あなたに初めてをあげられなく、て……）

歯を軋ませて必死に耐えながら、クラウディアはひたすら胸中で彼に詫び続けた。密かに夢見た甘い初夜は脆くも叶わぬ夢へと堕ちた。今後彼に抱かれるたびに此度の件が心を苛むだろう。想い想われる仲と知りながら手をこまねいていたこれまでの過去が、今となってはなんとも無念に思えてきてならない。

かくなるうえは無心でただただ耐えるのみ。この苦痛に、この悲しみに。それだけがプライドであり、彼への唯一心だけの操であった。

が――

「うぐっぐううっ、ぇ――な、何を……ッ？」

文字通り拷問に耐えていた矢先、不意にオークの太い指が膨れた下腹に触れていた。

術技に秀でた彼女になら分かる。これは魔法だ、それも極めて高等な独自編成魔法《クリエイションスペル》だ。

こんな術式は見たことがなく、クラウディアはそちらに意識を取られる。

「何をした、一体……!?」

「苦痛を和らげる魔法だ。随分と苦しそうなのでな」

ゲルドロリックスは腰を止めぬまま慈悲を与える王のごとき調子で答えた。

「悦べ、すぐに気持ち良くなれるぞ。私は他の奴らと違って慈悲深い性質《たち》だからな」

「余計なことを、ぐぐっ、貴様との行為など不快で充分だっ！」

クラウディアはふうふうと息を荒らげたまま背後の亜人を睨みつけた。

そうとも、誰がこんな怪物相手に快楽など得るものか。そこらの野盗に犯された方がまだしもマシというもの。

そう続けて罵らんとすると、オークの王は小馬鹿にした風な口調で言った。

「ぐぶぶ、いい威勢だ……」

「ぎっ――あ……!?」

「それでこそ犯し甲斐があるというもの！」

黒い手のひらが後頭部を掴み、ぐいっとシーツへ押しつけてきた。

再び寝台にうつ伏せとなり足だけ床についたところで、背後からずぼずぼと交尾を行われる。

「っぐ、このっ、穢らわしいオークめ！　んぐっ、ぐぅう……ッ！」

さらなる罵倒が口から飛び出て両手がぎゅっとシーツを掴む。

何をしたかは定かでないが、どうあれこんな荒々しいセックスで女が悦ぶとでも思うのか。乱雑に腰を振り膣孔を抉《えぐ》る獣候な淫行などで。そも人間の情交とは互いの愛を確かめ合うもの、一方的な陵辱などで女を満足させようなどとは見当違いも甚だしい。

知性と人間臭さに騙されたが、所詮は一介のオークにすぎぬ、そこらの分別なき亜人と変わらない。

「うっ、ぐうんっ、こ、こんなの何時間繰り返したって、あぐっ、不快な、ままッ……！」

——ズポッズポッ、ズポッズポポッ……！

「んんッひいっ、諦めて、んあぁッ♥　貴様だけ、勝手にぃ……！」

——パァアンッ！　シュブッジュブッ、シュポッジュポッ！

「ひぐッうううンッ♥　オークなどでぇ、んおッ、オーク、んンッ、なんか、でぇエ……♥」

そうだ、所詮は獣の交尾にすぎぬ。人のセックスとは比べるべくもない。心もなく愛もない、本能のみの野性でしかない。

「はぁはぁはああッううんンッ！　こんなのぉ、こんな、はあぁんッ♥」

そのはずだった。問うまでもないことのはずだった。これまで被害にあってきた女性のすべてが懊悩《おうのう》に涙していた。

　それなのに――なのに――

「あンッ、あンッ、あはぁあぁ～～……ッッ♥」

（え――なんだ、本当に痛みが……和らいで……）

　ふっと我に返った心地で己が身を顧みる。

　いつからだろうか、気が付くと声が妙に上擦っていた。心なしかつやが混じり、甘ったるい響きさえ帯びていた。

　身体の方も妙な熱を帯び、肌が敏感になっているばかりか下腹の奥が燃えるよう。その熱感が苦痛を侵食し別のものへと変えていく。

（熱く、なってきた……？　いや違う、これは――）

「おッ♥　おッ♥　あッ、あはぁぁ～～……♥」

　重ねて漏れる呻《うめ》きと吐息にも苦悶の気配が見られない。むしろこちらもつやを帯びて甘美な音色を色濃くしていく。

　肉体の反応にも変化が現れ苦痛への強張りが失せていた。背後から執拗に犯されているのにそこから逃れる素振りすら見せず、柔らかな尻を淫らがましくたぽんたぽんと弾ませていた。

　私――感じて、いる――？

　思い至ったその瞬間、自分の中の何かが変化した気がした。

　クラウディアとて適齢期の娘、軽い自慰くらいは経験があるし膣快楽やアクメも知っている。いかな堅物騎士であろうと生殖本能を捨て去ることなど出来ないのだ。

今感じているのはその快楽に近い、否それ以上だった。指では捉えられぬ性感帯を根こそぎと言えるほど刺激される感覚。そう、それは紛《まぎ》れもなく——

(感じ、ちゃってるぅ……♥　うそ、こんな簡単に気持ち良くなるなんて……ッッ!?)

「ああンッ、あアァ、こんなぁ、おおおンンッ♥」

「おや？　随分と甘い声に変わってきたなぁ。もう気持ち良くなってきたか？」

「ちぃ、ちがッ、おほぉぉォ〜〜♥」

ゲルドロリックスが腰振りを続けたまま耳元で囁いてくる。嘲《あざけ》りと高揚の混じった声音で、まるでそちらへと誘うように。

クラウディアは首を振ったがその仕草は弱々しかった。

分かる。当初の苦痛が霞と消え失せ、代わりに大きな灼熱を伴う快楽なるものが生まれていくのが。

その快楽は力を持ち、あたかも神経を食むがごとく膣粘膜を余さず侵食してくる。

「はぁはぁ、オーク相手に感じるなんてことっ、おおッ♥　あ、あり得るわけが、ほおおンッあひぃ♥」

そう言って一切を否定しようとも熱は押し寄せる波のごとく身体全体をも蝕《むしば》み始めた。

ズンッ！　ズンッ！　ズポッ！　ズポッ！　力強くも精密な抽送《ちゅうそう》でペニスを幾度も抜き挿しするたび、絶え間なく甘美な熱が生み出され膣神経に累積していく。

そんな馬鹿な、こんなのあり得ない！　オークごときに、こんな巨大なペニスなどに、純潔を奪われてしまうばかりか気持ち良くされてしまうなんて！

　だがいかに頭で否定しようとも一旦それを認めた肉体は、これまでの苦悶を返上するように次々と快楽へと傾倒していった。

「おお、柔らかいマンコがうねうね動き始めたわ。これはいい、自分から蠢いてちんぽを舐め吸ってくれるようだ」

「う、うそだぁ、私の身体っ、そんないやらしいこと、ひうっ、ほおおン奥ぅ♥」

「とぼけても無駄だ、小さな可愛らしいヒダヒダも心地よさげにぬるぬると撫でつけてくるわ」

　そう言われるとクラウディアの方も自然と意識をやらざるを得なかった。なんということか、確かに言われた通りであった。膨大な圧をかけられる膣洞はいつの間にやらそれに馴染み、筒状の粘膜で肉棒を擦るように蠢き収縮を始めていた。

　それに驚き下腹部に目をやると、膨張を繰り返す白い腹が抽送に合わせて小さく躍っている。くびれごと回し牡腰を一心に受け止めている。死角であるため結合部は見えぬが、ぼたぼたと滴り落ちる粘液は紛うことなく恥蜜のそれだ。

　初心《うぶ》な素人でも疑いようがない、感じて身悶える女の反応。自分が今まさに感じている、陵辱によって昂っている、その事実がまざまざと突き付けられていた。

「ひぃいひぃ、いやぁ、こんなこと、こんなことぉ……ッ！」

気づけば涙で歪む視界がおかしな風に霞んでいた。瞳が半ば裏返っている。破廉恥な表情を浮かべている。荒い呼吸にて涎《よだれ》が落ちるのは、きっと舌が溢れているからだ。獣のごとく背後から犯されだらしない表情で喘いでいる己。これで感じていないと言えるのか、何より下腹部に募る熱感を心地良いとは感じないのか。自分自身ですら判別がつかなくなってくる。

「はあはぁあッ、だめぇ、入り口から奥までそんなァ、ほおおンッ♥　ずこずこしないでぇ、許してッ、おひいッ♥」

「ぶひひひ、いいのか、そんな大きな声で喘いで？」

いつしか鼻にかかった声も大きなものとなってくる。抽送と刺激が強まるにつれて甘い熱感も大きくなってくる。

それをいかにして抑えればいいのか、そもそも本当に耐えているのか。

霞みゆく脳裏で疑問視した矢先、ゲルドロリックスは恐ろしいことを口にした。

「隣の牢獄に聞こえてしまうぞ？　そうとも、お前の仲間たちのいる部屋だ」

「はあはあ、ッッ!?　な……！」

それを聞いてクラウディアは上気した顔を強張らせた。

汗ばむ頬が小さく震える。気づかなかった、よもや仲間たちが、アレクが、石壁一枚隔てた向こう側に、ほんのすぐ傍にいたなんて。ここでのやり取りも無残な悲鳴も、すべて聞かれていたかもしれぬとは。

（そんなことも知らずに私、叫んで、呻いて、か——感じてる声なんて出して……！）

ともすればここに来てもっともショッキングな出来事やもしれない。虜囚への拷問や陵辱等は得てして秘匿されるもの。ましてや同胞の間で語られるのは禁忌《きんき》であるというのに。

「仲間同士、近くにしてやったのだ。私の慈悲に感謝しろよ？」

それを恐らくは承知のうえで、このオークの王はあえてそう配置したのだ。クラウディアの胸中は激しい屈辱と狼狽とで揺れ惑った。

許さない、よくも、よくも！

騎士として、否、女としてのプライドを傷つけられた怒りがカッと脳裏を赤熱させる。されど襲い来るさらなる快楽は、それさえをも容易に飲みこむほど強大であった。

「あぁッ、大きいの抜けっ——んぉ、ひぃ——!?」

一旦結合を解かれた身体が向き合う形で抱きかかえられた。軽々と持ち上げられた豊尻が、だらだらと蜜をこぼす膣孔が、今一度真下から巨根によって挿し貫かれる。

「さあ、団長殿のよがり声をこの壁の向こうの部下たちに聞かせてやれ！」

「ダメッダメだ、やめ、ろぉ——あンッはあぁあはあぁぁ〜〜♥」

——ズブブグブッ！　ズチョズチョズチョズボズボズボ！

否は聞かぬと言わんがばかりに男は腰を振りたててきた。逞しい体躯と膝を使い杭打ちのごとく真下から轟然と、女の身体ごと突き上げるようにして。

体躯に劣るクラウディアでは魔法以外に素手で抗う方法がない。その魔法も喘ぎ声と乱れる精神とで扱う余裕がない。敵わない。亜人の分厚い胸板に手を置き桜色の長髪をはたはたと躍らせ、見るも恐ろしい黒い肉根にただただ膣洞を掘られゆくしかない。蜜壺をかき混ぜられるしかない。

「ダメェッダメッダメッ強いぃはあぁッ♥　こんなァ、ひグッ、こんなのぉォッ……！」

（ダメ、みんなに……アレックスに聞かれる……そんなの、そんなのっ……！）

恋する女としての矜持《きょうじ》が懸命に口を閉ざさんとするも、今となってはそれが辛く、かえって熱感を大きく膨らませる。漏れ出る熱い吐息と声をぐっと喉元で堰き止める作業は、こみ上げる快楽を内に溜め込み増幅させる感覚に似ている。膣肉に迸《ほとばし》る鋭い官能は今なお絶え間なく神経を焼き、どすどすと激震する内臓と子宮ごと蕩《とろ》け溶かし尽くさんばかりだ。

（入ってくるたびに、あうッ、奥まで来るたびに、痺《しび》れちゃう、感じちゃうっ♥　ダメ耐えなきゃ、耐えればアレクに知られずにいられる……！）

ゾクゾクと来る甘美な震えにぐっと指を噛み必死で抗う。オークの胸板に乳房が当たるも気にしてなどいられない。感じたくない、決してイクものか、それだけを念頭に縋る思いで肩を縮める。

しかしオークが膝をたわめ巨根を深々と打ちこんでくると、その目の前でおとがいを反らし、歓喜の鳴き声をあげてしまった。

「あはぁッあああ～～～ッッ♥♥」

耐えようにも叶わぬ刺激であった。雄々しく反り返る極太の肉杭に子宮を真っ直ぐ打ち抜かれたのだ。胎内に籠る大量の熱、これまでに押しこめた官能の塊が無理やり引きずり出されてしまっていた。

　堪らず大きく口を開き唾液まみれの舌肉を曝け出す。背筋ごと仰け反り乳房が柔らかに揺れ弾む。長い髪が宙で尾を引き発情臭と汗珠を撒き散らす。

「いい声だ、耳に快い。そうらいくぞ、私もそろそろ出したいのでな！」

「あッダメぇそんなァはあああ～～～ッッ♥♥」

　あたかも今が好機とばかりにオークの王はますます腰を振る。シーツの上に女を寝かせ仰向けの腰をぐっと掴み、熱を溜め込んだ子宮に向けて真っ直ぐひたすら突きこんでくる。

　これがまた信じ難いほどに気持ちが良く、どうしようもなく腰が躍って手足までカクカクと跳《は》ね回った。

（すごいッ、ごりごりしてるの引っかかってぇ、焼けちゃう、中、ナカぁアッ！　気持ち良すぎて声が出ちゃうッ、子宮ジンジンして頭蕩けるゥッ♥）

　これほどまでに快感を得るなど想像すらしていなかった。もっと甘く、もっと穏やかに、セックスとはそういうものだと思っていた。それがどうだ、こうして男根を抜き挿しされるたび凄まじい快楽がやってくるではないか。これを抑制せよという方がむしろ拷問であるとさえ言えた。

（あの魔法が、あれがなければ、こんなァッ……！）

　どういった術かは未だ知れずとも効果のほどは身に沁みて思い知るに足る。今なお膣洞は大きく拡張され腰骨は内からみしみしと軋み、深部を叩かれるたび膨れる腹は張り裂けんばかりの感覚を得る。先の通り、まるでお産を繰り返している気分。苦痛とて半端ではなかった。だというのに今や苦痛はどこにも見つからず、粘膜を削るような荒々しいセックスに肉体が溺れ背筋が踊り狂う。

「はああッダメぇ抉れるッ壊れるぅうッ！　もおダメああンッ♥　あッひいいッ♥　私ィ、私ィいいッ！」

（ああごめんなさい、アレックス、ごめ……！）

これだけ大声をあげてしまえば聞こえていないはずもない。彼はきっと目を覆い泣いている。クラウディアはふとそう悟るが詫びの言葉すら声にならなかった。平素なら自害も考えたろうがそれを許される立場になく、仲間たちのため、アレックスのため、このまま抱かれ続けるほかない。感じてよがって嬌声をあげ続けるしかない。

「ぐぶぶ、デカいおっぱいをぶるんぶるんと揺すりおって。淫らな姿だクラウディア、美しい容姿がなおのこと栄える！」

すでに彼女の白い肢体は隅々まで淡い薔薇色に染まっていた。大量に汗を浮かせた肌が篝火の光で妖しく輝き、尻を浮かせよがる様にはいよいよ本物の歓喜が見える。柔らかに揺れ惑う爆乳はおろか、恥蜜を撒き散らし穿《うが》たれる膣孔さえキュンキュンと忙《せわ》しなく肉ビラを収縮させ牝の昂りをあらわとしていた。

「はぁはあッ、やめて、やめてェ、このままじゃ私ッ、もう、もおォッ♥」

「イクのかクラウディアよ？　いいぞイけ、ちんぽハメられてイクがいい、私もそろそろ出すとしよう……！」

――グッポグッポジュポッジュポッ、ゴッゴッゴッゴッ！

無限とも思えた長い抽送もようやくにして佳境に入り、鋭く速く出し入れを繰り返し執拗なまでに膣底を叩く。

もはや何ひとつ抗う術もなく、クラウディアもまたさらなる涙をこぼして高まる。

（すごいッ、大きいのが中でびくんびくんしてェ、出される、出されちゃう、私の中でオークの精液ィ♥）

シーツにぎゅっと爪を立てながら迫り来る頂に向けて身構える。そうだ頂、間もなく甘美なアクメが訪れる。それが分かる、女としての若き肉体がその瞬間が近いのを訴える。

（こ、このままじゃ、私――イク、私イクの？　いやだっ、オーク相手にイクのなんて、私は誇りあるコルヴィア王国の騎士なのにィッ――！）

だが刹那の理性が発したその声も、無理やり引きずり出された快楽にはあまりにも微力であった。強がろうとも歓喜はそこにある、女として、牝としての肉の悦びが今まさに目の前にある、逃れることなど出来はしない、なおも昂りゆく膣と子宮とがそう声高に唱え、欲する。

「おぉ、おおっ、そろそろだ、そろそろ射精《だ》すぞ……！」

「あああッあああッやあああ～～～ッッ♥♥」

呂律の回らぬ嬌声をあげつつクラウディアは確信した。だめだ、今膣内に出されたら絶対にイかされる、気持ち良すぎて確実にイク、と。望まぬ種を植え付けられるという多大な恐怖が脳裏を過ぎるも、それとて激しい官能の渦に容易《たやす》く飲みこまれていってしまう。

「ダメぇ中は、中はダメぇぇ！　すごいッすごいのキちゃううッ、腰跳ねちゃうッ、ひぐッひぐいいいッッッ♥♥」

悶えれば悶えるほど恥蜜をこぼし肉サオにねっとり吸いつく陰唇。忙しなく巨根を締めつけ高まりゆく感度のあがりきった膣粘膜。ヒダ肉がきゅうきゅうと蠕動《ぜんどう》する中、喘ぎ回る中、彼女は唱える。助けてアレク、助けて……！

なれど現実はどこまでも容赦なく、尻を高く持ち上げられドスンと真上から膣底を杭打ちされ、

「おおおっ射精すぞ、ぐじゅぐじゅになったまんこに射精すぞ、おおぉ！」

——ズズズン！　ドスゥッ！

——ドビュルッドビュビュルルルルルッッ!!

「ああッひあああああああッッ♥♥」

(いぐッらめぇいぐううう～～～ッッ♥♥)

胎に大量に注がれる感触に、クラウディアは完全なるアクメへと到達させせられた。

(イっちゃう、イっちゃったぁ、中出しされながら、初めてなのにィッ♥)

子宮に精を浴びる危険性すらこの瞬間は頭から飛んでしまっていた。人生初の肉の交わ

り。初めて味わう膣内に迸る体液の感触。そこから生み出された熱と甘美感。意識が飛びかねない鮮烈な絶頂。これで自意識を保てる方が不自然だとさえ思えてならなかった。

（せぇし、あンッ、どくどく入ってきてェ……なんて量、お腹の奥いっぱいにィ……♥）

睾丸すらもが人外なれば射精量とて人外らしく、びくん、びくん、と脈打つたびに止めどなく精液が注ぎ込まれていく。恐らく人間の数倍はあろう、子宮に溜まりゆく液の感触がはっきりと知覚出来るのだから、一般のオークとの比較は出来ぬが間違いなく凄まじい量であった。

（イ、イっちゃったぁ～、すご、すぎるッ……頭の中、真っ白に……♥）

あまりの快感にすっかり気が抜けて、だらしのない表情であることなど彼女自身は知る由もなかった。目尻は下がり半ばほど白目を剥き、緩みきった唇からは唾液と一緒に舌までがだらんと溢れている。痙攣を続ける全身からは発汗にあわせて濃密な発情臭が漂い、オークの体臭にも劣らぬほどのむせ返るようなにおいとなっていた。

その豊かな尻を両手で掴み上げ、なおも体液を注ぎ込む男が、息を切らし汗ばむ顔に陰惨な笑みを形作る。

「まだだ、まだ出るぞ、おおっ――――ぐぶぶ、久々にたんと射精したわ、並の女では飽き飽きしておったのでな」

余韻に浸る瞳なき白い眼球が、恍惚を帯びてスゥと細くなる。

「実に、ぐひひっ、素晴らしい使い心地だ。――――さぁて、夜はこれからだ。まだまだ楽しませてもらおうかっ！」

「はあはあ、ひ――んほおおおお!?」

ズンッ、と。再度膣奥を重々しく叩かれ、クラウディアの口から悲鳴が溢れ出た。

文字通り不意打ちを食らった心境で黒い亜人と結合部を見る。持ち上げられた尻の奥、今やびたびたに濡れた膣孔が、先ほどとなんら変わらぬ勢いでなおもずぼずぼと抜き挿しされていた。

「ダメぇ、もう許してッ、こんなのダメ、ひぃいッ！」

当然のごとくクラウディアは悲鳴だけでなく嬌声もあげた。確かに一度射精したはず、それなのになぜまだ腰を振るか。意味が分からず半ば恐慌に陥る。

「こんなに出したのに、おほぉっ、まだッ硬いいィ……!?」

「一度射精した程度で終わるわけがなかろう、夜は長いのだ、最低でも三度は出させてもらわんとなぁ！」

「そんな、三度もぉッ!?　ひい許してッ、あひぃいいい♥」

――ズポッズポッズポッズポッ！

――グヂュッグヂュッグヂュッ！

なおも続く執拗な杭打ちに肉ビラが慄き恥蜜が弾け散った。豊かな尻たぶが柔らかにたわみ不規則な波紋を幾重にも連ねる。天井を向いて股開く腰が重みと衝撃に骨を軋ませ激しくバウンドした。

クラウディアはガチガチと歯を噛み合わせ、襲い来る官能の荒波に悶える。知らなかったのだ、一度果てれば終わりかと思ったが続けざまピストンに晒されるなんて。それもまったく硬度が落ちず、なおも獣欲に漲《みなぎ》っているなどと。

（こ、これが、セックス……レイプ、なの？　こんなにも激しくて、こんなにも、あぁッ！熱いなんてェ……!?）

信じられない心地であったが、こちらの方も一旦果てたのに一向に熱感が引かなかった。アクメ直後の猛々しい愉悦がなおも下腹部と子宮とに渦を巻き、新たなる刺激と甘美感により嵐のごとく荒れ狂っている。膣底をどすどすと叩かれるたび、肉ヒダをずりずりと引っかかれるたび、増幅される一方の快楽が全身の神経を狂わせていき二度目のアクメへと追いこんでくる。

「はあッはあッあああ♥　ひグッひいいいいい♥」

（うそ、また、またイっちゃう、またァ!?　さっきイったばかりなのにィ!?）

一度果てたとて官能の波は容易くは過ぎ去らぬ、そのことも今初めて知った。満足というものが存在しても、さらにその先があるということを身に沁みて思い知らされた。まだ気持ちいい、まだまだアクメがやってくる、これほど激しいものだったとは予想だにしなかった。

「ひいひい、グッ、グググぅぅ……ッッ♥♥」

しかしそれでも、微かに残った自制心が必死に上下の唇を縫い留めた。これ以上無様に喘ぐわけにはいかない。隣には仲間が、アレックスがいるのだ。騎士として、何より女として、亜人ごときに屈服するのは許されないのだ。

(せ、せめて、声だけでもッ〜〜いくらイかされた、ってェ……！)

快楽自体は先の魔法が原因と言えるが嬌声ばかりはそうは言えまい、これは己の問題だ。ならば耐える、耐え抜いてみせる、いかに膣肉が歓喜にビクつき背筋が淫らに躍ろうともだ。

「ぐぶぶ、ああも派手にイカされておきながら往生際が悪いものよ」

豪快に抜き挿しを繰り返すゲルドロリックスが、のし掛かるようにして覗きこみ、その黒く太い指を伸ばした。

「はあはあ、ングッんんんんえぇぇぇ〜〜ッッ⁉」

「抵抗されると余計に燃えてしまう性質でね、どうだ、こうすれば？」

指が唇を割って押し入り頬肉をぐぐっと横に押した。頬が外に向け歪に膨らみ、閉じていた口が無理にこじ開けられた。

その意図は明白、嬌声を我慢させまいというのだ。元より慈悲の心などあるまいが嗜虐《しぎゃく》心がくすぐられたのだろう。現にクラウディアはなす術もなく押しこめた嬌声を口から漏らしていた。

「あああッあはぁああ♥　らめ、くひ、ほひぃぃいいンンッ♥♥」

「いい声だ、ぐぶぶ、感じる牝はこうでなくてはな！」

低く笑うオークの王を見てクラウディアは新たな涙を浮かべた。せめてもの矜持すら踏みにじろうとはなんと悪辣な男なのか。これで慈悲深いなどとよく言える。なまじ知恵があるぶんその邪悪さは並のオーク以上だ。

だが効果的であることは認めざるを得ず、歪に広がった唇からは唾液と一緒に歓喜の声が絶えず漏れ響いた。

「ひいッ♥　ひぐゥ♥　もッらめェ、やめっ、おほおおおお♥」

（声漏れちゃう、ダメ、許してッ、お願いアレク、聞かないでぇえッ……！）

今なおピストンは執拗に続き、尻たぶは弾け汗と蜜汁とが宙を飛び交う。シーツを掴む両手は痙攣し開かれた脚はカクカクと悶え、乳房は止めどなく揺れて惑い柔らかな波紋を刻み続ける。乳首がびんびんに勃起しているのは感じてアクメが近い証拠か。抜き挿しされるたびくるくると回って艶《なまめ》かしいことこの上ない。

自らの嬌声がタガを外すのか、瀬戸際で堰き止めたはずの愉悦が一気に喉元までせり上がってくる。気持ちいい、膣が、子宮が、身体が、すべてが。頭の奥がまた白み始め、四肢がぶるぶると硬直し突っ張り、

「はひッはひいいいいらめェらめらめおおおんんんッッ～～～ほおッおおおおおおおんんん～～～ッッ♥♥」

――ズポッズポッズポッズチョッズチョッズチョッズチョッ！

――ビクッビクッビクッビクッガクッ！

声を出してから間もなく、肉ビラがきゅうっと派手に収縮し全身が細かく小刻みに痙攣した。

（イッ――イッちゃ、ったぁ……中出しされる前、にぃ……！）

恐らくスパートなどかけていまい、堪能するためのリズミカルな抽送。それとても今の彼女にとっては十二分な刺激であり、自制の壁が崩れたのを機に一気に甘美な瓦解《がかい》へと至ったのだ。

「はあはあ、あへェ、あへェ……♥　こんにゃ、こんにゃぁア……！」

口に指を突っこまれたままだらしなく頬を緩ませ、半目となる。今や意識は快楽一色だ。抑制するため最初の苦悶が欲しいほどに。ちょっと自制を崩されただけでこうも敢え無くアクメしていては、この先一体どうなってしまうのか。

「ぐぶぶ、情けないアへ顔などしおってからに。そんなに良かったか？　またイってしまったか？」

ゲルドロリックスが抽送を緩め、口から指を引き抜いて言う。

「またもまんこがちんぽを食い締めているぞ。おお気持ちいい、肉ヒダもまだまだ嬉しそうに動いておるわ。――イったのだろう？　ちょっと突いただけであっさりイってしまったのだろう？」

「はあ、はあ、なに、をぉ……………ぃ、イってない、イってなど、いな、いぃ……ッッ」

派手に息を切らせながらもクラウディアは弱々しく首を振る。たとえ嘘でも言うわけにはいかなかった。中出しの余韻があまりに強くてたちどころに感じてアクメしたなんて。いかに無様に身悶えようともそれだけは口にしたくはなかった。

「き、貴様ら、オークなどにぃ……人間である、騎士である、私がぁ……――っあああ⁉」

――ズズンッ！　グポッグポッグポッグポポォッ！

しかし小さな強がりと抵抗は裏目に出たのやもしれなかった。

両足首を掴んで纏め、大きく腰から屈曲させると、ゲルドロリックスはのし掛かるようにして再び激しく腰を振ってきたのだ。

「ダメッひぃッひぃいいい⁉　深いッ深いィ！　奥に来るッ奥にごりごりィ⁉」

「素直に認めれば良かったものを、ならば認めるまで存分に楽しませてもらおうではないか！」

「だッ誰が認め、ひぃいいいい♥　焼けるゥ、熱い、熱いッ、おおお子宮潰れるううゥッ♥♥」

体重をかけた抽送と圧により胎の奥底で子宮ごと卵管が歪み跳ね回る。それはもはや暴虐とも言えるほどで、少し前の彼女であれば苦悶の絶叫をあげていたろう。

それなのに今は、ただただただひたすら焼けるような快楽のみがある。おぞましいほどの、怖いくらいの、鳥肌のやまぬ強烈な官能が。

「声出ちゃう、ダメッらめェえ！　お願い許して、これ以上ッ、感じたらぁぁあアッ‼」

「ぶひひひ！　ならば言ってみろ、オークに犯されてイったとなぁ。中出しアクメをキメるばかりか連戦で呆気なくイキましたとなぁ。言えば許してやろう、どうだクラウディアよ？」

「はあひぃッ、だ、誰がぁ、誰が言うもんッ、かぁぁ――ぁぁあああンンン♥♥」

「ならば終われんなぁ、最低でもあと五回は中に出させてもらうとしよう、ぐぶ、ぐぶぶぶ」

「そんな、そんなァあぁァァ……!?」

認めれば誇りを捨てた対価としてこの快楽地獄から逃れられる。認めねば誇りは守られる代わりに翌朝、あるいは昼までも延々と犯され続ける。

すでに声は、嬌声は殺せない。歯止めを欠いた口はもう言うことを聞きはしない。アレクにも延々と聞かれ続ける。どうすれば、どうすれば。

泣きたくなるような板挟みの中、クラウディアは薄暗い室内にて浅ましい声をあげ続けた。失神し意識を手放すまで。朝靄《もや》の立ちこめる時刻まで。

隣の部屋から愛する彼の、嗚咽《おえつ》の声が漏れ聞こえてくるまで……。

※

「～～……ごめん……クー姉だけ……辛い目にあわせて……ッッ……」

アレクーーアレックスの声をようやく聞けたのは、陵辱が終わって数時間が経ち、軽く睡眠を取った後のことだった。

「団長……すみません、我らのために……」

「騎士として、サヴィーナ騎士団として、我らは……ッ」

ゲルドロリックスの言った通り、彼らの牢獄は石壁を挟んだすぐ隣にあった。トレイを持って訪れるのは容易であった。

皆、憔悴している。肉体以上に心の方が。

昨夜はひと晩中寝付けなかったろう。なぜかについては語るに及ばずだ。

皆にも辛い思いをさせた——ともすれば暗く沈む表情に、クラウディアは笑顔を作った。

「……皆で生き残るためだ。必ずチャンスは来る。それまでの辛抱だ……！」

トレイに乗せて運んできた食事をひとつ、またひとつと皆に配る。鉄格子越しにしか語り合えぬのは虜囚の我が身を強く思わせた。自分以外は取るに足らぬのか、仲間たち全員ひとつの部屋に雑に押し詰められていた。

窮屈な牢獄にて満足な寝台すらもない。肉体の疲弊も早かろう。絶望感と閉塞感は肉体にも即影響を及ぼす。

自分は寝台を得られているだけマシな方なのかもしれない。食事とて彼らより上等だった。たかだか野菜スープひと皿などよりは遥かにだ。

だがそれとても与えられるだけマシかもしれぬ。約束通りあのオークの王は仲間の食事も用意した。そこいらのオークどもであれば考えなしにその場で鏖殺《ミンチ》だろう。

（そう……恥じることなどない、皆を救うためにしたこと……何も恥じることなど……）

襤褸寸前の衣服の前でクラウディアはぎゅっと指を握った。どうにかこうにか汚れを拭い、破れた衣服を辛うじて整えると、一見だけでは陵辱の残滓《ざんし》は見当たらなくなる。知らぬ者ならば敗残の兵と見るだろうか。

実態は――否、今は考えまい。無駄に気が沈むだけだ。

「！　アレックス、その傷……」

消沈し立ち尽くす彼の左腕に血の滲みを見て取り、クラウディアはそっと鉄格子越しに手をかざした。

「待たせたな、今、治して――」

雑に扱われたせいか先日癒した傷が開いたらしい。見たところ大層な怪我でもないが、化膿せぬうちに治しておいてやるべきだ。

なに、簡単な治癒魔法でたちどころに快癒するはずだ。

造作もない。こんなものは初歩のレベル、普段扱う攻撃魔法に比べれば――

(容易く――容易く――……え……？)

「？　……クー姉……？」

いつまでも何もしないこちらをアレックスが訝った表情で見る。

手を軽くかざした状態で、クラウディアは徐々に表情を強張らせていった。

(回復、魔法――どうやれば、いいんだ……？)

そう、造作もないはず、こんな魔法は何度となく使ってきた。術式を覚え鍛錬も重ねた。

今さらどうということもないはず、剣で急所を狙うより簡単だ。

そのはずなのに――なぜ？

一体何をどうすれば使えるのか、いくら記憶を辿ろうとも一向に思い出せなかった。

(どうして――そんな、ことが――？)

「――ぐぶぶ、なるほど。回復魔法を忘れたか」

と。背後から野太い声がかかり、一同がそちらを向いた。

瞳なき白目を細め、余裕たっぷりに腕を組んで立つ大男。黒光りする巨体。マントなどを羽織っている。

オークの王、ゲルドロリックス。

そいつが口から放つ言葉が、騎士団一同を戦慄させた。

「ぐぶ、ぐぶぶぶ……お前には呪いをかけておいた。絶頂するたび――アクメするたびに記憶を失っていくという強力な呪いをなぁ」

「な――な……!?」

皆一様に絶句し、その言葉の意味を時間をかけて咀嚼《そしゃく》していった。

アクメするたび記憶を失う。忘れてしまった回復魔法。呪い。結果。その意味するところとは。

「そんな、嘘だ……そんな気配、少しも……！」

「証拠はその下腹にある。子宮の上、牝の子袋のある辺りだ」

はっとして破れた衣服を見やれば、白いショーツの股座の少し上、半ば露出した下腹の肌に何かの青黒い紋様が浮かんでいるのが知れた。

焼き印にも似たその紋様は、何かの杯に見えた。危険な雰囲気漂う杯である。

その杯の底の部分が、ほんのりと赤く変色していた。

「見ろ。下の方から少しずつ赤くなっているだろう。それがアクメした証拠だ」

カタカタと震える騎士団を睥睨し、ゲルドロリックスは朗々と語る。

「アクメするごとに赤くなっていく。アクメするごとに記憶は失われ別人へと変わっていく。そして深紅に染まったその時こそ、お前は真に我が物となるのだ」

「じゃあ、やっぱり……あの声、団長が、イカされて……」

「ち、違う！　私は、私はっ……！」

クラウディアは咄嗟に首を振ったが、その声は震えており自信のなさが垣間見えていた。

「イってなんて、私っ、イってなんて……！」

「そうだな、最後までイったと認めはしなかった。しかし無意味だったのだ。その呪いの淫紋と効果こそが真実を物語っているのだからな」

そうだ分かっている。口ではいくら強がったところで真実までは変えられない。イカされた。何度も何度もイカされた。初中出しでアクメを見、連戦でたちまちアクメへと至り、その後も繰り返し犯され達した。10回近くは果てたであろうとぼんやりとだが記憶していた。

忘れたくて仕方ないその事実が、まさかこのような形で白日のもとに晒されるなんて。

絶対に知られたくない相手の前で、知らしめられてしまうなんて。

「クー姉…………ううっ……」

「ちが……ちが、う……！」

「ぐひひ、今夜も派手にしがみついて腰振ってくれよ。──クラウディア騎士団長様？

ぐぶぶははは！」

落雷を思わせる巨大な哄笑は、さながら処刑執行を宣言する慈悲なき銅鑼の音を彷彿とさせた。

3章　狂いゆく心と身体

「あうっ♥　あぎっ♥　んぎっ♥　うぐぅッ♥」

——あれから——オークどもの虜囚となってから、かれこれ二週間もの時が過ぎ去った。

この身を差し出す代わりに仲間たちの生命を保証する。

その約束は今なお継続し、比喩なく連日相手させられている。

むき出しとなった無防備な膣への凶悪なる牡肉杭打ち。

今日もクラウディアは悲鳴をあげ続けていた。

「感じてきたか？　こうもまんこを締めおって。相も変わらずいい具合よ、さすがは王国一の騎士だ！」

オークの王が両脚を掴み、仰向けに寝た肢体の尻を持ち上げ、天を向いた無防備な膣孔に真上からぐぽぐぽと牡肉を挿しこむ。

「射精すぞクラウディアっ！　そうら、お前も……イクがいい！」

「んぎいいっおおお——おおおおッッ♥♥」

——ビュルルルルルルルルルッッドキュウウ！

そうしてさんざっぱら膣肉の感触を楽しんだペニスは、まさに杯へと注ぐがごとく子宮へと精液を送りこんでいった。

途端に押し寄せる快楽の荒波。滂沱の熱と刺激の奔流《ほんりゅう》。

気持ちいいと感じてしまうのは、この下腹に植え付けられた淫の呪いのせいだろう。

イクわけにはいかない。たとえどれほど感じようともアクメにまで至るわけには。

クラウディアは目いっぱい歯を軋ませて、汗だくの顔に苦悶じみた表情を作った。

(イッて、たまるかぁ……！　オークのペニスごときに誇りある騎士は屈したりは……しない……ッッ！)

強がりにすぎずとも、こんなものは快楽ではないと己自身に確と言い聞かせる。

「ぐふぅ……今日もたんと出たぞ、ぐひひ」

黒光りする禍々《まがまが》しい巨根が長い射精を終えて引き抜かれる。

こうして膣内に出されるのも、これで何度目となろうか。覚えてなどいない、数える気にすらなれはしない。拒める立場でない以上は避妊を唱えても無意味であった。

どの道それどころではない、もっと差し迫った危機がある。

呼吸をすら止めてあえて苦悶を取り込んだ肺から、やっとこ息を吐き一時の安堵を食む。

(た……耐えた、ぞ……今日も、どうに、か……)

酸欠で意識が途切れかけるほどだったが、そうまでしてでも我慢しなければならぬ。

下腹部に浮いた呪いの淫紋、これには危険な罠が仕掛けられていた。人であれば苦行でしかない巨躯なるオークの巨根挿入、これをすら容易とさせる代わりに絶頂するたび某《なにがし》かの記憶を喪失していくという。壮絶な破瓜に苦しんだ際の隙をつかれて施されてしまったのだ。

今思ってもなんたる失態か。平素であればおめおめと食らうこともなかったろうに。それどころか今この瞬間でさえ反撃に転じ打ち倒せるかもしれぬものを。

すべては後の祭りである。むざむざと罠にかかり仲間を人質とされた挙句に純潔を散らされ呪印まで仕掛けられた。かくなるうえはこの恥辱に耐え祖国からの救援を待つよりなかった。

（もう、二週間……そろそろ来ても、よさそうなもの、なのに……）

王都からここまで帰路も込みでせいぜい六日、未だ戻らぬ現状から見て異変を察して然るべきだ。たかがオークの集団ごとき掃滅に二日とかかるまい、騎士団ならばそう考えるはずなのだから。

にもかかわらずなんの音沙汰もないというからには、別件で立て込んでいるのか、はたまた別の罠でもあったたか。

それら状況に思いを馳せたのが、結果として悪かったのだろう。

オークの王、ゲルドロリックスの不意の追撃を許してしまっていた。

「おや、私ばかりいい思いしては悪かったな。どれ、お前もきちんとイカせてやろう」

「なっ、やめ――!?　おひぃ♥」

天を向いたままの濡れた膣孔に太い指がずぶりと押し入った。人差し指と中指の二本が膣粘膜をずりずりと擦ってくる。

気を抜いていたためか、愉悦を押し留める自制の壁が刺激で一気に瓦解してしまった。

「そんなダメッずりずりダメぇあおッ、おほおおおぉぉおお♥」

――グチュグチュグチュグチュッ！

――プッ――プシャアアアァァッ！

なんということか。やっとこ我慢しきったはずが、不意のひと押しですべてが無為となってしまった。

（ああっ、我慢したのにぃいぃいぃっ！）

「おうおう、天井まで飛びおったわ。そんなに気持ち良かったか。ん？」

豪快な潮噴きを見て愉快げに笑うオークの王。そう仕向けたのは疑いがない、こちらがアクメすまいとしてきたのを嘲笑っての行動だ。

天井に沁みつきぽたぽたと滴り落ちてくる己が放った体液を肌に浴び、クラウディアは余韻の中、悔しさにぎゅっと唇を噛む。

（結局またイってしまった……呪いのせいで、また、記憶が……）

どういった意図かは杳として知れないが、ただ獣欲を満たすためのみの細工でないことは確かだった。絶頂するたび記憶が失せ何かが思い出せなくなる。すでに幾度も無念のまま絶頂し欠け落ちてしまった記憶がある。隣室に囚われた仲間の名前すら一部は思い出せなくなっていた。

此度のアクメにより下腹部の淫紋が徐々に下から赤く染まっていく。曰く淫紋が深紅に染まった時、自分は自分でなくなるという。そんな真似をしてどうなるというのか、そこまでは知れない。だがどうあれこちらにとっては致命的危険であるのは明白だった。

幸いまだ彼のことは記憶から消えずにいる。アレク――アレックス。三つ歳下の幼馴染。同僚で部下。未だ契りは交わさずとも想い想われる仲の少年。幼き頃の彼の姿まできちんと思い出すことが出来る。

そんな些細なことにすら幸福を見出すほど、今クラウディアは精神的に追い詰められていた。単に恥辱に耐えるばかりではない。意図せずして訪れる激しい官能をも耐え凌がねばならなかった。ただ苦痛であっただけならばこうまで疲弊はしなかったはずだった。

(イクのを我慢するのが、こんなにも辛いなんて……でも今度こそ耐えてみせる、もうすぐ王都から助けが来る、それまで耐えるんだ……!)

まだだ、まだ折れてはいない。何より大切な記憶は、想いは、この胸の奥に確かに残っている。これさえ死守すれば必ず光明は訪れる、そう信じていた。少なくともまだ疑ってはいなかった。

されどその献身と愛が、今この瞬間でさえ端からひび割れつつあったのも、また事実であった。

「さて、まだヤリ足りないが、腹が減ったな」

ひと晩中も続けたというのにゲルドロリックスはまだ物足りない様子だった。底無しと見えるこの精力もクラウディアを追い詰める要因であった。

「よし、ヤリながら満たすとするか。団長殿にもまだまだご馳走してやらんとな」

なッ……!?　と呻くクラウディアを掴むと男はそのまま食堂へと移動した。他のオークどもの視線も無視して結合を解かぬまま食事を用意させ、全裸に近い白い肢体を無造作にテーブルの上に乗せると、背後からずんずんと腰で突く傍ら、皿に乗った骨付き肉を片手で掴んでがぶりと齧った。

「そんなァ、はうッ、ぎいッ、いいッ……!」

「腹を満たしながら女を味わうのはまた格別よな！　ぐひひ、はははは！」

元が城であった名残かそこは兵たちの食堂だった。昔は人間の騎士やら兵士らが大勢詰めかけて食事をしたのだろう。暗く薄汚れて見えはしたものの、亜人どもの粗雑な扱いにも機能を損ねた感はなかった。

問題はその場にいた亜人どもだった。同じく朝食時だったのだろう、オークの雑兵《ぞうひょう》どもが轡《くつわ》を並べて食事を摂っていた。

「ぐぶぶ、心配するな。こやつらは手を出さんよ。お前は私の牝だからなぁ」

ゲルドロリックスは笑って言ったが、それがなんだとクラウディアは思う。大勢の目の前で辱めることに、なんら違いはないではないか。

(でも、もう少しっ……もう少し耐えれば、この屈辱も終わりが来るんだ！)

突き刺さる視線は辛かったが相手が人でない点だけは唯一の慰めと言えた。狐や熊に水浴びを見られたとて恥じらう女などいようものか。そうとも、所詮こいつらは獣以下の怪物にすぎぬ。であればこの羞恥とて一時のものにすぎぬ。

　見ればどいつも脂くどそうな肉ばかり頬張っている。多少なり文化があるのか軽く調理はされていたが、フォークやナイフ等はなく手掴み同然で食っている。背後の男とてそれは同じ、所詮は蛮族とひと目で知れる。これを目にすれば自尊心とて多少なり保《も》つというもの。

（こんな下賤なやつらなど、助けが来ればあっという間に……っあ――⁉）

「王さマ、それ、オでたちも使いたい……」

と。勝手口から現れたオークどもに、クラウディアは目を奪われた。

　正確には、オークらが連れていた哀れな女性たちに。

（あれは……近隣の村から攫《さら》われた娘たちか⁉　なんてこと、彼女たちも呪いを受けて……！）

　他と大差ない雑兵どもだが人間の女たちをゲルドロリックス同様に犯していた。下腹部に描かれた杯に似た淫紋はすでに深紅に染まっている。記憶どころか理性すらないのか、抗う素振りもなく狂った喜悦《きえつ》に溺れて見えた。

　クラウディアは怒りと共に切実な恐怖をも覚える。自分の淫紋も深紅に染まればあんな風になってしまうのか。ちらとでも想像するだけで身震いが起きそうだ。

　ゲルドロリックスはふふんと笑い、「そうか」と言いつつも否やを示した。

「攫ってきた娘を皆で使い輪姦《まわ》す、それがルールだ。――が、悪いがこれは特別でな。お前たちに使わせるわけにはいかんな」

「ッ――ふざけるな！　人間を、女をなんだと思っている、このケダモノどもめっ！」

背後から犯され続けるのも構わずクラウディアは憤怒のまま叫んだ。なぜ今回の討伐任務が精強《せいきょう》なサヴィーナ騎士団に任されたのか分かった気がした。この知恵あるオークが村々から略奪し物資を集めていたからだろう。並のオークならばその場で襲って満足して終わり、後々のため確保しようとは考えもすまい。

「安心しろ、お前はあいつらには勿体《もったい》ない代物だ。――何より、私の子を孕《はら》んでもらわねばならんのでな」

「なっ……!?　誰が、貴様の子などっ!!」

クラウディアが背後を睨みつける一方で、その肢体を欲したオークが「じゃあダメか……」と肩を落とした。術か力かもしくは知略か、どうあれその他のオーク連中は上手く手懐けられているのがこの態度からもはっきりした。

「そうだ、この牝は私だけのものだ。――が、案ずるな、私は寛大だ」

ここでゲルドロリックスは思わぬ行動に出た。陵辱の最中であるにもかかわらずクラウディアの唇を背後から指でぐいとこじ開け、

「こっちの穴なら使っていいぞ」

「ッ!?　や、やめりぇ、きひゃないっ……！」

前屈した姿勢を強要し、前から口を犯すことを容認したのだ。

正気の沙汰ではないとクラウディアは思った。異性のモノを口にて慰める、いわゆるフェラチオと呼ばれるものか。耳にはしていたが排泄用の器官を口や舌で刺激するなど驚きだ。ましてやロクに風呂も入らぬ垢だらけの亜人のモノなんて、と。

「おお、王さマ、太っパラ！」

だが亜人の雑兵は素直に喜び犯していた村娘を手放すと、むき出しのペニスをこちらの口元へと寄せてきた。

「よへっ、そんらものくひにらんれ——んぉ、聞いれいるろかっ、やめ……！」

おぞましさに耐えかね身震いするも、なんら抵抗の役には立たなかった。腕力でオークに敵うはずはなく人質を取られては是非もない。顔を背けることさえ叶わず半ば無理やり口に押しこまれた。

「やっおおんんんんっ⁉　うぶっんんっ！」

(ああ、穢らわしいオークのペニスが、口の中いっぱいにぃぃっ……！)

刹那だけ拒絶を示しはしたものの涙ながらにしゃぶってやる以外なかった。目の前のオークは文字通りの雑魚《ざこ》、これまでに何体も狩ってきた相手だ。それが今や恐れるでもなく悠々と口を犯しに来ている。惨めな気持ちはなおさら強く、肉体以上にプライドを傷つけた。

(膣だけでなく口までこんなっ……ああ臭い、苦い、吐きそうっ……！　人間でさえ嫌なのに、オークごときのを、だなんてぇッ……！)

　言わずもがなと称すべきか、ロクに洗った形跡はなく汚液の残りカスまでついている有様。ほのかな甘いにおいの元はこびりついた村娘の恥蜜か。それすらも汚臭と一体化し鼻腔をツンと刺激してきた。

　どうあれかくなるうえは一刻も早く果てさせ終わらせるしかない。両手を目の前の肥えた腹につき、腰振る動作につられるようにして舌を這わせ肉棒を扱いていった。

「んんぅッんんッんんッ！　うぶぅ、おぐぅッ……！」

「おっおっ、この牝すげぇいい、さすが王さマの！」

「ぐぶぶ、そうであろうそうであろう。──どうだクラウディア、初めてちんぽをしゃぶった感想は？」

　ゲルドロリックスも腰振りをやめぬまま気分良さげに聞いてくる。

「ご覧の通り大きいのでな、私のものでは顎が壊れてしまうからなぁ。小さいと締まりがいいが、それとても考えものよ」

　自分もそうしたいのは山々だと暗に告げ、笑っていた。一瞬怒りが胸中を過ぎるも、こちらはそれどころではない、いくらか見劣りするとはいえこのペニスとて決して小ぶりとは言い難かった。

（顎が辛い、外れそうっ……ずこずこ突かれて息苦しい、本当に口まで犯されるみたいにい……！）

　血管が気忙しげに脈を打つも、それの意味するところなど考える余裕がない。喉の奥深くが何度も塞がれ気道すらもが圧迫される。前から後ろから腰で突かれ背骨が軋み肉がわななく。首筋の辺りがじんじんとし始め苦痛と快楽とがごちゃ混ぜになっていく。

膣奥を抉られて気持ちいいのか。喉奥を突かれて苦しいのか。そもそも何が快楽で何が苦悶なのか。よく分からない、意識が徐々に混濁していく。恐らくは酸欠と疲労のせいで。

と、ぬめる口内と柔らかな膣洞とが小刻みに往復され始めた頃だった。前後の肉棒が同時にびゅくびゅくと小さく痙攣し、前後の粘膜をメリッ……と拡張させ、

「うほぉでるっ！　王さマ、おでるぅ！」

「こっちもだ、そうら受け取れクラウディア！」

――ビュルルルッ！　ドプッ！　ドプッ！

――ビュルルッゴプッ！　ビュルッビュルッビュルッビュルッビュルッ！

「んんんッんんんん～～～～ッッ！」

(口と膣にぃっ、そんな、同時にぃいっ⁉)

ふたつの肉棒が奥に向けて勢いよく粘液を放出してきた。片方は胃の腑に、片方は胎に、前後から挟撃でもするかのように真っ直ぐ中心部を目指して放ってきた。

(膣だけじゃなく喉にも精液が、ううっ、絡みついて、き、気色悪いぃ……！)

苦悶のおかげで幸いアクメは免れたものの、気道を塞ぐ汚液の感触はまるで吐瀉物《としゃぶつ》を飲み下すがごとくだ。ねばねばとして熱く、濃く、舌で味を感じる以前に喉粘膜が忌避に打ち震える。げふっと咽《む》せて胃から逆流し鼻の奥にまで入り込みそうだ。

　こんな代物を飲み干せるはずもなく、どうにか肉棒が抜けたところで真下を向いて口から吐き出すと、白い糊にも似た液体がどばどばと石床に撒き散らされた。

「ゲフッ、うぶえぇ〜〜ッッ……ごほっ、ごほっ……！」

「おやおや、はしたないぞ。ザーメンは全部飲み干すのが牝の礼儀だというのに」

　交尾然とした射精を続け、ゲルドロリックスがなおも笑う。

「お、王さマ、オレも」

「おデもそれ、使いたい」

「オデもオデもぉ」

「ぐぶぶ、だそうだぞ？　他の連中もお前の口を使いたいそうだ」

　いい機会だ、とゲルドロリックスは言い結合を解いて頭を掴んできた。床にへたりこむこちらの顔を、肉棒をしごく同胞らへと向ける。

「牝の口の本当の使い方を学んでおけ。私のモノではそうもいかんが、ここには多くのちんぽがあるからなぁ」

「あうっ――ひ、いぃぃ……⁉」

　クラウディアは見た。目の当たりにした。すぐ鼻先にて一斉に集う、針の筵のごときそそり立つ肉棒の群れを。

　途端に歯がカタカタと鳴り、汗ばんだ頬が青ざめていく。オークのペニスがこんなにもたくさん。これすべてを咥《くわ》えろと言うのか。軽く見積もっても総勢十本、そのすべてを残さず満足させろと言うのか。

　無論のことやるしかない、そんなことは今さら愚問だ。この賢いオークのことだ、拒もうものならば一人ずつ順に部下を処刑していくやもしれない。その最初の一人目がアレックスかもしれぬのを思えば否応なく従わざるを得ないのだ。

（でもっ、だからといって、こんな一気にぃ……⁉）

　それでも二の足を踏んでしまうのは致し方のない話であろう。二週間経ったとはいえ一対一の陵辱にすらも未だ馴染めずにいるのだから。

　無自覚に後退《あとずさ》るクラウディアの顎を、雑兵オークの太い指がガッと掴み、口にペニスを無理やりねじ込む。

「いや、やめ、あぶぅ⁉　――んぶっ、んん～～～ッッ！」

「ブヒッ、こりゃいい～、お口まんこやわらけ～♪」

「次おでだ、早く！」

「オデもオデも！　はやくはやく！」

「まあ待て、口はひとつしかないのだからな。順番が回ってくるまでは、この指や美しい髪で我慢しておけ」

（そ、そんな、手や髪までぇ⁉）

　所詮オークと言うべきか、一旦始まると規律も何もあったものではない。我先にと手を出し女を辱めんとする。顔に向けて、いや頭に向けて群がるペニス。ゲルドロリックスの言葉がなければもみくちゃに取り合われていただろう。

　代わりに強要されたのは両手を使った摩擦と髪を巻き付けた刺激であった。手で握ってしごいて射精させる、その程度は知識があったがオークのそれで実践するなど。ましてや女の命とも言える髪まで慰み物にされるとは。なんという穢らわしさか、挿入こそ免れはしてもこれは間違いなく輪姦であった。

「んぶ、おぶっおおんんッ～～！　じゅる、よふぇ、こんふぁにもいっふぁい、むるぃ、づるるルッ！」

　もはや現状から逃れたい一心で唇を伸ばしてペニスを啜り、指を搦《から》めて肉サオをさすり、桜色の長く美しい髪をもてあそばれるに任せる。先の村娘を慮《おもんぱか》る余裕もない、今この瞬間この食堂では悪しき意味で己の独壇場だった。

「おおすげー、自分からシタぬるぬるしてル～」

「指キモチい～、オウ、モ～でソ～……！」

「んぶッおぶっおおおおんん～～ッ⁉　ングッゴクッ――れれるぅ、んびィ……！」

(穢らわしい、顔に、髪にまで飛んでぇっ……早く終わって、早く、早くぅっ……！)

　口内射精もさることながら、肌という肌に降りかかる汚液は己が現状をより一層痛感させた。無力。その単語が頭に浮かぶ。今の自分は何も出来ない、これほどまでに汚されようとも抵抗ひとつ許されない。虜囚の身となり日々を耐え抜く、言うは易く行うは難し、その現実を、己が浅慮《せんりょ》を、痛烈なまでに実感させられる。

（これほどの目にあうだなんて……覚えていろ、必ず、必ず……！）

救援が駆けつけた際には一匹たりとも逃さず根絶やしにしてくれる。復讐してやる。思い知らせてやる。

そればかりを考え続け、クラウディアは全身ずぶ濡れと化す中、なおも降り注ぐ汚液を前に不本意な鳴き声をあげていった。

「おぶっおほおんんッ！　ングッほおぉ♥　しぇ、しぇいえきぃ……♥」

知らず下腹部がひくひくとわななき淫紋が小さく胎動するのを、彼女は最後まで気づくことはなかった。

※

「皆、今日の食事だ。少ないかもしれないが、しっかり食べてくれ」

そうやって仲間に食事を届けるのも、これで二週間あまりになっていた。

礼を口にし、よろよろとした仕草で皿を受け取る牢獄内の団員たち。

その表情には疲労の色が濃く表れていた。古城に張り巡らされた結界は、今なお彼らの魔力を押さえつけている。体力の消耗は、何も不慣れな獄中生活のせいばかりではない。

こんな時こそ団長である自分がしっかりしなければ。

本音は自分とて泣きたくはあったが、クラウディアは努めて笑った。

「もう二週間だ、間もなく助けが来る！　脱出に備えてしっかり食べて体力を温存しておくんだ！」

虚勢にすぎぬのは誰の目にも明らかであろう。あの惨状を、恥辱と陵辱の日々を、すぐ隣で毎夜耳にしているのだから。

精神的な疲弊もあってか、皆、手元の食事に手をつけようとする気力すら見られない。と、力無く笑う団員らの中で、一人の少年がすくっと決意の表情で立ちあがった。

「クー姉――いや、クラウディア団長の言う通りだ。いざという時のためにしっかり食べておこう」

それを見て誰より驚いたのは、誰あろうクラウディア当人であった。

恐らくこの場にて誰より傷心しているはずである。愛する女性をむざむざ傷物にされたのだ、その心情はいかばかりか。

だというのに今のアレックスは、この場の誰より凛として見えた。その姿にクラウディアは騎士たる者のなんたるかを垣間見た。

「……そうだな、腹が減ってはなんとやら、だな」

「よっし、くそ不味いけど食うぞ！」

他の騎士たちの淀んだ瞳にも意思の光が舞い戻った。軽口を叩いては少ない食事を腹に掻き込む。沈みきっていた表情にも幾ばくかの笑顔が戻った。

（アレックス……ありがとう……！）

励ますようにコクンと小さく頷く彼。クラウディアも頷いた。絶望の淵にあって、二人の心は確かに通じ合っていた。むしろ逆境なればこそ想いは強くなったとさえ言えた。

が、しかし――それすらも束の間の安息にすぎなかった。

よもや彼らの存在そのものが、さらなる辱めを招く要因になろうとは――

※

「捕虜のぶんも出さねばならんため、そろそろ食料が底をついてきた」

それは後日のことである。ゲルドロリックスのその言葉を聞き、クラウディアはさっと青ざめた。

そんな馬鹿なと即座に反論した。捕虜、つまり仲間たちに出される量は決して多くはない。オークどもの食う量に比べればそれこそ雀の涙、であれば枯渇の主因はオークどもにあるはずだった。

しかし残飯といえども放出していることに変わりはない、あれとて貴重な腹の足しだ、そう語られれば所詮はそれまでだった。

遥か東国の古い言葉にも「ない袖は振れぬ」とある。喚《わめ》いたところで増えるでもなし。かくて調達の必要に駆られ、連中は近隣の村へと向かう運びとなった。

考えてみれば自然な話だがオークどもには物資調達の宛があった。部隊を維持し続けるのは無補給ではあり得ない。彼らは村々に侵攻し支配下に置くことで供給源としていたのだった。

その話を聞かされた際、クラウディアは奇異を覚えた。そんな情報は耳にしていない、手遅れならいざ知らず連絡の途絶えた国内の村に調査の手すら及んでいないとは。もしもその報を事前に得たならば、サヴィーナ騎士団とて難敵と見なし警戒を厳にしていたであろうにと。
何かある――彼女がそう察した矢先、ゲルドロリックスのもとに報せが入った。目当ての村に反抗の兆しがあるとのことだった。
「ふむ――丁度いい。ここらでひとつ釘を刺しておくとするか」
ゲルドロリックスは何事かを講じ、青ざめ立ち尽くすクラウディアを見た。
そして男の取った行動、それは――
「見るがいい！　お前らが頼りにする騎士団長は、こうして私の情婦となっているぞ！」
古城を出て村を訪れたゲルドロリックスは、広場に着くなりそう高らかに宣言し、皆の
前でクラウディアを土の地べたに四つん這いにさせた。
「ぐっ、うう……おのれ、よくも……」
「反抗を企んでいることなどとっくにお見通しだ。だが無駄なことだ。名高きサヴィーナ
騎士団の団長が私のものとなっているのだ。非力なお前らが何をやろうと無駄なあがきに
すぎん！」
ゲルドロリックスはクラウディアを利用し村人の戦意を削ぎ落としにかかったのだ。王
国一の魔法剣士、その名声と肩書は各地の寒村にまで伝え知られている。それが敵に利す
る羽目となってしまったのだった。
「そんな、あのサヴィーナ騎士団までもがオークなんぞに……」

「あのような姿で犬っころみたいに繋がれて、なんと哀れな……」

「あのお方でも敵わんのに、わしらなんぞじゃあ、とても……」

（ああ、見ないで……こんな情けない私をっ……）

そこそこの規模の村であるらしく家屋は多く田畑も広かった。家畜も多く飼っていたらしいが今は数が減って見える。皆オークどもの餌となり果てたのだろう。

訪れた際に理解したのは、どうやら簡易の結界が張られ外界から遮断されているらしいということだ。村人たちは外へは出られず農耕にて自給自足、外からは幻惑の魔法により村の存在すら見えない。なるほど孤立無援なのも頷ける。音信不通に違和感を持たれないのは不可解だが。

ともあれ今のクラウディアにとっては、それら懸案すら些末なものでしかなかった。

その理由は至極単純、今身に纏う鎧にあった。あまりに卑猥《ひわい》なビキニアーマー姿なのであった。

（こ、こんな格好で外を歩くなんて……ああダメ、ちょっと動くだけで胸見えそうに……）

もはや鎧と呼ぶことさえ違和感しかない代物だった。何せ肌の大半が丸見えなのだ。真一文字の黒革ベルトに極小の胸カップが付くだけの胴鎧、ショーツの方がまだマシと言える局部のみ覆う小さな金属板、これで一体何を守るのか意味不明すぎる防具であった。

そのくせ籠手と脚絆《きゃはん》だけはしっかりしているのが逆に憎らしい。これがあるからこそ騎士らしくも見え、かえって屈辱は増すというのに。

　しかも首には枷がつけられ鎖で繋がれた状態であった。奴隷娼婦に堕ち売りに出される敗残の女騎士、そう例えるのが自然な姿。同胞や臣民の意気を挫《くじ》くにもってこいという有様であった。

「みんな、済まな、い……王国の騎士が、このような無様……！」

　クラウディアは視線を逸らし頭を垂れるほかなかった。羞恥も無論だが己が不甲斐なさに改めて打ちひしがれた。

「おっと、知らぬ者もいるかもしれんし、まずは自己紹介といこうか」

　悠然と地に立つゲルドロリックスが鎖持つ剛腕をぐいと振った。

「あうっ！　首が、ぐううっ……！」

「さあ言え、お前が何者なのかをなぁ」

「ぐっぐぐ……ッ………わ、私は、コルヴィア王国、さ、サヴィーナ騎士団、団長……く、クラウディア・コンスタンツィ……！」

「それで？　今はどうなっている？　誰に処女を捧げ誰に毎晩犯してもらっている？」

「ッッ、ッ〜〜！　……こ、この、オークに……ゲルドロリックスに、初めて、を……毎晩、犯され、て……！」

　犬同然に四つ足をついたままクラウディアはさらに打ち震えた。従わねば未だ囚われの身の仲間が危うい。なれどやはり身を斬るような屈辱であった。

「だ、そうだ。これで分かったろう。無駄な抵抗はやめることだ」

その正体を明示したことで現実感が湧いたのだろう、村人らの態度に明確な畏怖の気配が広まる。プライドを折るのと威圧とを同時にやってのけたのだ、オークらしからぬ知恵の持ち主だと再認識するに事足りた。

ゲルドロリックスが顎をしゃくると配下のオークどもが意気揚々と村から物資を略奪していく。家畜の鳴き声とすすり泣く老人たちの声。やりきれない。傍観するしかない我が身が歯痒い、たかがオークにこうまでいいようにしてやられるとは。

同時に己が格好を顧み緊張感に身を竦ませる。陵辱、その可能性が頭を過ぎる。まさか雑兵のオークどもばかりか人々の前でまでこの身を汚すなどということは――

「出ていけ！　お前らがいるからみんなひもじい思いしてるんだ！」

と、その時であった。小さな石ころがひゅんと飛来しオークの王の額を打った。

村の子供だった。十《とお》にも満たぬ少年が石を投げたのだ。

「騎士さまそいつらやっつけてよ！　強いんでしょ、みんな言ってるよ、騎士さまが来てくれればきっと助かるって！」

「っダメ、そいつに歯向かっちゃ……！」

ここでもクラウディアは無力に訴えかけるばかりだった。古城の結界を出れば反逆の機会が巡ってくる、彼女とて考えなかったわけではない。が、オークの王は用心深かった。この一見無意味なビキニアーマーこそが彼女の魔力を抑え込んでいたのだ。

曰く、今はどこへとも知れぬ上位種、エルフの残した遺産であるらしい。元はインナーであったものを飾り鎧としたのだとか。真偽のほどは不明なもののエルフの鍛えし魔法の武具は、千年を経てなお力を失わぬ大変価値のあるものだった。

　王国一の魔力持つクラウディアとてエルフの力には及ばない。武器はなく魔力も封じられ、古城にいる時となんら変わらぬ立場であった。

「おうおう、礼儀を知らぬ小僧だ。ここはひとつ、親に代わって躾《しつけ》をしてやらねばなぁ」

「よせ、相手はまだ子供だ！」

　ゲルドロリックスがずしんと一歩踏み出すのを見てクラウディアは咄嗟に止めに入った。見れば父親らしき男が少年を抱きかかえ震えている。母親はどうなったか考えたくもない。クラウディアは屈辱を噛み殺し、縋るような声で言う。

「頼む、許してやって……くれ……」

　ゲルドロリックスは「ふむ」と腕組みし考える素振りをした。素振りと分かったのは、次に何を言う気でいるのか、おおよそ決めていたに違いなかったからだ。

「ならば……そうだな、この場で自慰をしてみせろ。村の連中にも見えるよう股を開いてなぁ、ぐぶぶ」

「なッ……ふざけるな、そんなこと出来るわけっ……⁉」

「物を頼むからにはそれなりの対価を出さんとなぁ」

　こんな格好をさせるからには某かあると踏んではいたが、よもや公衆の面前で自慰をせよなどと言い出すとは思わなかった。

無論、逆らえるわけもない。逆らえば子供は撲殺されるだろう。国と臣民を守る騎士として見捨てるような真似など出来ない。

「ッッ、うぅ……ん、はぁ……！」

クラウディアは腹を決め、皆の前で地面に尻を置き、軽く膝を曲げた姿勢で股を開き、局部へと触れた。

「はぁ、はぁ……こ、これで、いいんだろう……子供の命、は……」

局部へと突き刺さる視線を意識し頬が赤らみ震えが走った。なんたる恥辱、騎士たる者が人前で淫らな行為に走るなど。そもそもからして人前ですることでもなかろうに。

もっともその指の動きは拙く遅々たるものだった。人前で平然と自慰出来る女など世に一人としていようものか。

「その程度か？　普段やってるようにやらぬか」

ゲルドロリックスはつまらんとばかりに、どっかと地べたに腰を降ろし胡坐《あぐら》をかいて頬杖をついた。

「もっと股を開け、いやらしい部分を村中の連中に見えるようにな。指の動きもそんなのではあるまい、もっといじって感じてみせろ。いつも私がしてやっているのと同じくらいになぁ」

「ッッ、うぅ……！」

言われた通り股を開き指の動きを大きくしていった。鎧からはみ出た白い恥丘を指の腹でさすさすとさすり、刺激しやすいよう腰を前に出し片手を背後の地面につく。脚絆から溢れた豊かな太腿ごと立派な臀部が村人らに見られた。

　視線が集まってくるのを実感しクラウディアは「んっ……」と小さく呻く。女の多くは連れ去られたのか村の大半は男ばかり。見知らぬ異性に自慰を見せるなど恥ずかしくて死にたいくらいだ。

（なんで、こんなことまで……情けない、私っ……！）

　そもそも犯されるだけならいざ知らず何故自慰など披露せねばならぬのか。これの何が面白いのか、彼女にはさっぱり理解出来ない。

（でも、どうして、身体、すぐに熱くなってくる……まるで視線で感じてる、みたいにぃ……！）

「ああ騎士さまぁ、わしらのためにとあんげなこと……」

「なんつうはしたない格好をさせられて、男衆の目ン前で、あんな……」

　嘆き呟く村人はもちろんオークどもまでが物資を運びつつ視線をくれていた。醜い顔をニタニタと歪め腰巻の奥で股間を膨らませている。欲情しているのか、今の自分を見て。そうと理解した途端に、身体の熱がさらに増した。

「はぁ、はぁ、し、視線ん、あぁすごく、集まってぇ……！」

「どうした、もっと指を動かせ。故郷では毎日してたのだろう？　王国一の騎士様だとて身体は牝なのだからなぁ、ぐぶぶ」

「黙れ、まっ、毎日、など……！　欲など、日頃の鍛錬があれば、吹き飛んでっ……はぁ……」

「その割には声が潤んできているぞ？　汗も出てきたし感じてきたんじゃあないのか、ん？」

　ゲルドロリックスの言う通りであった。どうしてか体温の上昇は止まらず下腹部を中心にじんじんと痺れ、うっすらと汗の浮く白い肌は淡い薔薇色に変色してきていた。

　はっと我が身を顧みたクラウディアは指の自然な動きに気づく。彼女とて年頃の女、時には身体を持て余す夜もあった。その時這わされる指の動作が今ここで再現されていた。

（本気でやる必要なんてないのに、どうして、私っ……熱くなってくる、指が、勝手に動いちゃってぇ……!?）

　思えば素直に快楽を求めたのは二週間以上も前の話だ。以降は欲しくもない快楽を無理やり味わわされるばかりとなっていた。

　要するに久々の自慰であり、自分でしたいようにするのも久々だった。感じやすい箇所と感じにくい箇所、それももちろん知っている。それらを交互に刺激するのが昂る秘訣だということも、外側をしっかり焦らした方が後で膣孔が気持ちいいことも。

　利き腕はそれをちゃんと覚えており無意識のうちに恥丘をしっかとさすっていた。ショーツ以上に小さな鎧の奥、隠された膣孔がひくひくと動く。そろそろ触ってほしいと訴える。下腹部全体が甘く熱を帯び、刻み込まれしどす黒い淫紋が淡く光を放ち始めた。

「はぁぁ、はぁぁ、んっ、おほぉん……♥」

（ダメ、指が止まらない、こんなのただの演技でいいのにぃ……！）

しかしそうした心境とは裏腹に腰が小さくヒクつき始めていた。自ら大きく股を開き、より一層前に突き出し利き手をさわさわと局部に這わせる。もどかしさに耐えかねたのか鎧ごと恥丘が細かく痙攣する。

それを目にした村人たちが驚きとも嘆きともつかぬ表情で、ひそひそと小声を漏らし始めた。

「おい、ひょっとして……ほんとに……？」

「感じとる、んけ……？　いっくらこんげな状況やけれって……」

「ち、違う、私感じてなんて、これは、これは仕方なく……！」

クラウディアは慌てて首を振ったがあまりに言い訳じみていた。当人ですらも気づかぬ間に瞳は妖しく潤み始め、淫らな衝動に駆られているのを言葉以上に物語っていた。

（あんなに嫌だったのに身体が火照って……指止まらない、どうして、気持ちいい場所勝手に触れる、あ、操られてるみたいにぃ……？）

こうなったのは、あるいは陵辱の結果やもしれぬ。逃れられ得ぬ毎夜の快楽が自意識を乱していたのかもしれない。もしくは淫紋の力か、別の呪いでもかけられたか、はたまた慣れ親しんだ刺激ゆえか。

それとも——大勢の視線を意識するあまり、感度が酷く上がったためか。

どうあれ心は別としても、肉体の方が官能の熱に浸っていくのは確かだった。

「はぁ、はぁ、胸まで、だ、だんだん切なくぅ……ああそこ、そんなに焦らして、あぁ……♥」

「どうしたクラウディア？　随分といい声じゃあないか」

ゲルドロリックスがすっくと立ちあがり、背後に座ってむんずと乳房を掴み、揉んでくる。

「いやらしいおっぱいも熱くなっているぞ。ほれ、窮屈でないだけによく揺れるわ」

「はあッおほぉん……♥」

見ればたわわな乳の肉塊まで腰に合わせて揺れ動いていた。小さな上下運動により、たぷんたぷんと柔らかに揺れる。真一文字に食いこむベルトが辛うじて胸カップのずれを抑えていた。

しかしクラウディアはこれがきっかけで、カップの中で硬くしこる乳首の存在をはっきりと感じた。

「ぐぶぶ、そろそろ焦れて限界だろう、そぅら、中身を見せてやろう」

「ダメっ中は、中は見せっ、あぁぁァ……！」

ビキニアーマーの局部の鎧がベルトごとぱかりと外された。解除の方法もこの男だけが知っていたのだろう、思いのほか呆気なく奪い取られる。

そして隠すものが失せた以上、中の膣孔が露出するのは必然だった。

（みんなの前であ、アソコをぉッ……！　こんな大股開きでぇ……ッ！）

嘆きの色が濃かった村人にもさすがに好色の気配が浮かんだ。若い女を奪われて久しいのだ、それを責めるのは酷だろう。

なれどクラウディアにとって彼らの視線は強烈な羞恥を呼ぶものにほかならない。自慰と火照りとに濡れた膣孔は真昼の陽光を浴びて煌き、におい立つような牝の色香をこの上もなく曝け出していた。

「見ないで、お願い見ないでっ、はぁぁ、ひぃぃィ……!?」

——クパァ……トロトロッ……。

か弱い懇願の声も虚しく太い指先が膣孔を開き、堰き止められていた透明な恥蜜が砂埃舞う地面に垂れ落ちた。

（見られてる、みんなに、ぬ、濡れている、のぉッ……！）

恥部を見られることも当然だが、己の欲情の結果を晒すのが何より心にこたえた。こんな状況下で濡れる女騎士。あまりに恥だ、きっと誰もが侮蔑の念を抱くに違いない。恐らくここの村人たちも内心嘲っているはずだ。

それが事実か否かは想像する以外にないが、どうあれクラウディアはそう思った。心の根っこが軋みをあげた。

そして膣孔をほじくられた途端、我慢するでもなく淫らな声で鳴いてしまっていた。

「ほおおお!?　おおッおおぉぉ♥」

「そらどうした、まだ自慰は済んでおらんぞ？　自分の指でしっかりまんこをほじくってみろ」

「ほおおッほひいい指いいいいんんッ♥」

太い指が膣孔をほじくり同時に自分の指までもあてがわれる。すぐにもやってきた甘美な痺れに肉ビラがぴくぴくと悶えるのが分かる。快感の訪れに腰が揺らめき、くびれごと尻が小さく円軌道を描く。

このままではいけない、そうは思ったが自らの指も筋をまさぐりズプッと内側に潜り込んだ。太い指に押される形で徐々に奥へと刺激を深めていく。慣れ親しんだいつものやり方、だが甘美感はかつてより大きく背筋がたちまち震え始めた。

「こんなに、ほおおンッ♥　感じちゃうぅ、どう、してぇ……!?」

なぜか他人の視線さえもが刺激的に思えてならなかった。淫らに揺れ弾む半裸の乳房を、ぬちゅぬちゅと音立つ濡れた膣孔を、皆が見ている、注視している。その現実、その恥辱が、なぜかなおさら身体を熱くする。自分は今、壊れ始めている――微かに脳裏に残る理性が危機感を強く訴えてくる。

けれど止められない。第一に止める理由が見つからない。指示に従わねば仲間は殺され子供の命も恐らくは。意味がない。抗ったところで結果は同じなのだ。

「感じッほおおん♥　もおっ、ダメ、指ぃ、止まらなッ、私いィ♥」

それにこれは単なる自慰、オーク相手にイクのとは違う。ならば良いではないか、無理して我慢せずとも。少なくとも犯されてアクメするよりはマシ。言い訳同然の自己弁護により意識すら揺れ、騎士として培った自制心がふっと緩み決壊する。

(ダメっ、気持ち良くなっちゃって、耐えるの辛い、もう我慢がァ……⁉)

直後に迫る程良い大きさの愉悦の波涛。堪らず腰がカクカクと前後し肩に合わせて爆乳が上下し、上気しきった顔の上で小鼻がぴくぴくとはしたなく震える。

「あッあッ私もおッ、おほッ、おおおぉ♥」

「イクのかクラウディアよ？　だったらイクと言え、口に出してな」

「い、いや、いやだぁ、そんなぁッ……！」

「子供がどうなってもいいのか？　ん？　どうだ？」

「そんッ〜〜ほおおお♥」

後にして思えば、それはお粗末なハッタリであろう。嘘か方便、その場のノリと言ってもいい。

しかしその時は分かるはずもなく、クラウディアは愚かにも場の勢いに呑まれた。

「ダメッ、もッ、イッ〜〜……イク、イクぅ〜〜……ッッ♥」

——ビクビクビクッ、ブルルルルッ！

とてもではないがこらえようもなかった。抗うことも自制することさえも許されない、こらえ切れるはずもなかった。ここまで昂って中断したらそれこそ蛇の生殺しだった。

「ぶひひイったか。村人の目の前で自慰でイったのだな？」

「ひぃひぃ、イッ〜〜〜イキ、まし、たぁ……こんな状況で私ィ……ッッ！」

不本意な余韻と己が無様さに意識が今にも飛びそうになる。なんたることか、まさに末代までの恥だ。危機に瀕した国の領民を救うことさえ叶わぬばかりか、己が無力を知らしめ士気を削いだ挙句、痴態までをも披露する羽目になってしまうとは。

なんで私、こんなこと……なんで私、感じているの……？

己自身が信じられず、ずっぷりと指の刺さった膣孔をなおもひくひくと震わせるクラウディア。

と、直後に不意の異変を感じた。下腹部の淫紋が赤く光り、また少し変色したのだ。

「あ、あぁ――――あれ、わた、し……なんでここ、来た、んだっけ……？」

同時に記憶に亀裂が走り、何かがぽっかりとそこから抜け落ちる。

呆けた表情で息を荒らげ続けるクラウディアに、ゲルドロリックスが臭い息を吐きかけた。

「今度は直近の記憶が失せたか。この村はどこだ？　名は？」

「はぁはぁ、ま、さ、かぁ……？」

「そういえば言っておらんかったな。この淫紋は自慰であろうとイったならば記憶を消す」

見ろ、淫紋の輝きも前より増しておる。男はそう言ってクラウディアを立たせた。

「そんな、聞いてないっ……騙した、なぁ……！」

「それは誤解だ、言ったろう、イケば効果は発動すると。嘘はついておらん。犯された時限定だと、お前が勝手に勘違いしただけだ」

男はいけしゃあしゃあと言い自慢の肉棒を取り出すと、アクメ直後の女の孔に、背後から遠慮なくずぶりとぶち込んだ。

「ほおおおんんッ♥　やめろぉ、今されると身体ッ、燃えるうぅぅッ♥」

愚問と言うべきか、これで終わらせる気などハナからありはしなかったのだろう。女の腰だけを背後から掴みゲルドロリックスは立ったまま腰を振ってくる。

瞬く間に訪れる膨張感とおぞましき官能に、クラウディアは爆乳を揺さぶり助けを求めるようにして身悶えた。

「ダメだダメっ、急に動くな、イったばかりでまた奥ッ、奥ゥ♥」

「ぶひひ、早速こうも感じおって。分かっておるな、イク時はちゃんとイクと言うのだぞ?」

「そんなッ、ダメだ堪忍してェ！　あッおほおんんッ！　おッ！　おッ！　おおイクッ♥　イクぅぅ〜〜〜ッッ♥」

——ビクビクブルルルッ、プシャアアアァァ！

冷めやらぬ官能を一層高められ呆気なくアクメし潮を噴いて舌を出すクラウディア。

そして直後、さらなる淫の忘却の力が騎士たらんとする意識を食んだ。

「はあはあぁ、あ、あれぇ……私、なんのためにぃ……犯されてる、んだっけぇ……？」

「見たか人間ども。お前らの信じる高潔な騎士様は、理由もなく犯されこうしてイきまくっていたのだ！」

「違う、そんな、私ィ、違うぅ……！」

だがいくら否定しようとも理由を思い出すことが出来ない。なんのために自慰までしたのか、その根本的なわけさえも。ゆえにこそ己を確と保てない、己の心が次第に理解出来なくなってくる。今思い知る、記憶を失うとは感情の発露すらをも見失うということだったのだ。

ひょっとしたら私、本当に——理由もなく犯されているの？　わけもなく感じている？

ふっと脳裏に湧いた疑問符は、自制を突き崩すに充分であり。

「んんッおおお♥　まっまたイグっ、イグっ、ほおおんんッ♥」

自らも両手で乳房を揉みしだき、唇を伸ばしただらしない顔つきで幾度となく道端で絶頂へと達していった。

「なんてこった、ああもイクイク連呼しちまって……」

「もうお終いだぁ、都《みやこ》の騎士さぁまであんげなこったじゃ……」

「わしらもうオークどもの家畜じゃあ……」

心底嘆き消沈しきる村の男らの、存在すらをも忘れ果てて——

「んあっあはぁ、あぁぁ〜〜〜ッッ♥」

※

無事に食料を調達し得てから、さらに一週間ほどが経過した。

もうじき一ヶ月。あと少し、もう少しと言い続けて、すでにはや20日あまり。

まだ救援は来ない。

その夜もクラウディアは、永遠とも思える忌まわしき悦楽のただ中にいた。

「いい塩梅だ、グイグイとチンポを締めつけておる。こなれたものだなぁ、この牝まんこも！」

簡素な寝台をギシギシと軋ませゲルドロリックスが背後で縦横に腰を振るう。

この部屋も今や見慣れたものだ——些末なことに時折意識を向け、クラウディアは此度も懸命に刺激と快楽とに耐える。

「んぎッ、ひいンッ、あうッ、イッ、イ——あはぁイッ、イッ〜〜〜ッッ！」

「イキそうか？　イキたいのだったらイッていいぞ？」

その時はちゃんとイクと言ってなぁ。ゲルドロリックスはそう付け加えてペニスを鋭く抜き挿しする。

絶え間ない刺激と熱い官能。肉ヒダの捲れあがる生々しい感触、擦過されるたびわななく粘膜、打たれるたびに弾ける丸い尻、蜜をこぼす膣孔と子宮口。

これが本当に我が肉体かと疑いたくもなる様相。開発されゆく牝の身体は着実に愉悦に溺れつつある。いかに口では悪態をつきアクメから逃れんとしようともだ。

（ダメぇ、もっ、もうすぐ、イッちゃうぅッ〜〜アレク、力を、私に耐える力を、貸してぇぇッ……！）

ゾクゾクと来る愉悦の波涛に抗うためには、それしかなかった。もう他の団員らの名前はすべて忘れた。毎日顔を見ていなければ団員であったかどうかすら分からぬ。唯一記憶に残っているのは愛しい彼との思い出と愛。それだけは忘れられない、それまで忘れたら自分は自分でなくなってしまう。消えずに残る彼への愛だけに縋るように、齧りつくように、必死になって守って抗う。

なれど下腹部を苛む官能は淫紋を、子宮を中心にその支配領域を広げていく。背骨すらも焼く甘美な熱電流、それはやがて首筋まで達し脳髄までをもグラグラと煮溶かせ、

（ダメぇッ、アレク、力を、ああお願いぃぃいッ！）

絶対にイクものか、イってなるものか！

そう自らに念じたのも束の間、どすんと膣底を打たれたのを機に目の奥で快楽の火花が散った。

――ドクッドピュルルルルッッ！

「あっ♥　あっ♥　あぁぁ～～～イクぅうッッ♥」

今宵もたっぷりと奥に吐き出され膣性感が歓喜に染まり項へと到達した。

今度もまた中に出された。穢《けが》れた亜人の穢れた種汁を、無理やり子宮にどくどくと飲まされた。妊娠の危険が刻々と迫る。牡のオークが種付けするのは人間の牝のみだという。牝のオークも存在はするが同族間での交配はない、そう教えたのはこの男であったが。

それを聞いた時は実に驚いたものだ。人間の間では亜人に牝など存在しないと長らく信じられてきたのだから。

曰く、オークの牝は目撃例自体が稀らしい。人間の牡を捕らえはするが種馬は少数でいいためだとか。外見が近いため牝と気づかぬまま人間が駆逐することもあるそうだ。

そういった裏の事情はともかく、恐怖は今もって強くある。いわんや嫌悪も。おぞましき異種間での交配を続け醜き亜人の子を産み落とす、想像するだに怖気が走る。

(なのになんで――なんで私、こうも毎回イッちゃうのぉ……！)

続けていくうちに興が乗ったか、あれからずっとアクメする際は「イク」と言うよう命じられた。拒否しようとも虚しいだけ、肉体のアクメは確かにそこにあるのだから。口だけ虚勢を張ったところでなんの意味があるというのか。

おかげでしらばっくれも出来ない。歓喜に狭まる膣肉の反応をごまかすことも出来はしない。

「またイッてしまったようだな。呪いもますます浸透しておるわ」

背後からむにむにと乳房を揉みしだき口に指を突っこみながら、ゲルドロリックスがからかうような声音で言う。

「どれ、試してやろう。クラウディア、お前の仕える国の名前は覚えているか？」

「ッッ、馬鹿に……するな！　我が誇りあるコルヴィア王国の名を忘れるものか！」

クラウディアは奮い立つ心地で背後に向けて怒鳴った。

「ふむ。――では、両親のことは？」

「決まっている！　っ……！　っ……!?」

それこそ息をするかのように父と母の名を口にしようとして。

（あ？　ああ？　私のお父様と、お母様……？　思い出せない、顔も、名前も……っ!?）

「どうした、両親のことを忘れてしまったのか。すべてを忘れるのも、もはや時間の問題だな」

オークの王の含み笑い。ああ、なんということか。ついには親のなんたるかさえ忘却の彼方に置き去りにするとは。

クラウディアは心底から震えあがる。このままでは遠からずすべてを忘却するだろう。祖国も地位も帰るべき場所も、愛する人も、己がなんたるかさえをも。気分はさながら絞首台に立たされた死刑囚のごとくであった。

なぜだ？　なぜ祖国からの助けが来ない？　消息を絶ってはやひと月弱というのに！　ことここに至り焦燥と不安とが胸中に吹き荒れる。多少の遅延は致し方ないが、さすがにこれは異常すぎる。距離にして三日ほどの行程、移動時間を差し引いても丸々20日は現地入りしたままの計算だ。これで異変と察し得ぬ者など果たして存在するのだろうか。

まさか祖国に何か――？

今頃になって抱いた疑念に、ゲルドロリックスが待っていたぞと言わんがばかりに回答した。

「ぶひひ、助けなら来ないぞ。期待していたのに悪いがな、絶対に来ない」

「な――何を根拠にそんなことを!?」

寝台で横向きとなり膣孔をなおも抉られる中、クラウディアは目を剥いて怒鳴った。

ゲルドロリックスは小さく腰を振り、新たなる快楽を貪りつつ言う。

「お前の国が今どうなっているか知ってるか？　──謀反《クーデター》だよ。謀反により王が変わったのだ」

「な……に……⁉」

「まだ覚えているか、ベルカストロ大臣を？　お前たちをここに派遣した男だ。あの男が今はコルヴィア国王となっている」

「そんな……まさか……⁉」

クラウディアは上気した顔をさっと一変させた。

遠征前の見送りに来た男の顔が目に浮かぶ。ベルカストロ・アッパーティニー。あの男がなぜ？　確かに欲深な権威主義者であり王とはそりが合わぬと見えたが、あろうことか王位簒奪という凶行にまで打って出るとは。

彼のことを忘れずにいられたのは幸いではあるが奇妙でもある。ただの偶然か、それともわけあってか。さして気にも留めぬものには呪いの効果も薄いのかもしれない。

なんにせよ彼女は自制を試みる。落ち着け、これは罠だ、言葉で篭絡《ろうらく》せしめんとしているに違いない、と。一国の内情など在野の亜人ごときが知り得るはずがないのだから。

が、それすら根本から覆す言葉が、巨漢のオークの口から発せられた。

「疑っているな？　なぜお前たちサヴィーナ騎士団をここに派遣したか分かるか？」

「はぁあッ胸ぇ、舌ぁ、はぁぁあ……♥」

背後から長く舌が伸びてきてむき出しとなった爆乳を舐める。ザラつきと官能とに震える乳房。すぶずぶと腰の振りを大きくし、黒き亜人は続けて語る。

「謀反にあたり騎士団、特にクラウディア、お前の存在は厄介だった。地位も名声も人望もある英雄視されたお前が歯向かえば、諸侯どもも一丸となって反発するだろうからな」

ゆえに大臣はオークの王と密約を交わし、厄介な存在を王都から遠ざけた。彼は国を、亜人は優秀な牝を、それぞれ手にするという形となった。すべては謀《はかりごと》であった。

「そんな、そんな馬鹿なっ、ああアッ、ほううぅッ♥♥」

直後にずどんと最奥《さいおう》を穿たれクラウディアはびくんと大きく仰け反った。

オークの王の腰使いが次第に激しさを増していく。

「売られたんだよ、お前は大臣にな！」

「はうンッ、う、嘘だ、嘘に決まっているっ、私を惑わそうとしても、おおぉンッ！」

「ならなぜ助けが来ない？　王都まで数日の距離なのに？　異変があったのは明らかなのに？」

「ッッ〜〜〜……！」

「反論出来まい、お前も内心おかしいと思っていたはずだ。オークが人と密約を交わすなど想像もしなかったのだろう？　オークごときと侮ったのが運のツキだったな！」

（そ……んなぁ……!?）

思い出されるのは己がかつて発した言葉。オーク相手と油断するな、そう仲間らを戒めた。けれど違った、今分かった。他の誰より油断があったのは他ならぬ己だったのだ。

この状況とて仲間のせいではない、己の浅慮が招いたのだ。じわじわと広がる理解と後悔に、揺らいだ理性がなおのこと軋みをあげ始める。

そしてそこに押し掛ける快楽――そう、快楽だ、胎に響き渡る甘美な振動が嵐となって子宮性感を翻弄《ほんろう》してくる。

「いぃ、いや、いやぁ、こんなのダメ、感じッ、ほおお⁉」

「お前はすべてを忘れ私の子を孕む優秀な子袋として死ぬまで働いてもらう！」

「いやっいやぁ、孕むのいや、子袋いやぁ♥」

――ズコッ！　ズコッ！　ズコッ！　ズコォ！

文字通り種を送りこむ勢いで巨根が膣底を執拗に豪打した。拳以上に巨大な先端が狭い子宮口を豪快に押し上げる。内臓に挟まれた小さな子袋が押し潰されてぐちょぐちょと歪む。

痛い、潰れる――そう思えたが、すぐにそれはまやかしと知れる。気持ちいい、子宮が痺れる、腸のすべてが快感に染まる。破壊せしめんほどの衝撃に、しかし身体は歓喜の悲鳴をあげ突かれるごとにびくびくと仰け反る。

（ダメっ気持ちいい！　お腹溶ける、身体溶けるぅ♥）

心中でそう泣き叫んだ瞬間、己の中にあるなんらかの価値観が音を立てて確かに動いた。

「あひぃィ、ひぃイッ、いやぁ、私チンポでぇ、オークなんかの立派なチンポでぇッ……！」

「ぶひひ、だが嘆くことはないぞ！　人間相手では決して得られない快楽の極みをッ、味わいッ、尽くさせてやる！」

「あああぁあううぅんんジジッ♥♥」

荒々しく尻たぶの弾ける旋律と蜜汁の攪拌《かくはん》されゆく音色。激しい振動、重々しい衝撃。膨れてはしぼむ下腹の奥で苛烈な熱が充満していく。

オークの王が腰を律動させフィニッシュ目指してスパートをかけてくる。ギシギシと軋む簡素な寝台。獣然とした野性的な交尾が今まさにここにあった。

うつ伏せとなったクラウディアは背後から縦横に膣孔を抉られる。跳ね回るようにして尻たぶを揺すり波打つようにして背筋を仰け反らせ、望まぬ快楽に、否、純粋な快楽に、意識ごと感覚を乗っ取られていく。

（どうして、どうしてこんなにも感じちゃうのぉ、どうしておまんこ悦んじゃうのぉ♥）

今となっては認めざるを得ない、このおぞましき行為に、この巨大すぎるペニスに、感じて悦ぶ己がいる。そうだ気持ちいい、お産もかくやと膣洞を押し広げ粘膜を根こそぎ擦られゆくのが、子宮すらもが圧し潰されるのが堪らなく感じて燃えてしまう。少しでも気を抜けばあっさりよがり瞬く間にアクメへと至るほどにだ。

そんなことはとうの昔に分かっていた。純潔を奪われたあの夜から。呪いの力によるものだとしても、それを快楽だと認知していた。

「ああぁあッおほおんん‼　し、子宮ッ、溶けるぅゥ、おまんこ溶けるぅゥ、ほおおおもぉらめッ、チンポ、チンポぉぉッ♥♥」

助けに――行かなければ――王、王妃、婚姻間近の姫、両親、民――自分ならば出来る、そのためのたゆまぬ鍛錬であった。

なのに、なぜ――なぜ私は、こんなところで喘いでいるのだろう？　オークごときのチンポを入れられて、硬さと逞しさにこんなにも酔い痴れて。

「あひッおほぉ、んはぁ、ああぁあッ♥♥」

「イキそうなのだなクラウディア、分かるぞ、根元から締め上げてきおる……私もそろそろだ、たっぷりと子種を注いでやろう！」

――ドチュドチュドチュドチュッズボズボズボズボ！

容赦なく迫り来る刺激と官能の中、クラウディアは半眼で涙し打ち震える。

行かなければ――気持ちいい、堪らない……！

皆を助けて、アレックスも、みんなも――もうダメ、おまんこイッちゃう……♥

助けに……助けにいいッ――ああイクぅ、クる、キちゃううッ……♥

もはや思考すらひとつに纏まらず、何が望みかも定かにならず。自らも尻を振っているのを自覚するだけの余裕すら持てず。

クラウディアは舌をだらしなく伸ばし、台に伏せた身を振り子のごとく揺すってのたうった。

「助けに、助けッ——ほおおおイグッ、イグッ、おほおおおお♥♥」

「おおっ締まる——そぅらイケ、すべてを忘れて快楽を貪る牝となれ！」

「おお来るッくるぅ!!　イグッ、イックううううう♥♥」

——ドクッドクッドクドクドクドクドクドクッッ！

雄叫びと共に膣奥で肉棒が盛大にしゃくりあげ熱を解き放った。亜人であろうとその色は白い——色濃く濁った牡の種汁が小さな子袋へと雪崩れ込む。

そこに恐怖があったかと問われれば、はっきりと否であった。オークの子を孕む危機感以上に子宮性感への愉悦が勝っていた。

（いっぱい流れ込んでくるぅ、お腹、子宮っ、めりめり膨らんでぇ——ああ気持ちいいっ、どうしてぇぇッ♥）

これほどの射精量など人間では到底あり得ぬだろう。水筒の中身を一気にぶちまけられたかのようだ。尿道すらも太いに違いなく出てくる勢いも凄まじい、いわんや粘液の当たる感触など。

生まれたての小鹿のごとく全身で震えて察する。これが人では得られぬ快楽か。確かに半端なものではない、目が眩《くら》むほどとはまさにこのことだ。呪いがなくともこの一瞬はすべてを忘れてしまいそうだった。

（助け、な、きゃ……助け、て……アレックス……アレク……！）

それは救いの手を差し伸べるものか、それとも救いの手を求むる心の声なのか。

今のクラウディアには、もう自分でも分からなかった。

※

ああ、なんてこと……。

さらに何度目かの絶頂を経た後、寝台の上でクラウディアは呆然《ぼうぜん》となった。

はあはあと息も絶え絶えとなり、何故このような、と同じ自問を繰り返した時である。

つい先ほど耳にしたはずの、元凶たる男の名が、頭からすっぽりと抜け落ちているのに気が付いたのだ。

(王や王妃の名も、方々の顔すらも、もう……ダメだ、このままではダメだ……!)

愛する彼の名を忘れずにいられるのは、ある意味で奇跡と言えるだろう。だがそれもいつまで続くやら。逆襲の手段を講じようにも魔法の大半を忘れてしまっていた。

一度それと認めた以上この快楽から逃れるのも難しい。あまりに長々と犯されたためか膣はぽっかりと空洞と化し、ペニスが収まっていない方がかえって違和を覚えてしまうほど。馴染んできている、変わりつつある。この男のものに、この亜人専用の牝に。それはあたかも地獄の釜に放り込まれるような恐怖であった。

と――ふと寝台脇に何気なく目をやった時である。

尺の短い剣が見えた。鞘に収まっている。恐らく護身用か、または雑事用か。この男が気なしに置いたのだろう。

(しめた……今こいつをなんとかすれば、他のオークたちに気づかれず全員を助けられるかもしれない……！）

　さしものクラウディアとて魔法もなしで無手では敵わぬが、得物さえあればその限りではない。

（もう一刻の猶予もない、この機を逃すな！　勘付かれるな、一撃で首を……！）

　オークの王は煙管片手に悠々と背を向け一服している。これ以上はないチャンスであった。

　音もなくサッと寝台を降り短剣の柄に手を伸ばすと、鯉口を切り素早く抜刀した。

「――――ッ!?　え――――……？」

　あとは一気に真一文字に薙ぎ、そっ首叩き落とすのみ。いかに強靭な筋肉の壁とて自分の技量ならば容易い。

　容易い――はずだった。少なくともひと月ほど前までは。

（剣を……今まで、どう握っていた？　身体の使い方、踏みこみ方は……？）

　思い出せない。柄の感触すら忘れてしまっていた。初めて握ったナイフとフォークのごとしであった。

（五つの頃から14年間、片時も忘れず振るってきたのに……思い……出せない……！）

　そもそも本当に長年扱ってきたのだろうか。ひょっとしたら数年程度？　一年と扱ったのだろうか。むしろ本当に握ったことがあったのだろうか。

　記憶が消えるとはこういうことでもあったのだ。感情の出所のみではない、己が何者なのか、どう生きてきたかさえ定かでなくなる。彼女は今、根底から揺らぎ始めていた。

剣すら扱えぬのに、握ったことさえないかもしれぬのに、これで騎士などと誰が言える？　どこに保証がある？　本当に私は騎士だったのか？　国から派遣され――国？　国とはどこだ？　名は？　光景は？　住んでいた家は？　どこでどう寝てどう過ごした？　そこは本当に故郷だったのか？

今さらになって失ったものが次々と羅列されていく。恋人と仲間のことばかり考えてきたが、気づけばこんなにも多くのことを忘却の彼方に置いてきてしまっていた。何かを忘れ何かを疑えば、その都度確信が持てなくなっていく。精巧な積み木細工のごとくだ、ひとつ何かが欠けるごとに他のすべてまでが揺らぎ傾いでくる。ひょっとしたら、アレクを恋人と慕うことすらも無根拠な幻想にすぎぬのではないか。そんな疑念までふと浮かぶ。

私にはもう、ほとんど寄るべきものがない。

不意に震えが止まらなくなりカチカチと歯が鳴り始めた頃、オークの王がこちらを振り返り牙持つ唇をニィッと歪めた。

「クラウディア殿、その短剣でどうするのですかな？」

「あ、ああ、ぁぁぁぁあああああアアア‼」

身を震わす恐慌のまま、両手で短剣を前に突き出す。

ビキン、という脆く鈍い音。切っ先は敵を捉えはしたが、容易く折れて床に転がった。

技も何もあったものではなかった。

「あ……ああ……」

「無様ですなぁ。王国一の騎士様の剣技が見る影もない」

闇雲に振るって斬れる身体ではない、そう言ってオークの王は巨体の肥えた腹を撫でた。

「剣技を覚えてさえいれば私を殺せたものを。しかしもう手遅れだ、お前に歯向かう手段はもうない」

（なんて、逞しい筋肉……まるで鋼、だ……！）

悠然と歩み来る巨体を前にして、クラウディアは恐怖ではなく、不思議な胸の高揚に目を見開いていた。

力強くもゆるりと押し倒され、再びペニスを沈められゆく牝の身体。鋼の肉体に無尽蔵の体力、これがオーク、本物の牡。またもこちらを犯すのだ、際限なく快楽を生み出し空いた膣孔を満たしてくれる。

クラウディアはこの時初めて、自分が牝という弱い生き物であることを意識した。どうやったところで牝はこうまで逞しくはなれない。筋力は当然、持久力とて牡には及ばぬ。底無しと言えるこの欲深さと寝る間も惜しんで犯せる猛々しさ、これこそが牡という生き物であると、転じて己が牝であると、強く認識させるに至った。

（そうか、私は牝で、こいつが牡で、だから……こんなにも感じてしまうんだ……！）

一般的な性の知識を忘れてきたのもあるだろう。本来ならば、そこには愛が介在するということも。

それらを欠いた今の彼女にとって、牡牝の認識と巨大な快楽は根底をなおも揺るがすに足りた。

「んひいッ、もぉダメ許してッ、ぎもぢいいっ、いぃいいいッ！」

仰向けとなった牝の肉体に牡の巨体が無遠慮なほど派手にのし掛かる。股座を開き膣孔を曝け出し、太い杭を上から打ちこむよう、ズンッ！　ズンッ！　とペニスで貫く。たちまち漏れ出る甲高い嬌声と白く濁った多量の恥蜜。感じきっている証拠であった。休憩を挟んでなお牝の肉悦は静まるところを知らなかった。

（だ、ダメだ、このままじゃ、このままじゃっ、またイッちゃうぅぅっ！）

自らも開脚しのたうつクラウディアは危機感と愉悦とで板挟みとなる。大人しく身を任せればきっと極上の快楽が得られる、けれど対価としてまたも某かを失ってしまう。逞しい牡と逞しい肉棒、荒々しく擦られゆく過敏な粘膜、感じたい、もっと味わって派手にイキたい、そうは思うもイけばイクだけ己は己でなくなっていくのだ。

その葛藤を見抜いたかのようにゲルドロリックスが爆乳を掴み乳首を舐めてくる。

「ひうっ♥　胸ぇ、おっぱい、いいぃッ♥」

「チュウ、ジュルッ――さぁて、次は何を忘れるかなぁ、ん？」

「はあはあ、止めてくれ、もうこれ以上っ、イかさないでくれぇッ……！」

ゾクゾクとこみ上げる愉悦に耐えながらクラウディアは懇願した。青い瞳に浮かぶ涙は無力な村娘と同じそれである。上下入れ替え今度は下から怒涛《どとう》のごとく突き上げられても歯向かう素振りすら見せようとはしない。

「ダメぇこの形ぃッ、下からずこずこ気持ちいいのおおッ♥」

「忘れたくなければイかなければよかろう？　ん？　違うか？」

「そんなのっ……そんなの、無理だぁぁ！」

たわわな乳房を滅茶苦茶に揺すって下腹部に募る熱感に悶える。一度は辛いと感じたそれは、今や一切の苦痛もなく腸ごと神経を溶かしてくるかのよう。破れた服からはみ出た腹は変わらず膨張を繰り返すものの、それすら視覚的に馴染み始め、かえって肉棒を強く意識する。膨らんでいなければ逆に物寂しく感じるくらいだ。

仰け反る我が身を執拗に責める、この衝撃、この膨張感、この圧迫感。確かに人ではまず味わえまい、抜き挿しされて乱れる姿は、ともすれば産気づき暴れる妊婦にも見えよう。それほどまでに肉棒は大きく膣孔の広がりも凄まじかった。

（なのに、なのにぜんぜん苦しくない、気持ちいいッ、気持ちいいの止まらないぃぃ！）

この陵辱的行為にこうまで感じてしまう自分がいる、全身を波打たせよがる己がいる。どうしようもなくイキそうになる敏感すぎる肉体がある。耐えられない、勝てるわけがない、己が一匹の牝で牡肉の愉悦には無力ということを嫌と言うほど思い知らされる。

「オークのおちんちん、はああすごすぎるのぉッ！　気持ち良すぎてイッちゃうのぉッ、ひいいまたッ、またイッちゃううッ♥」

「ぶひひ、またイッたか！　そぅらまだまだイけ、私も再び出すぞっ……！」

快楽ばかりか迫り来るアクメをも一切合切隠せず鳴き喚く。もう許しを乞うことも厭《いと》わない。どれだけ惨めで浅ましくともこの男の慈悲に縋るほか道はない。逞しい肉棒が律動を速めていく。射精に向けて脈動を強くする。サオをぶくぶくと一層太らせ目いっぱい粘膜を押し広げる。なんという強烈な摩擦感か、これで耐えろなど無体にもほどがある。肉ヒダの一枚一枚までもが擦られすぎて甘熱で溶けてしまいそうだ。

「またイッちゃうっ、ああまた、またァ！　お願い止めて、私の大切な思い出を奪わないでっ、私をっ、奪わないでぇぇッ‼」

——グニグニグニグニぐにゅぐにゅぐにゅぐにゅぐにゅうっ！

——ズボズボずこずこドスドスドスドスゥッ！

隣室の仲間に聞かれるのも構わず身も世もなく奇声をあげ、下から突き上げる激しい官能に豊尻を振り乱すクラウディア。

その揺れ回る爆乳を力強く揉み、子宮を亀頭で乱打しながら、ゲルドロリックスが勝利と愉悦の雄叫びをあげた。

「そうかまたイクか、そんなにも悦んでもらえて光栄だ！　そぅら受け取れっ！」

「ヒイ中出しッ～～～やあああああンンッ♥♥」

此度もずどんと亀頭がめり込み子宮口にて体液が吹き荒れた。

——ドクッドクッビュルルルッ、プッシャアアアァッ！

強く掴まれた下腹の奥、潰れ歪んだ子袋に向けて大量の精液がなみなみと注がれる。すでに同じものが詰まった中身は膨れ上がって膨張したまま、それでもなお体液が追加され卵管にまで膨張が及ぶ。オークの精力と欲望の強さが改めて浮き彫りとなった。

もちろんクラウディアはまたしても達し、膣孔の隙間から潮を噴いた。アクメの最中で子宮が収縮し入り口が緩みきっていたのだ、噴水もかくやという射精の勢いに強烈な刺激と甘美感を覚えずにはいられなかった。

（せ、精液ィ、どくどく来てっ、イキながらまた、イッちゃうぅぅっ～～！）

下腹部の淫紋も明滅を繰り返しアクメの連続を如実に示していた。ズズ……と下から深紅がせり上がり呪いの進行が示唆される。今回は連発でアクメしたのだ、消された記憶はさぞ多かろう。

「おほおぉ♥　あはあぁぁああ～～♥」

巨体の上で仰け反ったままクラウディアは余韻を噛み締め続ける。頭が真っ白になったのは何もアクメのせいばかりではない。記憶が、アレックスとの幼き日の思い出が、白靄の向こうに遠ざかっていったのだ。

「はぁはぁはぁ……たの、む……なんでもする、から……身体は……好きにしていい、からぁ……！」

溢れんばかりの多幸感の中、辛うじて残された最後の理性で、忌むべき怨敵にか弱くも慈悲を乞う。

「私を、イカさないで……お願い、だからぁ……！」

「ぐぶぶ、騎士団長殿の誇りを捨てた頼み……無下には出来ん」

慈悲深き王を気取っているのか、ゲルドロリックスは優しいとさえ言える声で言った。

「ただ……頼むなら、オークの流儀に従ってもらおう」

オークの……流儀……？

耳慣れぬ単語を耳打ちされて、クラウディアの瞳が虚《うつ》ろに揺れる。

——そして。

およそ数分の後、彼女はその場にガニ股で座り、開ききる膣孔を見せつけるようにして金色《こんじき》の体液を床に放っていた。

「はっ、はっ、わ……私……コルヴィア王国……サヴィーナ騎士団、団長……クラウディア・コンスタンツィは……い……偉大なるオークの王、ゲルドロリックス、様、に……」

屈辱に引きつる顔に浮かぶのは、呆然と開いた虚ろな眼差しと、ひび割れ壊れかけた笑み。

その唇がすべてをかなぐり捨て、これ以下もない無様な懇願を紡ぎ出した。

「はぁはぁ、チ、チチ、チンポ、で……い、イかさないように、おぉ、お願い、申し上げま、すぅ……！」

——シャァァァ……びちょびちょびちょびちょびちょ……！

誰が定めた流儀なのか、そんなものは関係がなかった。何者かの目の前で膝を折り、股を広げ、小水を垂れ流す。犬が腹を見せるのとはわけが違う。人が這いつくばり靴を舐め

るがごとく、あるいはそれ以下の服従を示すサインであることは無知なる者の目からも明らかだった。

「そうだ！　弱者が強者に頼みごとをする時は、小便を垂れ流して哀れに乞うのが我らオークの習わしだ！　いいザマだぞクラウディア、ぶひっ、ぶひひひはははは！」

とうとう——ここまでせねばならぬほどに、自分は汚され、追い詰められた。

この城で、外でまで、ありとあらゆる尊厳を打ち砕かれ。

私は一体、どうなってしまうのだろう……。

もはや現実感すらも遠退いていく中、クラウディアは無意識に愛しい彼の名を呟いた。

4章　その名はエローナ

「はぁあ♥　あん♥　あぁ♥」

　──騎士に、なりたかった。

　凛々しく高潔な、国と民とを正義の名のもとに守護する騎士に──

「はう♥　おひぃ♥　あうあうっ♥　ああ～～ッ♥♥」

　幼き頃からの夢であった。あの日、あの森で、彼の傍で、それまでは朧であった道筋が確と定まったのだ。

　でも──なんで、なりたかったんだっけ……？

　それがどうしても思い出せない。大切な彼を連れて歩いたあの森。その彼の悲鳴。危機。そこまでは思い出せる。まだ覚えている。それなのに、どうして騎士になりたいと願ったのか、そこで何があったのか、その部分が頭からすっぽり抜け落ちてしまっている。

「ぶひひ、どうだクラウディア？　そろそろか、ん？　そろそろ限界か？」

　ずぶずぶという粘膜同士の絡み合う旋律。びちゃびちゃという蜜汁の雑音。どすどすというおぞましき胎の音。

　向き合う形で抱え込まれての壁を背にした激しい行為。全裸に限りなく近い肢体、紐同然の破廉恥な衣装。哀れなほどにのたうつ背筋、間抜けとも言えるほど緩んだ頬肉。

今宵も熱烈に犯されゆく中、クラウディアは疑問を抱く。本当に騎士になりたかったのか。理由が思い出せないならば、それは単なる思いこみにすぎないのではないのか、と。

あれから——膝を折って許しを乞い放尿までしてみせた、あの日から約ひと月。王都出立後50日あまりが経過していた。

救援は未だ来る気配すらない。異変があったことは素人でも分かるだろうに調査の手すら及んでいない。完全に野放し、見捨てられたとしか思えない状況。

そんな中自分は来る日も来る日もこのオークに犯されている。イくたびに記憶が段々と消えていく淫の呪いを下腹部に刻まれて。

「あうっあうっあああっあぁ~~！　もうっ、もうっ、おひぃ、おひぃぃい~~♥♥」

呪いの力はあまりに絶大で、人の数倍はあろう巨根ですら呆気なく呑みこませ凄まじい官能をもたらす。今とてこうして突かれるたび全身の神経が歓喜に鳴き喚く。頭の中が巨大な肉悦とオークの極太ちんぽでいっぱいになってしまっている。

すぐ近くには仲間らがおり無様な嬌声が聞こえているはず。でも止まらない、声が、快感が。気持ち良さに押し負けてしまう。

気持ちいい、オークのチンポっ、ほんと気持ちいいっ~~！

もうイク、イクッ、イクゥ~~ッ♥

限界を悟ったクラウディアは鼻の孔を広げて大きく息を吸う。

アクメを目いっぱい噛み締めるため——いや違う、最後の一線を死守するために。

「おひぃおひいぃっ、ぶ――ぶひっ、ぶヒィイイ〜〜ッ！」

それは子供でも腹を抱えて嘲笑しそうな、なんとも滑稽な豚の鳴き真似であった。

「なんだ、もう限界か？　私の方はまだまだだというのにな」

膣孔を貫く亜人のペニスが物足りなさげにずるりと引き抜かれる。

クラウディアは尻からも手を離され支えを失い、ガクリと石の床に跪く格好で膝をつく。

(こんなことを……しなければ、いけない、なんて……)

己が滑稽さに今また涙が滲んでくる。

オークの王ゲルドロリックスが、アクメさせぬために出した条件がこれであった。

絶頂寸前になったら豚の鳴き真似をし、それと知らせる。鳴き真似があればそこで一時中断する。そうすることで絶頂を避け、ひいては記憶の喪失を免れる。

『言わねば私とて分からんからなぁ。お前がイくかどうかなどな』

そう言われれば是非もなかった。アクメしたくなくばそれしかない、でなくばアクメし記憶をまた失うだけだ。無様だろうがなんだろうが言う通りにするしかない。

ゆえに彼女はひと月もの間、連日何度も犯されては、その都度豚の鳴き真似をしてきた。

何度も何度も肉棒で貫かれ。

何度も何度も快楽に蝕まれ。

何度も何度もアクメしそうになり、である。

並の女であれば心がとうに壊れていたろう。甘美の頂点を目前にして、その都度そこから遠ざけられるのだから。それが連日最低10回は続くのだ、欲求と忍耐の板挟みとなり正気を保つのさえやっとであった。

「はぁ、はぁ、ん、おふぅ…………ご、ご主人……様……チ、チンポは、気持ちいい、ですか……？」

さらに他にも要求はあった。オークごときを主人呼ばわりするよう命じられ、娼婦以下の卑猥な衣装を着せられた。

膣をこれ以上犯さぬ代償に爆乳で巨根を挟み扱く。その爆乳には紐としか呼べぬ下着があり、陰部もまた役立たず同然の小さすぎるショーツがあるのみ。これでは娼婦どころかただの好色な変態にしか見えまい。

「いいぞぉ、随分パイズリが上達したなクラウディア。爆乳がさらにデカくなって私のチンポをしごくにも丁度いい」

それればかりか肉体面までも変化が生じてきていた。さんざ犯されたためであろう、膣洞はなおさら柔らかさを増し容易く拡張するようになっていた。これほどの巨根を連日連夜呑みこめば無理もない。辛うじて入り口が閉じ合わさるのは頑健な肉体の賜物か。

だが真っ先に目につくのは、前以上にずっしりと重みを増した乳房と、たるみが出てきた下腹の肉だった。

「んっ、んふぅレロレロ、んっ、チュク……！」

ゲルドロリックスの言うように巨根を挟むには前以上に適している。元からメロンより大きかったものが、今やスイカをも超えるほど肥大した。そのサイズたるや爆乳をも超え、超乳とでも呼ぶに相応しい。

　下腹の贅肉は、恐らく鍛錬を行えぬためだ。激しい運動を常とする肉体は自然と栄養価を溜め込もうとする。運動時の消耗に備えてのことだ。その肉体が運動をやめ栄養ばかり摂ればどうなるか、その結果がこれだった。

　片や仲間たちは肥えるどころか逆に痩せ細る一方であった。彼らの食事は微々たる量で運動出来ずとも肥えはしない。栄養過多な肉ばかり食わされる自分一人が肥えたのだ。

（こんな身体にまでなって……私、なのに、私ぃ……！）

　見事な超乳でパイズリを行い舌を伸ばしてカリ首を舐め、クラウディアは人知れず煩悶と高揚とに悩む。目に見えて変わりゆく自らの肉体、下腹部に輝く淫らな紋様、そして揺れに揺れる己が精神。恐ろしい。堕落という名の甘美な落とし穴に真っ逆さまに堕ちていっているのが分かる。

（こんな大きいのにずっとずっと繰り返し犯されて……感じて、イキそうになって、なのに、あぁ……！）

「大したおっぱいだ、私のモノでさえすっぽり包んでしごきおる。なんたるデカさだ、まさにオークの、いや、私のチンポのための理想の身体だ」

　悠然と立つゲルドロリックスの巨大な肉棒が、乳肉の狭間で快楽に小さくのたうち始める。

「んんっふぅレロレロくちゅ、チュクッ……お、おおきくふぅ、びくびく、してぇ……！」

「いいぞ、いいぞ、おっおお……おおお！」

柔らかな肉に包まれるサオがやがて大きな脈をひとつ打ち、口から噴いて吐き出すがごとく多量の汚濁を撒き散らした。

――ドバッドバッびちゃりびちゃりびちゃりびちゃりっ！

人のそれに似た白い汚濁はヨーグルトほどにもぷりぷりと粘っこく、膝をつくクラウディアの美しい顔を瞬く間に汚していく。

「うう……んん……！」

クラウディアはなおも乳肉を揺すって残滓まで絞り出すべく摩擦を続けた。アクメを免れ豚の鳴き真似も避けるためには、少しでも他で満足させねばならないからだった。

（臭い、精液……ぬるぬるして、こびりついて……し、子宮が、疼《うず》い、てぇ……！）

穢らわしいと感じる一方で、弥が上にも牝の肉体が強い昂りに苛まれてしまう。

この体液をこの身に浴びるのも、果たしてこれで何度目となろうか。

慣れてきた、もしくは馴染んできたとでも言うのか。かつてあれほどあった嫌悪がなぜか湧きあがってこない。欲しい、あるいは羨ましい、肉欲のまま精を解放し愉悦に浸れるその有様に、酷く疼く我が身が怖い。

自分だけ気持ち良さそうに出して……私は気持ち良くなってはいけない、満足することも許されないのに……！

知らず内心で妬みを口にし、クラウディアはその場で跪き、冷たい床に両手と額をこすりつけた。

「はぁ、はぁ、わ、私の身体で……射精していただき……あ、ありがとう……ございます……」

これもオーク流の礼儀だという。強者への奉仕は当然のことで感謝を求めるなど以ての外、奉仕を受け取っていただけたのだと逆に感謝せよと言われた。

「まだだ、頭が高い、尻が低い。もっとケツをあげろ、いやらしくな。それがオーク流の土下座だ」

「はぁはぁ、は、はいっ……」

知りたくもない亜人の文化などを学ばされ、人でありながらそれに従う。

なんたる屈辱、これではまるで奴隷か家畜だ。もしくは自らが亜人の一員とされたような、形容し難い悲嘆が襲い来る。

今すぐにでも叩きのめしてやりたい。斬り裂き打擲してやりたい。床に這わせ、同じように土下座をさせ、硬くて立派なその肉棒を下の口で咥えこんでやりたい……。

まったく、と心から思う。射精を経てなお一向に萎えぬ禍々しい男根。これにどれほど鳴かされたことか。どれほど気持ち良くされたことか。今だってほら、刺激欲しさにこんなにもマンコがジクジクとして仕方ないというのに。切なくてふりふりと尻を振っているというのに。なぜこいつだけイけるのか？　自分はイってはいけないというのに。悔しい、

悔しい、もどかしい、もどかしい、いっそ姿を見せねばいいものを！

「はぁ、はぁっ……ぶ、ひぃ……！」

クラウディアは無意識に土下座をしたまま、小声で豚の鳴き真似をしていた。全身を苛む淫らな欲求に思考すらもが呑みこまれつつある、その自覚もないまま。

「グヒヒ、いい格好だ。デカいケツを物欲しそうにふりふりさせおって」

ゲルドロリックスが自慢の巨根を手で扱き、ずいと一歩前に出た。

「そんな姿を見ていたら、またヤリたくなってしまったわ」

（そんな、せっかく耐えたのに、またぁ……っっ！）

尻をわし掴みにされるやいなや背後から再び膣孔を穿たれた。たるんだ腹の奥底の子宮がずんっ！　と突き上げられ大きく持ち上がる。直後に訪れる巨大な刺激に肉ヒダすべてが反応し蠢きだす。

無論そこに気をやる余裕はない。膣への衝撃と多大な官能とに全身が痙攣し目の奥はチカチカするばかりだ。おかしくなるほど気持ちいい、またまたイキそうになってしまう、彼女が感じたのはそれだけであった。

「ほおんっほおおお!?　ひおっ、ひぃおおお♥」

「おうおう、大声を出しおって。隣が気にならんのか、ん？」

そうは言われても到底抑えきれるものではない。声に気を使う余裕すらも今となっては持てはしなかった。

(こっ、怖いぃ、どぉして、こんなぁあっ⁉)

繰り返し訪れる恐怖感とて、かつてのそれとはもう違う。犯されることへの恐怖ではない、こうまでも感じる己自身へのものだ。膣がめりめりと広がる感覚も内臓がずこずこと跳ね上がる感覚も、どれひとつとて苦悶を生まない、むしろ身体ごと歓喜に呑まれる。ここに来る以前の己からは信じられない落差だった。

(こんなチンポに、オークチンポに私っ、こんなにも感じてぇ……⁉　狂ってく、壊れて、くぅ……！)

こうまでなってから、そろそろひと月と半が経つ。その間幾度も快楽に呑まれては、その都度アクメが押し寄せる。その繰り返し、イクこと自体に抗わねばならぬ。苦痛ではなく快楽による拷問とは、なんと恐ろしく耐え難いものか。

しかも今はそれに輪をかけ厳しい状況下にある。押し寄せる快楽、迫り来るアクメ、その都度行われる滑稽な仕草と残酷なまでの寸止め、まさしく気が触れかねぬ拷問であった。

「ひいっひいイッ、もっ、もぉ、ダメイっ、イクッ、イックぅ～～～……ッッ♥」

「ぶひひ、鳴かずば楽になるぞ？　思う存分イけるのだぞ？　さあどうだ、どうだ⁉」

「ほおっほおおッ、ぶっ、ぶひッ――ぶひぃイイイッ！」

――びくびくガクガクぶるるるるっ！

あと一歩、まさに残り一歩というところでクラウディアは此度も豚よろしく鳴き声をあげた。

（こ、これ以上っ、忘れるわけ、にはぁ……！）

寸前まで来た甘美感に全身がアクメ同然の痙攣を見せる。蜜がどばどばと膣から溢れ落ち、漏れ出た肉ビラが切なさに耐えかね目に見えて淫らに収縮する。肌という肌が薔薇色に染まり滴るほどに汗を噴き出す。

その反応は達したかに見えたが辛うじて持ちこたえていた。膣内の肉棒が動きと刺激を中断している。助かった、これで淫紋は支配を広げず記憶が失われることもない。だが辛い、あまりにもどかしい。あとひと突きもされていれば肉体が頂を見られただろうに。

（ッッ――違う、ちが、うぅっ……イキたくなんか、イキたく――イキ、た――くぅ……！）

疲弊しきった自制心が必死に首を横に振るも、果たして本音はどこにあるのか、寸止め快楽があまりに効きすぎて、もはや判然としない。

「ぐぶぶ強情な奴め、かれこれひと月あまりもそうやって耐えるとは」

多少なり感嘆した素振りを見せたが、ゲルドロリックスはすぐにニィと笑みを作った。

「だが諦めろ。もうお前の守るべき国もないのだからな！」

「ひいっあっああほおおおんんっ♥」

言わずもがな、まだ数回が終わったのみ。まだ夜は明けない、明けたとしても終わる保証はない。そもそも陽の光がここには届かない。

彼女は此度も延々と亜人に犯され続ける――
※

「はあっおほおぉ――ぶっ、ぶひぃいッ！」

「ひぃイもうっもぉイッ――ブブッ、ブヒッ！　ぶひぶひイィィ♥」

「んん♥　おおォ♥　ブヒィィイインン♥♥」

それからさらに数週間が経過した。

肉がつきだらしなくたるみつつある腹。牝牛も顔負けの異様なまでに豊満な乳房。火照りの冷めぬ淡い肌。乾く気配すらない膣孔。

クラウディアは今日も巨根に貫かれ、豚の鳴き真似を連呼していた。

「はあっはあっはあッはあッはあーっはあーッ……！」

なまじ記憶が消えぬがゆえにこそ自制の精神は削られていった。昨日はおよそ20回ほど。一昨日は25回ほどか。それ以前はよく覚えていない、20を下ることはなかったはずだが。

数えるのも嫌気が差すくらい数限りなく寸止めされた。鳴き声のせいで隠すことも今は出来ない。強がることすらも叶わぬまま幾度となくよがってはアクメに近づく。その都度滑稽な声をあげ、差し迫る頂点から見放される。

来る日も来る日もそればかり。相手は毎回射精出来るのに、こちらは不公平にも一度として高みを見られないでいる。

言わば自慰を連続で行い毎回寸前で中断するようなもの。肉欲を静めるべく始めたはずが静めもせず毎度足踏みしている。なんという生殺しか、鼻先に人参をぶら下げられる馬以上に辛い。

そも性欲とは生物の基本欲求のひとつである。食欲や睡眠欲と同様、生命の本能が欲するものだ。

そこから目を背けるというのは生を拒絶するにも等しい。その苦労と懊悩たるや饒舌に尽くし難い。いわんや目先にちらつくともなれば。

（こんな真似までして、我慢、して……イキそうなのに、イけそうなのに、ぶひぶひ鳴いて……辛い、切ないぃ、自分ですることも出来ない、なんてぇェ……ッ！）

これで自慰すらも許されぬのだから、やはり拷問と言ってよかろう。悶々としたまま自室に戻っても発散することさえ出来はしない、内なる欲望は失せる気配もなく日々うずたかく積もりゆくばかりであった。

――ビュブッビュブッビュブッビュブッビュブッ！

クラウディアはガクガクと痙攣しながら床に膝をつき、頭から精液を多量にかぶる。

今回もだ。今回も亜人はたっぷりと射精しほくほく顔で傲然と立っている。こちらは今回もイク寸前にて無限とも思える葛藤に苦しめられているというのにだ。

下腹部に手をやる。そこに浮かぶ赤黒い紋様は九割方深紅に染まっていた。散々アクメしてしまった結果だ。あと一回でもアクメしたら完全に深紅に染まるやもしれない。そうなったら最後、自分はすべての記憶を失いオークの王の情婦となり果てるのだという。

今残っている微かな記憶、愛しい人との思い出だけは守らねばと思ってきた。恐らくはそれが最後の砦、それすらも失えば跡には何も残るまい。王国騎士団長クラウディア・コンスタンツィは抜け殻となって消えるのだ。

(けれど、分かっているけれどっ、い────〜〜〜イキ、たい…………イキたい、イキたい、イキたいイキたいイキだいイキだいぃ〜〜ッッ‼)

自制はすでに崩壊寸前であった。苦痛であればこうはなるまい、何度味わおうが辛いだけなのだから。だが快楽は、これは違う。本当は欲しいのに瀬戸際まで来て指を咥えて見ているしかない。本気で気が狂いそうだ。欲望に素直な亜人どもを今や心から羨ましく思う。

「おっと、そろそろ捕虜どもに食事だな。そら行ってこい、戻ってきたらまたハメ倒してやろう」

ゲルドロリックスがパンと尻を打ち食事を運ぶよう促してくる。

汗まみれ涙まみれ涎まみれで、クラウディアはふらりと立ちあがる。

(そ、う、だ……行か、なきゃ……みんな、の……アレク、の、ところに……)

言われたおかげで仲間たちに思いを馳せることが出来た。よろめく足腰に鞭を打ってふらふらと傾いでは戸口へと向かう。

わずかに残された記憶に含まれる、ごく直近となる仲間たちとのやり取り。

──思い出す。長い獄中生活が祟って彼らは皆、衰弱していた。少ない食事と結界のせいで満足に動かせぬ身体、それらが彼らの心身を追い詰め、限界は目前であった。

しかし、そんな状況下にあろうとも──

「皆でこっそり脱出路を作ってるんだ。結界のせいでだいぶ進みが悪いけど」

アレックスはそう語り勇気づけようと笑顔を見せた。健康的だった頬はこけ、やつれが見えるというのにだ。

「助けは期待出来そうもないしね、城に何かあったんだろう……自力でなんとかするしかない」

挫けず前向きな彼を前にして、クラウディアはとても真相など語れなかった。大臣が、名も顔も忘れた大臣とやらが謀反を起こし国を簒奪したなどと、どうして言えよう。謀反に邪魔ゆえ自分たちは売られた、そんなことをなぜ言えようか。

「待っててください団長……！」

「ここを出たらあいつらブチのめしてやりましょう……！」

他の皆もアレックスに触発されたに違いなく、そう口々に言って笑った。

さしものクラウディアもその時ばかりは感涙したものだ。彼らはボロボロだがそれでも諦めず立ち向かうという。これぞまさしく騎士のあるべき姿だと思った。

「ホントはクー姉より強くなってから言うつもりだったことがあるんだけど……ここから出たら、その時、伝えたいことがあるんだ」

そう言ってアレクこと騎士アレックスは手を取り静かに微笑みかけてきた。

「それまで……クー姉も、希望を捨てず耐えてほしい」

「アレク……うん、待ってる……」

その時のクラウディアは彼の胸に飛びこんでいきたい衝動に駆られた。口にこそしないが知っていたはずだ、毎晩隣室で何が起こっているのかを。愛する女が醜い亜人の慰み者となっていることを。そのすべてを承知の上で変わらず想いを寄せてくれるのだ、これほど女冥利に尽きることが他にあるものか。

昔は弱虫だった彼が、いつの間にか私を支えられるほど強くなった。

感動は一入《ひとしお》で、必ず耐えると約束した。必ず彼と添い遂げる、心の奥底でそう誓って。

「――――はぁ……はぁ……待って……る……」

――そうだとも、約束したのだ。

アレックスと、ほんのつい先日に。

負けるわけにはいかない……私は誇りある騎士……オークのチンポなんかに、負けない……。

「それで？　耐えてどうする？　耐えた先に何がある？」

ドロドロになった手足を引きずり、よたよたと歩を進めていく。仲間たちへの食事のために。

「汚れきったお前が、今さら幸せになれるとでも？」

よたよたと歩を進める。皆のもとへ――戸口へ――

「まして人間のチンポごときで満足出来るとでも思っているのか？　オークのチンポに馴染んだ身体で？　散々抉られたそのマンコで？」

うるさい黙れ……皆のところへ行くんだ……耐えて、耐えて……約束、を……。

「む？　どうした、行かんのか？」

視界がくるりと反転したがそんなことはどうでもいい。耐える、耐えて……耐えなきゃ、耐えなきゃ……！

「はぁ……はぁ……ん、はぁ……はぁ……！」

（あ……れ……私、どこに向かってる、の……？　そっち、じゃ、な、い……）

たるんだ下腹をぎゅっと握り締め這いずる心地で前に進む。纏まりなく濁った思考をつらつらと重ねながら一歩一歩、前へ前へ。

見えていたはずの戸口が失せ、背を向けたはずのゲルドロリックスの巨体が涙で霞む視界に入る。

いや違う——萎えてなお太長いままの、どす黒い巨根が目に入っている。それが段々と近づいてくる。

そっちじゃない、私が向かうのは、行きたいのは……。

行きたい——イキたい？　そう、私はイキたい。イキたくてしょうがない。もう我慢なんてイヤ——

でも耐えなきゃ、耐えなきゃ、耐えな、きゃ——耐え——

「ぐぶぶ、それとも——」

——ムクムク……びんっ……！

「コレが欲しいか？　ん？」

「はぁ……はぁ……あ、あぁぁア……♥」

――ピシッ……！

再び隆々と聳え立つ巨根を網膜に捉えたその瞬間、クラウディアは確かに音を聞いた。何かがひび割れる音を。破滅を知らせる亀裂の音を。

それは実際に耳にした音なのか、それともただの錯覚か。

そんなことはこの際どうでもいい。興味がない。肝心なこと、気にすべきこと、それは。

「――ぶ♪　ブヒ、ブヒブヒィ♪」

ああ、自分は一体何をやっているのだろう。

確かに戸口に向け歩いていたはず。仲間のもとへ行こうとしていたはず。

それなのに気が付くと寝台に舞い戻り、仰向けの亜人の腰に跨り、膣口を肉棒にこすりつけて踊っていた。

(性器を見せながら腰をくねらせる……オークの求愛行動、なんてぇ……!?)

脳が興奮に覚醒し、神経が沸々と滾《たぎ》ってきた。

なんということか、やっとこ解放されたはずなのに自分から大胆にも跨ろうとは。自ずから盛大に局部を開きガニ股で腰を揺らめかせるなんて。娼婦がやるように両腕を上にあげ、乳房ごと淫らに揺する真似までして。

「ブヒヒ、ぶひっ、ブヒヒヒヒィいいっ♪」

しかし気づいた。こうして媚びている間こそ意識がはっきりするということを。

心身が目覚め昂っていくことを。

「ついに堕ちたか！　心まで堕落したか！」

ゲルドロリックスの愉快げな哄笑が部屋いっぱいに響き渡った。

「いいぞ！　なら自分からチンポを咥えこめ。ぶち込め！」

「はぁはぁ、ブヒィン♥」

理性の砕けゆく音を聞きながら、クラウディアは理解した。

そうだ、自分は――とうの昔に壊れていたのだ。そうと気づいたのが今だっただけで、それはすでに過去のことだった。

でなくばどうして、こうも身体が疼くのだろう。こうも気持ち良くなれるのだろう。化け物じみた巨根を前にして猛烈な欲情を覚えるのだろう。

耐えなきゃ――そう思ったのも、裏を返せば欲するがゆえだ。欲しくて欲しくて仕方ないから苦しみ耐えていたのだ。本気で嫌ならば何を耐える必要がある？　何を耐えていたというのか？

(チンポ欲しい、オークのでっかいチンポ欲しいっ、マンコにずっぽし咥えこんでぬるぬるぐちょぐちょ引っ掻き回して、いっぱい感じたい、思いっ〜きりイキたいィ――‼)

己の本音を自覚した瞬間、頑《かたく》なに目を背けてきたものが次々と内から溢れ出てくる。

咥えこんでしまえばこの懊悩から逃れられる、何も考えず快楽を貪れる、思う存分アクメ出来る。

馳走を前にした従順な犬が尻尾を振るように尻を揺すってから、びしょ濡れの膣口に亀頭をぐっとめり込ませ。

クラウディアはとうとう、自ら尻を落とし込む形でオークの巨根をずぶりと咥えこんでみせた。

「んあッ♥　あひぃぃぃいいんん♥」

(は、初めて自分でっ、おチンポ挿れちゃったぁ〜〜♥)

いともあっさりと全身が打ち震え、開いた口から舌がデロンと溢れ出る。

改めて思い知らされる。己がいかに飢えていたのかを、いかに女として壊れていたのかを。

はち切れんばかりに膨れた肉棒はやはり巨大のひと言に尽き、濡れた膣洞を遍く膨張させ、内臓ごと子宮をもグンと持ち上げる。その圧迫感たるや丸太をぶち込まれたかのようであり、人の男では決してあり得ぬ獰猛な刺激を与えてくる。

その人ならざる刺激こそが、己が肉体と飢えた胎とを歓喜の渦へと瞬く間に引きずりこむ。忘れようにも忘れられぬ深々と刻み込まれた肉悦。骨肉の一片、五感のすべて、髪の毛一本のその先までもがこの感覚を覚えこんでいる。

「あへぁぁ♥　ぎもッ、ぢぃぃぃぃぃ〜〜♥♥」

そして肉体がそれを貪るべく卑猥に腰をグラインドさせるのを、彼女はもはや止めろなどとは言えなかった。

「んあ～ああ～～ぁあ！　しゅごっ、これぃぃ、おチンポじゅぼじゅぼ気持ちよしゅぎっ、腰が止まんない、止まんない止まんなぃ～～～っっ♥♥」

「ぶひひ、もうそんなにも腰振りおって、飢えておったのが丸分かりだわ！」

ゲルドロリックスが笑った通り、その腰使いは牡に飢えた牝そのもの。男の腹に両手をついて叩きつけるように尻を振りたくり、びちゃびちゃと汁の飛ぶ卑猥な膣孔に夢中で巨根を叩きこんでいる。あたかも豊かな尻肉を槌として、天を向く杭をごすごすと打ち据えていくかのごとく。

（感じちゃう、感じちゃう感じちゃうぅぅ!!　なんでおチンポこんなにも気持ちいいの、なんで、なんで今まで我慢なんて出来てたのぉ!?）

髪まで躍るほどに腰を振りつつ己が感性に疑問を抱く。これほどの快楽を味わいながら何故拒み続けてきたのか。何が不満で拒んだのか。少し以前の己の感性が一片たりとて理解出来ない。

「マンコ広がるぅ、ぱんぱんになってヒダヒダ捲れりゅうぅ♥　おチンポしゅごいぃ、気持ちいいの大好きぃぃぃぃ♥♥」

――ガポッガポッニュポッニュポッグポッグポッグポッ！

盛大に股を開き腰振る姿はまるで淫売のごとしであった。あるいはそれ以上、欲に狂った色情狂か。汗と涙とをタラタラと滴らせ恍惚の眼差しを浮かべる顔には、かつての凛々

しい騎士の面影など塵ほどとて見当たらない。おぞましいまでの抽送音は、一方的に犯されていた時となんら変わらぬ音色であった。

進んで牡肉を貪るクラウディアに、ゲルドロリックスが悠然と構えたまま嘲笑を浴びせかける。

「まるでケモノだなクラウディア。騎士団長の誇りはどうした？　ん？」

自らは腰を振るでもなく寝台に仰向けとなったまま、ニヤニヤとした笑みを作る。

「そうもしきりに腰を振りおって。このままだとイッてしまうが、いいのか？」

「んぎ♥　ふぎッ♥　んおぉ♥　おッおほおぉッおおお♥」

「……チンポに夢中で聞こえてないか」

呆れた様子の亜人の言葉にもクラウディアはなんら反応を返さない。どうでもいい。兎《と》にも角《かく》にも刺激が欲しくて腰の振りを速めていくばかり。巨大な乳肉をばるんばるん振り乱しアクメへとひた走っていくばかり。

「おほおぉッおほおおんおぉ♥　チンポッ、チンポッ、チンポッ、おおおおお♥♥」

（くるぅ、もうすぐくるぅ！　すごいの、気持ちいいのくるぅぅ～～♥♥）

夢中でスパートをかけたせいか絶頂感が急激に迫ってくる。粘膜全体がみるみる熱くなり膣神経がドロドロに蕩け、何もかもを押し流しそうな大きな波がやってくる。幸せ、悦び、充足、解放感、それら様々な感覚と感情とが濁流《だくりゅう》となりて目先まで近づく。

背骨をも波打たせ腰を打ち付けつつクラウディアは声を裏返らせよがる。ずれて無意味になった卑猥な衣装も屁に似た音まで漏らす膣孔も一切合切無視して昂りゆく。

絶え間なく抉られ締まる肉孔《にくあな》と熱烈な擦過にざわめく濡れヒダ。その瞬間はもう目前。なんて気持ちいい、今度こそ届きたい、心ゆくまで高みを見たい、なおも収まらぬ欲望に駆り立てられクリトリスさえをも目に見えて震わせる。

（くるっくるくるくるくるぅうぅっ!!　もぉイク、イクイクッッ、イッちゃえるううううッッ!!）

もはや理性など欠片たりとて見せようとせず。裏返りかけた青い瞳をも不自然なまでに痙攣させて。

己にとどめをさすかのごとく、クラウディアは巨大な臀部を力いっぱい落とし込んだ。

——ずぶぶぶぶっ！　ずしんっ！

「あへえええあああああああ♥♥」

——ゾクゾクガクガクッ！　プッシャアアアァァ！

次の瞬間濡れた膣口が盛大に潮を撒き散らかした。牡の射精とも見紛うばかり、まさに絶頂の潮噴きであった。

「イクッイクイクッ!!　おほおぉぉおおおおぉぉぉ♥♥」

これだ、これ、ずっとこれが欲しかった。溜め込んだ肉悦を一気に散華させる極上の一瞬が心から欲しかった。

散々焦らされ手に入らずにいた頃。そこについに手が届いた。このひと月あまり待ち焦がれてきた瞬間であった。

「おおっ♥　おっ♥　おっ♥　おおぉ～～……♥」

「大したイキっぷりだ。長らく耐えてきた甲斐があったな」

ぐぶぶと下卑た笑声を漏らし、ゲルドロリックスがむぎゅりとたるんだ腹肉を掴んでくる。

「はぁはぁ、あう――あああ～～……！」

――ズズ……ズズズ……！

黒い指が掴むすぐ近く、赤黒く刻まれた杯の紋様が、輝く深紅の寸前まで変わる。

（胸が……痛む……私の中の大切な何かが、消えちゃった……気持ちいいのに、こんなにも気持ちいいのに、苦しい……！）

決定的な支柱となるものを失ったのだと心が囁いた。誰かの名か、思い出か、忘れたのは果たしてどれか。分からない。何を覚えていたのかすら、もう思い出せないのだ。記憶の引き出しを漁るのではない、引き出しそのものの在り処を見失う。漁るべき場所があることすら知れない。真に忘れるとはそういうことなのだと今になって思い知る。

「苦しいかクラウディア？　何もかも捨てれば楽になれるぞ？」

「い――や……い……や……」

己の心が軋む音を、今度ははっきりと耳にした。

どうしてかは分からないが、長い間苦しんできたのは心以上に身体が覚えている。耐え

に耐えて泣き濡れてきた長い時間。原因はもはや定かでないが、

(苦しいのは、辛いのは、もう……！)

――ズブブッ、ズンッッ！

「おひぃ♥　んひッおほお♥」

(もう、イヤッ――イヤぁ！)

――ズポッズポッグポッグポッグポッ！

「そうだ！　貪れ快楽を！　チンポを！　自ら進んで腰を振ってな！」

「ひッおおおんはああ♥♥」

「そうすれば苦しみから解放されるぞ！　気持ち良くなれるぞ！」

「おおッおおお♥　チンポいいっまたくるぅイクイクイッグ〜〜ッッ♥♥」

クラウディアが再び腰振りを開始し膣肉で肉棒を扱き始めた直後、ゲルドロリックスも雄叫びをあげて腰を上下に揺り動かした。

途端に訪れる甘美感とアクメの波。肉感的にすぎる女体がひきつけを起こしたようにわななき、天を仰いで大きく仰け反り再度膣から潮を噴く。

「んほおおおッおッおッおッおお〜〜ッッ♥♥」

(あはぁ、ホントだぁ♥　苦しいのなくなってきて――すごく気持ちいい、なんて幸せぇェ……♥)

余韻を堪能し終わる間もなく続くアクメが下腹を満たしていた。寸止めが効いて敏感に

なりすぎてしまっていたのだ。当人の記憶はすでに消え失せたが肉体はそれを理解していた。

（ああ、そっか……きっとあの村娘たちもこんな気持ちだったんだ……）

ずるりと肉棒が引き抜かれる最中、歯抜けだらけの記憶の中にかつての光景がふと蘇る。村から攫われこの城で犯されていた娘たち、彼女らは皆だらしなく笑んで種付け交尾に溺れていた。そう、種付けだ、オークどもに避妊などという概念はない。野獣同然に本能の赴くまま牝に種を植え付けるだけ。そこに悦びを見出す娘らも交配し孕むことを良しとしているのだろう。

寝台の上に仰向けに倒れ込み、股を開いたままクラウディアは鼻声で呟く。向き合う形で座るオークの王、今なお隆々と聳え立った黒々と光る巨根に向けて。

「はぁはぁはぁはぁはぁ……なり……たい……私……ご主人様の……牝豚、にぃ……」

「ほう？」

村娘らを思い出し浮かんだもの、それは間違いなく羨望だった。自分も同じく何もかも忘れ一匹の牝になれたなら、苦しみを捨てただ快楽にのめり込むことが出来たなら、どれだけ幸福でいられることだろう。そうとしか思えなかった。義侠心など微塵もなかった。

口端を持ち上げたゲルドロリックスが「ならば捧げろ、私にすべてを」と汁まみれの肉棒を寄せて言ってくる。またアレに貫いてもらえる、また幸福感を味わえる、その欲求にクラウディアは是非もなく悦んで従った。

「はぁはぁ、あはっ♥　捧げます、私の記憶も身体も故郷も誇りも、ぜ～んぶ♥」

知らず流れた新たな涙は一体何を意味するものか、考えもせず自ら指で膣孔をぱっくりと派手に開く。

「だからっ、はぁはぁ……クラウディアのオマンコに毎日っ、おチンポをくださいぃぃ♥」

——ヒクヒク、クパックパッ♥

両手の指で開かれた肉孔が、あたかも主を代弁するように口を蠢かせて媚を売る。

それを目にしたオークの王ゲルドロリックスは、勝鬨にも似た哄笑をあげて、その肉孔を黒い巨根にて挿し貫いた。

「ぶひひはは！　よかろう！　それ、契約の証だ、受け取れ！」

「おおッ♥　あひィィあへあああぁあぁッッ!!」

ゴリュッ！　と強く膣底を叩かれ子宮が跳ね上がる確かな感触に、クラウディアの豊満な肢体が淫らがましくも腰をくねらせ仰け反った。

「チンポきたあぁ♥　幸せチンポっナカに、ナカにぃ♥」

早速漏れ出る狂った嬌声はキンキンと部屋に響くほど甲高く。それでいて酷く甘ったるく、肉の悦びに満ち満ちている。

直後に亜人が改めて腰を据えパンパンパン！　と激しく突けば、嬌声はなおのこと高く木霊し身悶えにあわせて体液が飛び散った。

「あぁンあぁチンポ、ちんぽっ、チンポぉお～～～ンンッッ！　んおッんおッ♥　ぎもぢいいいぃ♥」

「よくぞここまで耐えた、さすがは王国一の天才騎士様、大したものよ」

仰向けの牝を寝台に組み伏せ股座を熱心に貫く亜人は、達成感混じりの賞賛の言葉を臭い吐息と共に吐き出す。

「しかし所詮は牝だったな！　チンポの快楽にはどうやっても勝てはせんのだ！」

「んおッおおおおおしゅごいしゅごいぎもぢいいいいぃィイ!!　ひィ幸せェ、もッイグぅ、またイグっイっぢゃぅぅうう～～♥♥」

野生の熊ですら怖気付くだろう獰猛なまでの抽送の中、乱れに乱れつつクラウディアはふと思う。

王国一の騎士――そう、自分は騎士になりたかった。けれどなぜ？　分からない。何者かの笑顔が脳裏を過ぎるが、それが誰であったのかさえ今となっては判然としない。

（でもきっと、私……このチンポに出会うために、騎士になったんだぁ♥）

そう思う。今ここにある極上の悦楽は、まさに運命的であった。気持ちいいだけではない、刺激的なばかりでもない、こうして胎奥を掻き回されるたび多幸感が全身に満ちていくのだ。女として、一匹の牝としての至福の時間とも呼べるものだ。

「おッおッずぼずぼぉおほおおおお♥　もぉイギぞぉ、イグッおおおもっとぉもっとチンポぉおお!!」

恐らくはそうだ。巨大な多幸感の狭間にちらつく厳しい修行の日々、あの辛い訓練も、

騎士となり得た喜びの瞬間も、仲間を喪う悲しみも、

「ふぅふぅふぅ、ぐぶぶ、まるで盛りのついた犬だな！　そら鳴け、今度は犬のようにな！」

「おほおおッワン、ワンワンわおぉぉ〜〜ンッ♥」

すべてはこの時のためにあった。この牝快楽、肉の饗宴《きょうえん》、醜き亜人に隅々まで愛でられ孕み孔をとことん開拓され、瀑布のごとき種汁を浴びて歓喜の内に胎を満たす。そのために自分は騎士となって淫らがましい身体となった。きっとそうだ、そうに決まっている、そうとしか思えないほど今自分は充実している。

そこまでにいかな懊悩があったのか、いかな絶望が横たわったか。もはや彼女には理解出来ない。理解という認識がない。

そして彼女は言葉通り一匹の淫牝となり果て、寝台の上でガクガクとのたうち、自ら亜人の腰に跨りがむしゃらに肉棒を膣肉で磨き込んだ。

「あへえイグっイグっおおおおおお♥♥」

「そうら、イキまくっている牝マンコにオークザーメンをくれてやるぞ！」

「ひイイぎもぢいいい〜〜〜ッッ!!」

――ビュルルッビュルルッビュルルルル〜〜ッッ！

――プシャアアアアァァ〜〜ッ！

目の奥が弾けるアクメの直後に新鮮な種汁が流れ込んできて、胎に募った甘美感をさらに一段階押し上げた。

（くるぅくるっくるくるくるくるぅう～～せぇしザーメンぷりっぷりの赤ちゃん汁ぅうう～～ッッ♥♥）

これまで以上のエクスタシーに潮を噴くだけでは収まらない。汗、涙、鼻水、唾液、果ては金色の尿液までもが一気に噴き出てシーツを汚す。むせ返りそうな汚臭と性臭が冷たい室内にむわっと充満し、もはや人とも思えぬ挙動で女の手足がバタバタと跳ね回る。

痙攣しブレまくる青い瞳は、それこそ失禁もかくやの勢いでぼたぼたと雫を浮かせてはこぼす。裏返り白くなりかけているのは愉悦の大きさを物語るに足りた。

と、虚空を見つめるその瞳が、何かを捉えたかのごとく刹那だけぴたりと固まる。

（あ、今――――して、る……受精……どろっどろのオークザーメン、私の卵子、犯し、てぇ……♥）

どくどくと流れ込む亜人の汚濁は到底人ならざる量であり、注がれるたびに子袋が膨らみ卵巣にすらもどっと雪崩れ込む。

そのせいか卵子が瞬く間に溺れ無数の精子に包囲される。そのひとつがついに外壁の膜を破り、その中心部をしかと捉えた。

その感触――世にもおぞましき生命の萌芽《ほうが》を、彼女はその時、直感にて味わった。

（オークの、赤ちゃん孕んでぇ……私、私ぃ……）

「ひィひィ、あへへぇ……気持ち良くて、幸せぇ……なのに、なんでぇ？　涙が止まらないのぉ……」

緩みきった頬を流れる愉悦とは異なる涙のその意味を、クラウディアはもう理解など出来はしなかった。

「それは嬉し泣きというものだ。新しく生まれ変わるな」

その代わりにゲルドロリックスが、なおも腰を下からずこずこと突き上げながら言う。

「一気に進んだな、ほとんど深紅に染まっている。さあ、淫紋の完成まであとわずか……あと一度イけばお前はすべてを忘れる」

「おひィおほおおまたチンポおおお゛お゛⁉」

「騎士からチンポ奴隷に転職《クラスチェンジ》だ、その時こそ最高の絶頂を味わえるだろう！」

「おひッおおお゛お゛い゛い゛い゛い゛♥♥」

――ジュポグポジュポグポジュポグポジュポグポッ！

――ドチュルドチュルドチュルドチュルルッ！

さらなる両者のスパートと共に聞くに堪えない旋律が木霊する。出産もかくやと広がった肉孔。肌も見えぬほど体液で濡れた尻。音が漏れるほどひしゃげる子宮口。凄まじい、人では到底直視に堪えないおどろおどろしいまでの獣の交配。巨体を誇る亜人の生殖がいかに恐ろしいかが分かる。

なれど今の彼女にとってはすべてが多幸感と化すものであった。犯され続けて広がった膣洞、軋むことに慣れた腰骨、壊れんばかりの腸への振動、千切れんばかりに揺れ弾む超爆乳。そのどれもが馴染んで心地良い、時折混ざる痛みがスパイスとなって官能を増幅する。己が狂っていることを、外見だけでなく中身すらも壊れ変質し終えたことを、怒涛のごとき巨根ピストンと熱く蕩けゆく感覚が語る。

「おっおひっおっ、さいこーの、ぜぇ、ぜっちょ～♥　ほ、ほしい、ぜっちょ～ほしいぃぃ♥」

亜人に背を向け跨る形で狂ったように腰を、尻を振る。ずしずしと打ち付ける、ぬぼぬぼと咥えこむ、涎垂らす下の口にて黒い巨根をしゃぶって磨く。

「はぁはぁおおっおひぃぃい、えへっ、なるなるぅ～、騎士なんてやめてぇ、おほぉお！オークサマのチンポ奴隷になるううう～～♥♥」

下で咥えこむだけに飽き足らず背を曲げ覗きこみ眺める姿は、人と言うにはあまりにも滑稽で浅ましい。見せびらかすように股座を開くなど、もはや場末の娼婦以下だ。尻の孔までも卑猥にヒクつかせ、ブブッ、ブブッ、と膣から音を出す。巨根を舐め啜る漏れ出た肉ビラは、誘われて食いついた餌を貪る妖艶な食虫花を彷彿とさせた。

「おおっおひぃおおおっ、ああくるぅ、ゾクゾクくるぅ、しゅごいのっ、いちばんきもちいいのくるぅぅ――♥♥」

果たして犯されている側なのか、それとも犯している側なのか、それすらも窺い知れぬほどにクラウディアは夢中で尻を振りよがる。

甘美な項が再び迫る中、ほとんど意味を成さない記憶が断片的に現れては消えていく。

――アレクはほんとに怖がりなんだから……。

――じゃあクーお姉ちゃんが騎士になって守ってあげる……。

――そしたらもう怖くないでしょ……。

――アレク――アレク……。

ああ、そうか、と心が呟く。やっと繋がった。思い出せた。どうして騎士になりたかったのか、自分が何を忘れたのか、繋がった断片が教えてくれた。

「ぐぶぶ、いいぞ、いいぞクラウディア、マンコが締まっておる、ヒダヒダが食いつく、そろそろ私から褒美をくれてやる……！」

「おひイィぎもぢいぃッ、くらさい褒美、ほうびッ、マンコおおォォ♥♥」

だがその断片すら今また彼方へと失せていく。手のひらからこぼれ落ちていく。恐らくはただひとつ残った自分、それさえもが滂沱の快楽に呑みこまれ霞となって消えてゆく。

超乳を滅茶苦茶に振り乱す勢いであられもなくよがり、悟る。

ああ、気持ち良すぎて、真っ白に――

火花のごとく、閃光のごとく、脳と肉体とを駆け巡る官能。

己の喪失を悟りながら、クラウディアは尻をずしんと落とし込み、真の快楽にその身を沈めた。

「んはあッあああああぁぁあああ♥♥」

「そうら受け取れ、褒美のザーメンだ！」

――ゾクゾクゾクゾクびくびくびくびくびくびくゥッ！

――ドピュルッドキュルドキュルドキュルドキュルルッ！

知る限り最高の瞬間が訪れ、文字通り脳内が真っ白となった。真っ白になりすぎて全身が軽くなりこの世から消失したかに思えた。

（ぎもぢぃぃ、せぇしぎもぢぃぃ、オークチンポ最高にぎもぢぃぃッ♥♥）

恐らくこれまでで一番深くまで到達しただろう。肋骨が軋むほど内臓が持ち上がり腹に激震が走ったのだから。前腕以上に長い肉棒を根元までしっかと呑みこんだのだから。

息苦しさに眩暈すら生じ過呼吸なのに肺が動かない。信じ難いほどの圧迫感が膣を、胎を、粉砕せんほどに襲っている。背骨すらもが軋みをあげるのが本能的に理解出来た。

されどそこに苦痛は一切なく、ただ悦びだけがあった。呪いのせいか頑健な肉体の賜物か。極限まで狂った牝の身体は性感帯に連なるあらゆる感覚を快感として認知せしめた。

（最高、最高ぅっ、この感じ以外、なぁんにもほしくないぃ～～♥♥）

彼女はずっと天を仰ぎ、子宮に注がれゆく体液の熱を無心になって堪能し続けた。

むき出しの下腹部の白を汚す、杯の形をした淫の紋様。

その上端までが、ついに深紅に染まっていくのにも気づかぬまま……。

「――ディア――クラウディア」

ややあってゲルドロリックスが、名前と思しきものを口にした。

「はぁ……はぁ……あ～～……誰ぇ、それ……？」

激しいアクメからようやっと回復してきたその者は、焦点の定まらぬ瞳を彷徨《さまよ》わせ、ネジの飛んだ笑みを浮かべた。

「あは♥　私は……私は……誰？」

「ぐぶぶ、そうかそうか、思い出せんか」

ゲルドロリックスは満足げに笑み、これまでと変わって慈しむようにその者の頭をそっと撫でた。

「ならば私が名付けてやろう。オーク語で性処理道具を意味する」

その名は——その者が授かった新たなる名は——

※

「こんにちは、サヴィーナ騎士団の皆さま♪」

それは二日が過ぎ、空腹の極致に達しようという時であった。

団長が食事を運んでこなくなった。何かあったのか。何があった？

もしや例の呪いとやらが……？　いやまさか、あの人に限ってそんな……！

不安を募らせていくばかりだったアレックス他団員たち。その彼らの居場所。薄暗く狭い、冷えた地下牢。

そこに声が響いた途端、皆は一斉にはっと顔をあげ視線を向けた。

「……クー姉？　よかった、無事で——」

「お知らせでーす♥　貴方がたは今日より捕虜から奴隷に格上げされました♪」

安堵したアレックスの言葉を遮り、その者はおどけた子供のごとく笑った。

紐同然の淫らがましい衣装を着た姿で。たるんだ下腹部に浮く深紅の淫紋を愛おしそうにすりりと撫でながら。

「これからは偉大なオーク様のため働いてもらいます。がんばって働いた者には私からフェラのご褒美をするよう仰せつかっております♥」

「だ、団長？　そん、な……！」

「クー姉しっかりしろ、どうしたんだ、クラウディア⁉」

目を剥いたアレックスが鉄格子越しに詰め寄るも、その者は「あは♥」と戯れに笑った。

「誰ですか、それ？　私は――」

ちろり。妖しい笑顔に舌を出して唇を舐め。

その者は名乗った。王より授かった己が今の名を。

「――私はエローナ。偉大なオークの王の、肉奴隷でございます。――ぶひぃ♥」

滑稽なことをさも自慢げに語る美女。

団員たちの形相が絶望に凍り付いたのは、至極当然のことだった。

「聞いての通りだ、残念だったな騎士諸君」

通路の奥の薄暗がりからぬっと姿を現したのは、今や正体を問うまでもない、オークの王ゲルドロリックスだ。

その者は美女の背後に立ち、勝者の笑みを浮かべて牢内の面々をぐるりと眺めやった。

「この女は生まれ変わったのだ。元の記憶はすべて失われオークの肉奴隷となった」

「そんな……だからあの声ばかりが、ずっと……」

「貴様、よくも、よくもっ……！」

「おお怖い、そう睨むな。せっかくお前たちにもいい思いをさせてやろうというのだからなぁ」

アレックスは激高し今にも噛みつかんばかりだったが、ゲルドロリックスは意に介した風でもなく、友好的とさえ言える口調で美女の肩を抱き、こう告げた。

「どうだ、いい塩梅に肉がついて色っぽくなっただろう？　この乳、この尻、この口、このまんこ、どれも極上の味だぞ？」

「あン、ゲルドロリックス様ぁ……♥」

「よせ、クー姉に触るな化け物！」

「お前らはまだ触れたことすらないのだろう？　可哀想になぁ、毎晩味わっている私の方が申し訳なくなりそうだ」

「貴様、貴様ぁぁ……ッッ‼」

鉄格子に張り付き憤怒の形相で睨むアレックス。

その彼と団員らに向け、ゲルドロリックスはさらに告げた。

「どうだ？　お前らも私につく気はないか？　そうすれば褒美として口まんこを味わわせてやるぞ？」

こんな風になぁ。そうゲルドロリックスは言い置き、しなだれかかっていた美女を跪かせ、黒光りする自慢の巨根に舌を這わせるよう命じた。

「ああン、さっきもいっぱいシたのにもう大きい♥　好きぃ、オークチンポ好き好きぃ、レロッ、じゅるる♪」

美女はなんら迷いなく膝をつき、赤い舌をぬらりと伸ばしてせっせと肉棒を舐め始める。すぐ目の前にいる元同胞など眼中にないといった態度だ。

「団長……こんなっ……！」

「あの凛々しい団長が、見る影もなく……！」

「獄中生活は辛かろう？　私に従うならまんこは駄目でも口まんこならば使わせてやろう。飯も増やしてやろうではないか」

嘆きの色の深まる団員らに、ゲルドロリックスはここぞとばかりに揺さぶりをかける。

「お前たちも溜まっているだろう？　腹だけでなくちんぽも飢えているはずだ」

「ッッ〜〜誰が……誰が貴様なんかに‼」

心身共々疲弊の極致だがアレックスには受け入れられなかった。愛する女性をこうまでされてなお従えなどと冗談ではなかった。

「そうだ、誰がお前らオークなんぞに！」

「団長が本当に好きなのはアレクだ、汚いモノを離せブタが！」

団員たちも気持ちは同じで、絶望と疲労で青ざめた顔に精一杯の怒気を浮かべた。

「それは残念だ、せっかく彼女もその気だったのだがなぁ」

彼らの態度を負け惜しみと取ったか、ゲルドロリックスは笑みを絶やさず悠々とした態度でくるりと背を向けた。

妖艶な美女を傍らに伴い、嘲る気配を強く残してその場を去っていく。

「ならば私の部屋で続きといこう。今宵もたっぷりと楽しもうではないか。なあ――エローナ？」

「はい、ゲルドロリックス様ぁ♪」

豊尻をふりふり、媚を売るように後に続いていく美女――エローナを名乗る元騎士団長クラウディア・コンスタンツィ。

「ぐっ～～～ぐぐ、ううう っ～～……!!」

強く歯を食いしばるあまり、ガキッと奥歯が欠けて落ちる。

騎士アレックスは俯き震え、指の感覚がなくなるまで鉄格子を握り締め続けた。

「絶対……取り戻してみせる、絶対ッ……!! ここを出て必ず……クー姉……ッ!!」

その目に満ち満ちた激しい闘志がいかほどのものなのか、今はまだ誰も知らない――

※

王とはなんと素晴らしきものかな。

その男は壮麗なベッドの上にて、己が地位に酔い痴れていた。

「ぐふふ、どうですかなセレナ公爵令嬢殿。初めてとなる男の味は？」

「あっ、あっ、ううっぐうう～～っっ……！」

ベッドの上には若い娘が一糸纏わぬ素肌を晒している。歪んだ顔には苦痛と屈辱がありありと浮かんでいた。

生意気にも直前まで歯向かっていたが、所詮は一貴族の小娘にすぎぬ。王に逆らっていいわけがない。

その股座に肉棒を押しこみ、男は笑みを濃くした。

「愛しの婚約者殿とは結婚出来ず残念でしたなぁ。ですが代わりに王の子を身籠れるのを光栄に思っていただきたい！」

「イヤっイヤアアアア！」

「ぐふふヒヒヒ、さあ孕め、このコルヴィアの新王、ベルカストロの子を！」

泣き叫ぶ娘の無垢な孔に、寛大にも世継ぎを仕込んでやる。

これぞ理想郷と、男は、ベルカストロ・アッバーティニ元大臣は、心の中で快哉を叫んだ。

王の偉大さとはむべなるかな。貴族らを遍く従え献上の品々を手中に出来る。金、土地、名誉、武力、女、ありとあらゆるものが手に入り思うがままに国を動かせる。身を立て国を興そうとする者、策略で簒奪を狙う者、武をもって獲ろうとする者、そういった手合いが世から消えぬのも頷けるというものだ。

脇に控えた次なる娘に肉欲の食指を伸ばしつつ、ベルカストロは我が世の到来とその発端に思いを馳せる。

（くく、まさかあのオークがここまで役に立ってくれるとはな）

王位簒奪にあたってもっとも邪魔であったもの、それがクラウディアの存在であった。

王国騎士の地位にあるが、その実彼女は名実共に王位をも左右しかねない立場だった。彼女の生家コンスタンツィは王家の遠縁で格式高く、人脈と武門にも秀でていた。下手に対立しようものならば力によって制されるか、よしんばそうならずとも同調する貴族らが数多く厄介だ。彼女自身にその気はないようだが巷では英雄だなんだと称えられ、騎士団内部でも異彩を放ち、ひとつの派閥まで形成していたのである。

王位簒奪とは王を殺めれば済む話ではない。王の崩御後、貴族や騎士からの承認を得る必要がある。それがなければ正統性を唱えられず謀反人として処断されるだけだ。

ベルカストロとて派閥は築いたが当時は五分五分というところだった。クラウディア側の派閥を潰すにはあと一手足らぬ。求心力たる彼女本人を、頭を潰さなければ。ゆえに前々から暗殺等を策してはきたが、武力はおろか魔法技においても隙が見出せず実行に移せなかった。

そんな折である、鏡を用いた高度な交信魔法にて、ゲルドロリックスを名乗る亜人から取引を持ち掛けられたのは。

『貴殿は王の地位を。私は強く賢く美しい娘を。それぞれ手に入れようじゃあないか』

知恵あるオークの存在には驚いたが利害が一致したのは幸運であった。いかな理由があってかは知れぬが、相手方はクラウディアそのものを欲しているという。手籠めにでもする気か。どうあれ王都から引き離せるならば願ったり叶ったりであった。

連中が好き勝手出来ているのも、こちらが手を回したおかげである。物資の支援および監視網を緩めることも密約に含まれていたのだ。近隣の村々は孤立し搾取されていることだろう。支援の話は不遜ゆえ無視し続けているが。

無論相手は所詮オーク、クラウディアが負けるとは考えにくい。時間稼ぎにでもなればと思い討伐の任に出しはしたが、予想に反して彼女は帰還することはなかった。

（たかがオークと侮ったか。それでいい、おかげで充分な時間が得られた。王は始末し王妃は自害、娘のマルグリッド王女が隣国アグナイアスに脱出したのは失態だが……まぁいい、いずれ内乱でも誘発させてアグナイアス共々王女もいただくとしよう。無論、下賤なオークどもも用済みゆえ駆除しておかねばな）

クラウディアのもうひとつの失策は、権力欲を欠くがゆえに派閥を取り纏めていなかった点だ。有事に備えて序列を定めれば良かったのだが、すべてを同列に扱ったがため頭を失えば勝手に右往左往し始めた。他の騎士団とて例外ではない。結果どこにも集結出来ず各個に外堀を埋められていったのだ。彼女の両親は出国中のため辛うじて難を逃れはしたが、病床の妻を抱える父親に何が出来るというでもなかった。

今もって翻意を示す家はあるが、その手の連中にはこうして娘や妻らを人質として献上させている。もちろん趣味も兼ねてのことだ。こうやって毎日代わる代わる寝所に呼びつけ女肉を味わう、その楽しさたるや語るに及ばず、だ。

「さぁて、次は玉座でするとしよう。さあ来い、ワシが飽くまで楽しませよ！」

先王の軟弱な和平政策など取るに足らぬ。これよりは覇を唱え諸国をも統治してやろう。もはや我に歯向かえる者はおらず。ついに我が世の春が来た！

ベルカストロはそのように断じ、荘厳なりし王の間にてさえ品なき宴にその日も興じた。

「ヒヒヒ愉快愉快、貴族の女子は皆美しいからな、こうも数がおってはいつになったら飽きが来るやら」

一度に三人もの娘を相手取り享楽に耽《ふけ》る傲慢な新王。

そこへ臣下が、狼狽《うろた》えた様子で水を差した。

「お楽しみの最中に失礼いたします、ベルカストロ王。その……サヴィーナ騎士団の、クラウディア殿が戻り、ゲルドロリックスなる者の代理でお会いしたい、と……」

「な、何……？」

ベルカストロもまた少し狼狽え、訝しんだ。ただ帰還したなら危機であろうが、ゲルドロリックスの使者を名乗るなら亜人の手に落ちたと見るべきだ。が、であれば何用あって来訪したのか。よもや今さら盤上の形勢が覆るとでも思うのか。彼には想像がつかなかった。

「……よし、通せ」

なんにせよ会うだけなら構うまい、どうなったのかこの目で確かめておきたくもある。いざとなったら誅殺してしまえばいい。

「――ご機嫌よう、ベルカストロ大臣……」

果たして女は、優美な足取りで王の間に姿を見せた。

5章　王都陥落

「ご機嫌よう、ベルカストロ大臣」

その見目麗しい一人の女は、深い闇色の衣装を纏いて優美な足取りで王の間に現れた。

「いえ、今は国王様でしたね」

「……久しいな。クラウディア騎士団長」

ベルカストロ・アッバーティニーは尊大な態度にて迎えてやるも、内心うすら寒いものを覚えていた。

(囚われたはずが無事に戻ってくるとは……いや、無事ではない、か？　この身体つき、この気配ときたら……)

クラウディア・コンスタンツィ。サヴィーナ騎士団団長。コンスタンツィ家の跡取り娘。

その者の姿をひと目見た瞬間からベルカストロは異変を察していた。

最後に見たのは確かふた月と少し前のこと。相も変わらず凛とした佇《たたず》まいで使命感に燃える目をしていた。

それがどうだ、今の彼女はまるで妖艶な娼婦ではないか。鎧とは名ばかりの闇色のドレス、むき出しに近い胸元と局部、妖《あやかし》のごとき微笑、色気を醸し出してやまぬ佇まい、どれをとっても以前であれば決してあり得ないものばかりだった。

「ゲルド様――ゲルドロリックス様とのお約束の物資、どうされました？」

相手を王と認めながらも跪く素振りすら見せず、その妖艶な女は言った。

「お、おお、すまんな……こちらも内政に追われていてな、今から準備させるので二、三日ほど待ってほしい」

弁明に口を動かす一方で己が失策に内心舌打ちする。この女が亜人と結んだのなら、それはそれで敵対する可能性もあった。たかだか蛮族と侮っていたが、まさか手懐けるとまでは思っていなかった。

「しかし……見違えたぞ。どうやらあやつに大分可愛がられたようだな」

同時に内心舌を巻いたのは、やはりその妖艶さゆえだ。元より肉感的であったため気づくのが遅れたが、よく見ると体型が前以上にむちむちとしている。特に乳は異常なほど発達し牝牛にすら勝るほどだ。少しばかり贅肉がついたか白一色の下腹はたるみ、より一層ふくよかな臀部はまるで腰骨ごと膨らんだかのようだ。

「古城で一体何をされた？　ん？　申してみよ」

かつては高潔を絵に描いたようだったあの女騎士が、こうまでも淫らに変容しているのだ。さぞや凄惨《せいさん》な陵辱を受けてきたのであろう。

恐怖半分好色半分でベルカストロが訊ねてみると、妖艶な女はつややかに微笑み、尻を揺すりつつ焦らすように近づいてきた。

「お知りになりたいですか？　私がオーク様たちに何をしてもらったのか……」

「お、おおぉ……なんという、巨大な乳か……！」

「クス♥　どんな気持ち良いことをされたのか……実践してみます？」

自ら胸元を開き、牝牛をも超える超爆乳を手に押しつけ、握らせてくる女。

ベルカストロは狼狽するも、無意識の内にぐびっと唾を飲む。

触ってみるとその肉付きを体感として理解出来る。豊満などというレベルではない、もはや頭より遥かに大きい。これで見るなと言う方が男にとっては酷な話だった。

それでいてもちもちと非常に柔らかく、あたかも出来立てのパン生地のごとく。指に吸いつく肌の熱は、ほのかに濡れた粘膜のごとく。

これぞまさしくそそる肉体——ベルカストロは、王は鼻息を荒くし、自分を恨んでいないのかと問うた。

「まさかぁ♪　むしろ貴方様には感謝しています。おかげでチンポの味を知ることが出来たのですから」

「お、おおぉ……」

「で・す・か・らぁ……準備が整うまでの間、たっぷりお礼させてください♥」

※

オンッ……と。手にした宝玉が力を得るのを、王は体感として認めた。

「王さマ、あのメス、帰っタ、帰っちゃッタ……」

知性に乏しい下級の同族が残念そうに言ってくる。

「構わん。じきに新たな宴が始まるからな」

　王は泰然とした口調で応え、同族らを率いて深い森の中を進んだ。

(手筈通りに運んだようだ。魔晶石に魔力が満ちてくるのがその証拠よ)

　手元に用意した宝玉は五つ。それらを五芒星の頂点に置き王都すべてを魔法陣にて完全包囲する。最後の要となる残りのひとつは別の場所にて機が熟すのを待っている。

　さしもの王とて己が力のみでは成し得ないだろう。世に聞こえしコルヴィア王国相手に、これほどの大魔法を仕掛ける真似など。

　まったく、つくづく有能な牝だ。王国一の剣士の肩書は伊達ではないということか。

　それに引き換え他の団員どもの役に立たぬこととときたら。せっかく生かしておいてやったばかりか餌まで――牝という餌までチラつかせてやったというのに。

　連中が最後まで食いつかなかったのは数少ない予定外《イレギュラー》だった。戦力にはならずとも情報は得られよう、そう考えての懐柔策だが見事当てが外れた形だ。連中の結束力は思う以上に強かったらしい。

　とはいえそれも今となっては些末な事案。必要な情報は別口で揃った。形勢を覆す必勝の策は滞りなく進行している。狩人が弓を引き絞るがごとく静かに人知れず狙いを定めて。

「これもすべてあやつのおかげ……後でたっぷりと褒美をくれてやらねばな」

　着々とことが運びゆく中、王は「ぐぶぶ」と笑声をこぼした。

※

「んはぁ♥　チンポちゃん来たぁぁン♥」

荘厳なりし王の間にて、似つかわしくないふしだらな嬌声が響き渡っていた。

「かつての仇敵《きゅうてき》のおチンポ咥えこんじゃったぁ♥　おっほおぉ♥　お♥　おッ♥」

全裸に限りなく近い姿で床でのたうつクラウディア。

そのあらわとなった股座に向け、王はしきりに腰を振りたくる。

「ふぅふぅ、どうだクラウディア、王の、わしのモノの塩梅は⁉　すごかろう？　素晴らしかろう⁉」

ことの始まりは実に単純なものであった。あれこれ語るより先にクラウディアはまず淫行を求めてきたのだ。黒いドレスの胴部だけを脱ぎ、玉座の上で破廉恥にも股を開いて。視線を承知で自ら膣孔をぬぶぬぶと指でほじくって。ここまでされて黙っているほど王は欲浅くはなかった。

『何がお礼だ、お前がヤリたいだけではないか！』

コンスタンツィ家の娘ともあろうものが随分と貧相なセックスをしてきたようだ。

貴族のセックスというものを新王直々に教えてやろう。

そう告げてから手始めにクンニをし、乳首も一緒に摘んでやりながら念入りにヴァギナを舐めてやった。

どう開発されたかは知れぬが彼女の感度は極めて高く、だくだくと蜜を溢れさせては呆気ないほどに何度も達した。不遜にも潮を玉座に撒き散らしたのだ。

あとはさして語るべきこともなく一気に本番へと雪崩れ込んだ。こうして石の床に組み伏せ思うがまま犯してやったのだ。

「くく、どんな気分だ、罠にハメた相手のチンポにまでハメられるのは⁉」

「あはっ、そんなの全部チンポで忘れちゃったぁ～♥　あッ♥　あッ♥　仇敵チンポ気持ちいいいいん♥」

信じ難い光景ではあった。歴代最高の剣技と術技を持ち誰もが英雄と称えた天才騎士、それが一匹の牝と成り果て肉棒に貫かれ悦んでいる。だらしない表情と淫らな反応には、かつての凛々しさの面影とて残っていない。長年に亘って調教されてきた奴隷娼婦もかくやという有様であった。

（なんだこのマンコはっ、自分から吸いついて搾り取ろうとしてきておる⁉）

これがクラウディアの媚肉の味か。堪らぬ。堪らぬ！

新王ベルカストロは、そう胸中で喝采をあげ、ドロドロなまでに濡れそぼつ肉孔を自慢の肉棒にて堪能していった。

散々犯された名残なのか、少し前まで生娘であったろう肉孔はなんら抵抗なく肉棒を呑み込んだ。ばかりか途端にみっちりと食いつき、粒を大量に生やした肉ヒダでさわさわにゅるにゅると扱いてくる。まるで無数の舌肉の這う濃厚なフェラチオのごとしであった。

（なんという身体か、ひと皮向けばこんな淫乱であったとはなぁ！）

欲深き王が夢中になっていったのも道理。支配欲だけではない、淫欲も人一倍だからこそ飽きもせず娘らを侍《はべ》らせたのだ。仇敵であろうと屈した身ならば手籠めにするのに迷いはなかった。

(クーデターには邪魔だったためオークとの交換条件に差し出してしまったが、王女たちが手に入らなかった今、返すにはあまりに惜しい……！)

跨る女を下から激しく突き、射精感の訪れにわななく。このバカでかい乳、どっしりとした見事な臀部、少したるむ程よく脂の乗った腹、何よりもこの快い膣肉の味。どれも極上であった。美を尊ぶ貴族の令嬢すら比にならぬ。

——ビュルッビュル！　ビュルルッ……！

「あひィィン♥　おぉ、おぉ♥」

そしてさらには中出し直後のこの反応、これも実に素晴らしい。他の娘どもは感じはしても射精でイキはしなかったものだが、この女は膣内射精そのものが感じるらしかった。

「あはぁ、あはっ♥　仇敵チンポに中出しされて、イッちゃったぁ……♥」

「ウヒヒ、そうかそうか。なんと無様なものよなぁ」

王は、夢中になった。知らず魅了されていた。この淫らな女を自分のものにしたい、そう思えてならなくなった。亜人の淫戯など何するものぞという男としての見栄もあった。

それから一週間、寝る間も惜しんで女を犯し続けた。

液体媚薬による感度上昇。魔法の指輪を用いた乳首とクリトリスへの拘束と締めつけ。アナルファック。飲尿行為。手足を縛ってのＳＭプレイ。パイズリさせながらの肛門舐め。

果ては歪な張り型を使った前後の孔への同時抽送まで。知る限りの技を駆使して女の肉体を責めに責め抜いた。

「んほぉお♥　マンコもケツもごりごりっいひイイィ♥」

「そらそらどうだ、催淫魔法もかけてあるから感度も良かろう！　物資などもうどうでもよかろう⁉」

イボつき張り型で前後の孔を責め女を幾度も悶えさせる。オークなんぞ忘れてしまえ、これよりはこの新王に跪け、繰り返しそう耳元で訴え篭絡せんと息巻く。

「この城に残りワシの性奴隷になれ！　いや、コンスタンツィ家は王家の傍流、第二だが王妃にしてやってもよいぞ！」

「あ～～イクゥ～～！　前も後ろもイッちゃうのぉ～～♥」

ますます乱れる桜髪の女に、王は支配者の形相を浮かべ、とどめのひと捻《ひね》りを加えてやった。

「ワシのものになれ、クラウディア！」

「イクイクッ、イクゥ～～♥」

豊満な尻がまた潮を飛ばし、尻尾を振る犬のごとく左右に細かく揺れ踊った。

「んおぉぉ～～……おじりぃ、きもぢいぃ……♥」

「はぁはぁ、どうだ、オークごときではこんな高等テクニック、到底味わえまい！」

仰向けで床に沈む様を見て、王は勝利を確信した。

なんと他愛ない。所詮は亜人の調教か。見事手籠めにした気だろうが人の手にかかれば奪うこととて容易いもの。あらゆる快楽に素直であったぶん屈服させるのも楽であった。

(色仕掛けのつもりかもしれんが甘いわ。堕ちたのはクラウディアの方だ！)

愚か者め、と王は思う。知恵があろうとオークはオーク、ロクなことを考えぬ。利用されるだけ利用されて惨めに辛酸を舐めるが良い。かのエルフたちに愛されたのは亜人などではなく人間なのだ！　と。

「あぁ♥　おほぉ♥　は、い……私は、ベルカストロ様の肉奴隷として、これから毎日ずーっとこのチンポにご奉仕しまぁーす♥」

続けざま騎乗位にて官能に鳴き、女はうっとりした口調で唱える。

「どうかぁ、んッ♥　はぁ♥　私のおっぱいやおまんこを可愛がってくださいませっ♥」

「おお、そうだ！　クラウディア、お前はワシのものだ！」

――ドピュルッピュルピュル！

王は哄笑と共に此度も膣内にて精を放った。

(おおぉ、吸われるぅっ……！)

どくどくと膣内にて脈を打つたび、己の中にある何かが吸い出されていく気がしていた。不快ではない、むしろ快感である。が、どこかしら不穏な気配もあった。一週間をかけすでに何十と精を放ったが、疲弊が見えてきた今だからこそ違和というものを感じた。

「はぁ……はぁ……――ふふ♥　なーんて、言うとでも思った？」

「⁉」

と、息も絶え絶えであった女が、急に余裕の笑みを作り、暗く陰った凶悪な眼差しを向けてきた。

ズシッ――直後の裸の身体全体に異様な重さがのし掛かってくる。

「なんだ、コレは………！　この異常な魔力、まさか、結界……⁉」

「そう。この王都全体を覆うほど巨大な、ね♪」

「く、クラウディア、貴様っ……⁉」

王はようやく危険を察知した。さんざ責められ喘いだ女が今はけろっとしている。演技であったのは即座に知れた。陥れるための罠であったことも。

「――よくやった、私の可愛い牝奴隷よ」

「あはっ、ゲルド様ぁ♥」

「お前はっ⁉　転移魔法、まさかそんな⁉」

矢継ぎ早に訪れた異変に王は、ベルカストロは、余裕を失い小物同然に狼狽えた。

それを尻目に裸の女が、突如王の間に姿を現した黒い亜人のもとに駆け寄る。

「私ご命令通り、あの男のチンポに奉仕して釘付けにしておきました♪」

媚びに媚びるその後ろ姿は、今さらと言おうか、騎士であった時の面影などない。姿形が同じなだけで中身は別物のようにも見えた。

「それに、結界を張るための……石にも……」

その女が屈んで股を開くと、さっきまで男根を咥えこんでいた肉孔から、グボッと丸い宝玉がひり出されてきた。

「あはぁぁ……♥　たっぷりと、あの男の魔力を吸わせてましたぁ……♥」

（あれは魔晶石⁉　まさか……！）

ベルカストロは先ほどの違和感の原因を悟る。魔晶石とはエルフが残した遺物と言われ、注がれた魔力を蓄積する他、石同士で魔力を交流させる機能をも持つ。恐らく膣内の魔晶石が射精のたびに魔力を吸い上げ、別の場所にある魔晶石へとその力を送っていたのだ。

贄にされた――その事実を物語るように、身体の重みが一層大きなものとなって手足の動きを封じてくる。

「お前のおかげで結界は完成し、外界から遮断出来た。王都の中心まで易々と転移することも出来た」

オークの王は落ち着き払った口調で語り、己が手勢もすでに侵攻していると教えた。

「五芒星を描く広範囲型の強力な結界だ。要所に魔晶石を用いて維持している。守りは厚い、攻められはせん。自由の利かぬ人間どもなら、なおさらな」

「魔晶石で魔法を強化して結界を……そのためのクラウディアか……！」

床に這いつくばり動けぬベルカストロは、今頃になって己の浅慮を呪った。

「貴様ッ、ワシまでハメおったな！」

「ぐぶぶ、お互い様だ。この私をオークごときと侮っていたようだが、残念だったな」

　支援の話を反故にしたことを言っているのだろう。オークの王は馬鹿にした調子で笑った。

　なんたることかとベルカストロは歯噛みし俯く。たかがオークにこうまでまんまとしてやられるとは。７００年の歴史持つ王都にあえなく侵攻を許すとは。油断があったとはいえ前代未聞の惨事であり末代まで残る汚点でもあった。

「ご褒美にチンポください！　人間なんかの貧相なチンポじゃなくっ、ゲルド様の本物の牡チンポを！」

　そこへさらなる仕打ちが行われた。ガニ股の女が亜人の股間に縋るようにして擦り寄ったのだ。

「ぐぶぶ、いいだろう。そら」

「あは♥　久々のオークチンポぉ♥」

（な、なんと巨大な……⁉　あれがオークの……！）

　尻をふりふり媚売る姿は笑ってしまうほどに滑稽であったが、女の目の前に現れた逸物《いちもつ》は決して笑える代物ではない。

　それは例えるなら戦槌であった。蛮族《バーバリアン》が好んで使うという盾をも砕く鋼の鈍器。大人の前腕をも超える長さと太腿並の太さのあれが牡の性器、ペニスだなどとは到底思えたものではない。

　今になって理解する、この女がどれほどの蛮行に晒されてきたのかを。人のそれなど比にならない、こんな代物に貫かれるなどまさしく拷問に等しい。

しかし何よりもゾッとしたもの、それは女が何ひとつ恐れず嬉々として豊かな尻たぶを向け、立ったまま肉孔に戦槌を呑み込んでみせたことだった。

「おひぃっん♥　おおっおほぉ♥」

「くく、挿れただけでイキおったわ。可愛い奴め」

だらしなく頬の緩んだ表情が、嘘偽りのない歓喜とアクメを確かに物語っていた。

ベルカストロは震えが止まらなくなる。あんなものを易々と呑み込むなど一体どういう身体をしているのか。見てくれの淫猥《いんわい》さのみではない、骨肉腸《こつにくはらわた》の一片までもがオークのものとなり果てているのだ。

「ぐひひ、人間は大変だな。道具だ薬だテクニックだと。我々と違い牝をイかすだけでひと苦労だ」

クリトリスに嵌められたリングが亜人の手によりこともなげに抜かれ、捨てられる。こんなもの児戯だと言外に嘲笑ってのことだ。

女もまた自分で尻を振り「人間のチンポって貧相すぎて大して気持ち良くなかったのぉ」と愉快そうに嘲笑してくる。

「おおっおほぉ♥　クス、あんなので満足してるなんて、人間の牝って可哀想、んひっ♥

——ホント、粗・チ・ン♪　あははははっ」

——ズズ、ズズズズ……！

真の堕落の証のように、何もなかった白い下腹部に奇怪な紋様が浮かびあがる。何かの杯を連想させる禍々しい呪印を含むそれは、主の穢れを示すかのごとく隅々まで赤々とした輝きを放った。

ベルカストロにはその意味するところは分からない。が、物の怪《け》、淫の気であることは分かった。もはやクラウディアであったその女は人の身でないのだと察するに足りた。

「あッあッ♥　あはぁぉおンッ♥　でもでもぉ、これからは皆オーク様たちのチンポ奴隷として幸せになれるの♥　人間の祖チンなんていらないのぉ♥」

「ああそうだ、王都の牝どもを皆、孕ませてやろう。お前のようにな、クラウディア！」

「あはあぉああンッ嬉しい♥　早くオークの赤ちゃん産みたぁ〜〜いぃ♥♥」

「馬鹿なっ、こんなことが……コルヴィア王国が、このワシがっ……！」

愚かしくも盛大に股座を開き肉の戦槌にてよがる女に、愚王は、元大臣ベルカストロは、絶望と恐慌とに打ち震え、叫んだ。

「クラウディア、お前は何をしているのか分かっているのか!?　オークに、オークなんぞにっ〜〜〜騎士としての誇り、いや人間としての誇りはないのか!?」

「あ♥　あぁ♥　誇りぃ？　忘れてしまいましたぁ♪　そんなのぉ、このチンポに比べたらぁ――」

「祖国を豚どもに売り渡すのかぁっ!!」

「あは♥　もちろん♪」

一瞬だけ見せた王たる威厳も尊厳をかけた鋭い一喝も、人外の淫欲に染まった牝にとって、なんら痛痒にはなり得なかった。

「だってわらひぃ、クラウディアじゃないもん♪　オークしゃまに身も心もぜ～んぶ捧げた――」

――性奴隷《エローナ》だもの♥

まさしく牝豚と呼ぶに相応しいネジの飛んだ狂った笑みで、その者は、エローナは名を口にした。

その日、700年の歴史を誇るコルヴィア王国は、醜き亜人どもの巣窟と成り果てた。

※

「コルヴィア王国のみなさ～ん、私は騎士団長クラウディアあらためぇ、オーク様の肉奴隷のぉ、エローナでぇ～す♪」

「愚かな新王はオーク様が討ち取ってくれましたぁ。今日からこの国の王様はゲルドロリックス様がなりまぁ～す♪」

「男は労働力をぉ、女は性処理をぉ。私たちのようにチンポをハメてくださぁ～い♪」

それは恐らく、人類史始まって以来の悪夢であったに違いない。

王都陥落から数日の後。

荘厳優美であったはずの、亜人の寝蔵と化した居城。

そのテラスに立つ一人の女が、広場いっぱいに集まった住民らに、そのように語ってみせたのだ。

「終わりだ……誇りあるコルヴィアの歴史も、これで……」

傍らに立った政務官がそう嘆いたのも無理はない。

だらしないほどに色気ある肢体を惜しげもなく民衆に晒し、公衆の面前にて大股を開いて巨漢の亜人の肉棒を咥えこむ。

それで演説を行ったのだ。人としての尊厳も何もあったものではなかった。

民衆は絶望し女は皆すすり泣いた。国の誇りたる騎士団長の堕落しきった姿を見せられ、決起しようにも結界のせいで満足に戦うことも出来ない。外界への道をも封鎖された今、支配権は完全に奪われたと断言出来来た。

それからはや数ヶ月。オークどもによる支配体制は、滞りなく順当に築かれていった。

「あーっああ――っ！　いや、いやぁ……！」

「ゆるしてくらさぁい、オークさまぁ、どうか、どうかぁ……！」

「公爵夫人のこのわたくしが、こんっ、ひぃいイイ♥」

宣言通り男は労働力としてのみ使われ、女は皆、亜人どもの慰み者となった。例外はない。この国に生きる者すべてが亜人に従う奴隷と化し、妻や娘が犯されるのを黙認するほかない日常となった。

そもそもオーク種は牡牝で番とはなれない。より正しくは、同族間での交配など可能であったとて微塵も望まない。牡が種を植え付けるのは人間の牝以外にない。

二ヶ月ほどが過ぎた頃から女たちの中に懐妊の兆しを見せる者が現れ始めた。亜人の子を宿したのだ。発狂する者もいれば精神に失調をきたす者も出た。侮ってきたオークどもが過去如何《いか》ほどの蛮行を重ねたか、安穏と暮らしてきた人々も嫌と言うほど思い知った。

こうした状況が外部に漏れぬ背景にはベルカストロの失政も絡んでいた。王位簒奪の報は周辺諸国にも知れ渡っており、警戒心から交流を断ち皆様子見を決め込んだのだ。本来ならば即座に接触し新政権樹立を容認させるべきところであった。オークの軍勢に攻め込まれるなど予想もしなかったのは無理もないが、内政担当であった名残か国内の反抗勢力ばかりに注視した結果でもあった。

なんにせよコルヴィアは人の目からは地獄絵図と化した。王は別としてオークどもに貞淑を求めても無意味、城内はおろか都市部の至る所で見境なく陵辱を行った。耐えかね歯向かう男は惨殺。労力にならぬ老人も同じ。人が住まう土地とは思えぬおぞましき国家となりつつあった。

そしてクラウディア、いや、エローナも……。

「ぐぶぶ、大分育ったな」

歴代の王たちが座った玉座、城の中心たる謁見の間にて、新たな王となったゲルドロリックスは、今日もエローナを愛でていた。

「んおおッ、あ～～気持ちいいのぉ、チンポ、チンポぉ、あっああ♥♥」

「もう間もなくだ。お前の力と私の力を合わせた優秀な子が産まれるだろう。我らオーク

のひとつの悲願とも呼べる者が――な」

玉座の上をベッド代わりにし横たわる形で股開き貫かれ続けるエローナ。

卑猥な衣装を纏うその腹は、前にも増してどっしりと膨らみを帯びていた。

肉がついたのではない。幸か不幸か連日のセックスが適度な運動となっている。乳房はますます肥大したが手足等は特に太った様子は見られない。

では何故か。答えは懐妊であった。彼女の胎に宿った生命が日増しに育ち、安定期にまでなったのだ。

他の女らと異なるのは、ここに来る前からすでに妊娠していたことだ。他のオークが産まれるにはまだ早い、だがエローナのそれはそろそろお産が迫ってきていた。重々しく張った白い腹が何よりの証拠であった。

その汗ばみ乾くことのない肢体を肉棒でたっぷりと突いてやりながら、ゲルドロリックスは至福を噛み締め、妻たる肉奴隷に笑いかけた。

「人間に代わり我々が支配する世のため、母体として、子袋として、これからも励め」

「ああンおほぉ♥　はーい♪　立派なオークの赤ちゃん、いっぱぁ～～い産みまぁ～す♪」

嬉々として腰を振り嬉々として言う彼女を見て、己が勝利を確信する。

ついに手が届く。道筋が見えた。己の、否、オークすべての悲願が成就する。偉大なりし祖に見放され、当て所もなく彷徨を続けた者たち、その閉ざされた未来が今ようやくにして開かれんとし――

「――何？　人間の軍が攻めてきている？」

が、せっかく快楽と展望に酔うところに一匹の部下が水を差した。

隣国アグナイアスが軍勢を率いてコルヴィア攻略に乗り出してきたと報告に来たのだ。

「300くらいの軍ガ、結界のひとつ、集中的ニ攻撃してル。……どうすれバいい？　王さマ」

「む……」

――パンパンパンパンパン！　グポッグポッグポッグポッ！

「あぁぁあぁ～～イクぅ♥　またイグぅ、止まらないぃ～～♥」

青い瞳を半ば裏返らせ突き出した尻たぶを振り乱すエローナ。

その孕んだ肉孔を休まず掘りつつ、ゲルドロリックスはしばし唸る。

(誘いだな、守りに兵を集中させ伏兵で別の結界を破壊するつもりだろう)

五芒星を描く形で大地に仕掛けられた巨大な結界は、その端にある五つの頂点それぞれに魔晶石を置き要としてある。攻勢を受けているのはその内のひとつだ。ひとつでも失えば結界は弱まり他の侵攻を許すことになろう。

認めるのは癪だが正面切って戦えばオーク勢に勝機はない。己は別としても他の同胞らは世辞にも知恵が回るとは言えぬのだ。身体能力は秀でておろうとも単純な策にあえなく潰されていくだろう。

今持ちこたえていられるのは結界による補助があるためだ。結界内では人間種族は十全に力を発揮出来ない。クラウディアが平然としているのはあくまで規格外ゆえだ。でなくばとうに要は潰され結界は無力化されていたろう。

（だが手薄となれば攻略出来る。それを狙ってのことだろう。子供騙しの陽動作戦とは、相変わらず舐めてくれる）

今ある兵だけで守りきるようゲルドロリックスは伝令に指示した。手こずるだろうが落とされはすまい。今は隙を見せる方が危険な状況にある。アグナイアスは武に秀でた強国だ、これを退ければ他国への良い牽制にもなる。

「あぁッあへぇぇえせ～しぎだあぁ♥♥　んおへぇぇイグッイグぅ～～♥♥」

思考の傍ら精を注ぎ込み淫らな妻を派手にイカせ、ゲルドロリックスは強く命じた。

「勝手に動かぬよう各兵に徹底させよ！　人間どもめ、我が野望の邪魔はさせんぞ……！」

――ガシャアアアアンッ!!

と、天窓を割る、豪快な破砕音と共に。

事態の急変を、ゲルドロリックスは悟った。

※

「ヌッ――！」

咄嗟振りあげた手で障壁を成し、上段からの一撃を弾くと、ゲルドロリックスは黒目なき瞳で襲撃者の姿を見た。

何者だ――そう問う間もなく、弾かれた剣は翻《ひるがえ》って狙いを変更した。

反応も出来ない伝令役をただの一刀のもとに斬り伏せ、その者はすっとこちらを振り向く。

「……これで命令は伝わらない。オークどもは陽動に引っかかる」

「貴様っ、サヴィーナ騎士団の……ッ——!?」

ざっという鋭い踏みこみ。鼻先を掠《かす》める剣先。咄嗟身を引いたのが功を奏したが、一手遅れれば命はなかったろう。

剣を携えて現れたのは一人の人間の男であった。見覚えがある、古城にて捕虜としていたサヴィーナ騎士団の一人だった。

「どうやって脱出を。牢は開放しなかったはず……!?」

「こっそり穴を掘っていたんだ。いつか出てみせると地道に」

まだ歳若いと見える男は眼差しを鋭くしてそう答えた。

「ではあの軍は……いや、報告ではあれはアグナイアス軍だったはず、なぜ貴様が……!?」

「穴を掘って脱出後アグナイアス王子と接触出来たんだ。手を組んで機会を窺った」

それを聞いてゲルドロリックスはようやく合点がいったと思った。妙だとは思ったのだ、アグナイアス軍は正面から攻めるのではなく最初から結界の破壊を狙ってきた。オークの軍勢が待ち受けていると分かっていた素振りすらあった。そのオーク軍が知恵者に率いられているのも知っていたとしか思えなかった。

アグナイアス王子、エドワードといったか。なるほど、武に長けた国柄で戦術にも長けている。事前に情報を得て敵の正体さえ見極めていれば、手管はあるということか。

此度の陽動も、それ自体がこちらの注意を引くための陽動だろう。本命はこの男。ここで頭を潰せれば良し、よしんば成らずとも指揮系統を一時的に麻痺させ、その隙に先の陽動を成功させようという算段か。どちらかが成功すれば勝利《チェック》、やるものだと素直に認める。

「馬鹿な、なぜ我が結界内でそれほどの動きを⁉」

だが何より驚いたのはそこだ。人が十全に動けぬのはすでに立証されていた。事実この男とて牢獄内ではそうだったはず。それがなぜ機敏に動けるのか、剣技が冴え渡っているのか。

「捕らえられてる間、鍛えられたからな……！」

「くっ……こやつ……！」

「クー姉……クラウディア団長を返してもらうぞ！」

繰り出される剣を魔法障壁にて防ぎつつ、ゲルドロリックスはまた悟る。結界術がこの男に抵抗の術法《カウンターマジック》を与えたのだ。事前に経験した優位もあろうが、それ以上に牢獄内にて密かに修練を重ねた結果だろう。

久方ぶりに冷や汗が流れる。クラウディア以外取るに足らぬと思っていたが、なかなかどうしてこの男もやる。元より己は術士《メイジ》であって前衛を得手とはしていないのだが、それを差し引いてもこの男の力と成長は目を見張るものがある。クラウディアへの思慕と執着がある種の覚醒を促したとしか思えなかった。

「観念しろ、もう動きは見えた！　動けさえすればお前たちオークなんて！」

（て、手強い、おのれ、このままでは……！）

相手が勝負を急いでいるのは知恵者ゆえにすぐ分かった。抵抗と言っても魔力依存なため動けるのは魔力が保つまで、ごく短時間にすぎないのだろう。それでもその短時間を凌ぎきるには、厳しい状況に傾きつつあった。

なれど確たる勝算というものが、ゲルドロリックスには残されていた。

――バッ！

掴んだものを前に翳《かざ》すと相手の男はそれを見て躊躇《ちゅうちょ》した。エローナ、いやクラウディア。

彼女を盾にしてみせたのだ。

「クー姉……なんて姿に……！」

男の動揺がありありと伝わってくる。裸同然の衣装を纏い法悦に蕩けたその表情は、緊迫したこの場面には似つかわしくない滑稽なものだ。この場のやり取りも、己が盾にされていることも、完全に意識の埒外《らちがい》であるに違いない。

「衝撃魔法《カーグ・アドル》！」

「ぐっあ⁉」

この機を逃すゲルドロリックスではない、動きを止めた男に向けて魔法の一撃を叩きこんだ。

男の身体が軽々と吹き飛び背後の柱にゴッ！　と当たる。直後にキィンと澄んだ音がし、外の空気が一変した。

「チ……外の結界は破られたか。やってくれる……だが王城だけなら魔晶石に頼らずとも私だけで結界は張れる」

思わぬイレギュラーの活躍ぶりに驚嘆したのは認める。手間取っている間に王都への侵攻を許してしまったのだ。アグナイアス軍を排除するのは困難を極めるだろう。都市部の人間らも息を吹き返したに違いない。

それでも慌てふためくほどではない。この城内で迎え撃てば優位は未だこちらにある。貴重な人質もこうして手中にある。クラウディアを盾にはしたが死なせるつもりなど毛頭無く、男が躊躇するのを見越しての判断であった。

「……しかし驚いたぞ小僧。結界内で私を追い詰めるなど、以前のこやつ以外出来るものではない」

片足を掴まれた逆さ吊りの女を指し、皮肉たっぷりに言ってやる。

「愛情とやらが強くさせたようだが、今度はそれが仇となったな」

「くっ……卑怯者め！」

「フン、口だけでもう動けんようだな。魔力も底をついたというわけか」

言いながら脳内にて算段を立てる。牡であるのは残念だがこの男、消すには惜しい。クラウディアには及ばぬだろうが才能は充分、手駒に出来れば使い道は多かろう。現状打破にも大いに役立つ可能性はある。

「クラウディアを返せと言ったな？　ぐぶぶ、貴様の力に敬意を表し、ひとつ褒美をくれてやろう」

そのためには心をへし折り洗脳魔法をかけるのが上策。

ゲルドロリックスはむき出しの膣孔に指を軽く入れ、男の目の前で、ひとつ趣向を凝らしてやった。

「呪いのことは覚えておろう？　イくたびに記憶を失わせる淫紋だ。これを一時的に解いてやる。そして会わせてやろう。――エローナではなく、クラウディアにな」

※

「――ディア……クラウディアよ」

自分を呼ぶ声がする。なぜか耳慣れた、けれど嫌悪を催す声が。

（あ、れ……私……一体……）

ゆっくりと目を開け徐々に視界が開けてくると、すぐに異様な気だるさが襲ってきた。

気持ちは悪くない。むしろ快い虚脱感と感じる。激しい運動をした後のすっきりとした疲労感に似ている。

「…………え？　あ……な……!?」

だが視界に飛びこんだ目の前の光景、正しくは己が肉体の有り様が、そのすべてを脇へと押しやった。

(なん、だ……この身体……？　これ……私の身体……!?)

疑ったのも当然である。なぜならそれは、記憶にある己の肉体とは遠くかけ離れていたからだ。

己が足元すら見えなくするほどの異様なまでに肥大した乳房。なんというサイズか、以前の倍近くはある。牝牛でさえも真っ青の大きさだ。乳首も乳輪も負けず劣らず派手に肥大し、色気を通り越して不気味なくらいだ。

そして腹、これが何より異様であった。細く引き締まっていたはずが、異物でも無理やり詰め込んだがごとく、ずっしりとした膨らみを帯びていた。

(何が起こった、眠っている間に一体何が……!?)

改造でもされたかと疑う光景。少なくとも直前のものではない。大臣からの命を受け団員を率いて亜人討伐に向かい、古城にて知恵あるオークと接敵し、仲間の危機となり、それから──それから──

「ぐぶぶ、久しいな、クラウディアよ」

と、思い出す途中で背後より野太い声がかかり、クラウディアははっと振り向いた。

「ッ、貴様……!?」

声と顔とで誰だか分かった。ゲルドロリックスを名乗るオークどもの王だ。そうだった、自分は仲間の身の安全の対価としてこの男に犯されたのだった。

しかしここはコルヴィア王国、王城にある謁見の間。確か自分たちは森深き古城にいたはず。なぜここにいるのかが解せない。

「私の身体に何をした、おほぉ、んおッ……⁉　こ、こんな、穢らわしいものをっ……！」

意識がはっきりしてきたためか、今頃になって自分の膣口に異物が刺さっていることに気づいた。すぐに分かる、オークの巨根だ。背後より両脚を抱え込み開かせ、あらわとなった濡れ膣孔を真下から貫き犯していたのだ。

陵辱については思い出したが目が覚めてこれとは思ってもみず、とにかく歯向かわんとするクラウディア。

「さっさと抜け、この醜いオーク——めっ⁉」

が、グリッと乳首を摘まれた途端、怒声は脆くも甘い調子へと裏返った。

「おぉ、おひぃぃ♥　なん、だ、これぇ……？」

（どうしてぇ、ち、乳首を弄《いじ》られただけで、いっ、イキそうにぃぃ……？）

身に覚えのない斬新な快感が勃起しきった乳首に生まれ、奥の乳腺まで突き抜けるようにびりびりと広がって子宮すらも揺るがす。

信じられない、たったこれだけでこんなにも感じてしまうなんて。自慰の時でさえ乳首だけでイくことなどなかったというのに、ちょっと摘まれ捻られただけでも震えが来るほど気持ち良いなんて。

あまりのことに呂律すら回らずアヒアヒと小さくよがるところに、背後から臭い吐息がかかって感覚と記憶を揺り覚ましてくる。

「お前は覚えているはずだ。自分の身に何が起こったのか」

「おほぉお⁉　乳首ぃ、おひッ、もぉよしぇ、両方ッ、ほひィ♥」

「思い出せ。自分がこれまでどれほど淫らに変わっていったかを」

（そ、そう、だ……覚えて、る……私はこいつにハメられ、毎日ハメられ、てぇ……）

あたかも走馬灯のごとく、それは一斉に蘇ってきた。

そう、来る日も来る日もこの男に犯され続けた。常軌を逸する巨根を埋められ理性削る恐慌に苛まれ、人と人とでは決して味わえぬ狂気の快楽を与え続けられたのだ。

それだけではない、呪いによる記憶消去を避けるためオークの流儀の数々を実行してきた。豚の鳴き真似、失禁披露、主人呼ばわり、射精への感謝、人とも思えぬ屈辱の数々を数ヶ月に亘って強いられた。

それに己は屈した。耐え難き苦悩と欲望に膝を折り、自ら望んでアクメへとひた走り、すべての記憶と人格とを代償に堕ちるところまで堕ちたのだ。

そして性奴隷《エローナ》と成り果て、ついには祖国さえをも売り……。

「ッ～～キサマァ、よくも、よくもぉぉ～～ッッ……‼」

その結果がこのザマだ、なぜか不格好なほど膨れた腹をして、今またこうして破廉恥に股を開いている。ロクに肌を隠すこともなく、申し訳程度にも役に立たない下着とも言えぬ下着まで着けて。

（許せない、今度こそこの場で討ち倒してやるっ――‼）

我が身の状況も顧みぬままクラウディアは激情に任せ、手足をバタバタと振ってもがく。

「おうおう、そう暴れるな。騎士団長たる者が部下の前で取り乱すものではないぞ」

「!? あ――アレック、ス……？」

そして今になって、ようやくまた気づいた。少し離れた正面、赤い絨毯の上に彼が、アレックスが倒れていることに。どうやら魔法の一撃を食らい立ち上がれずにいるらしい。

クラウディアは不安を覚えたが、すぐさまそれどころではなくなった。

「ひぃィ、乳首っ、も、やめッ――ああうそ、うそっ、うそォ……何かくる、何か、出るゥ……!?」

ぐりぐりと捏ねられる両の乳首に、じわじわとした甘い感覚が生まれては収束していったのだ。身に覚えのない不可解な官能に不安は一瞬で頭から消え去った。

「ぐぐっ……クー姉……！」

「うひッフウゥ、いや、いやっ、見ないでぇ！　いや、いやいやいやいやぁ！　アレクが見てるのぉ、ダメ、ダメェ‼」

クラウディアにはその意味するところが、まったくもって分からなかった。ただ感じるのではない、乳腺が蕩け奥から染み出る得も言われぬような不可思議な愉悦。出したくはあるのに恐ろしいそれは、出せば何かが壊れてしまうという予感があった。

「ぐぶぶ、そろそろ出る頃合いだ、おっぱいもたんまり張っておる。乳輪までぷっくり張っておるぞ？　勃起しきってしごきやすい乳首だ。もっとしごいてやる、潰すように指でなぁ……それ！」

「やっ、おおおお♥　見ないッ、なんか出るうううぅ♥♥」

——ぷぷっシャアアァァァ……

乳腺の愉悦が頂点に達した時、微かな痛みを伴う形で白いものが乳首の先から放射状に飛散した。

「おぉ♥　おひっ♥　おあぁぁ～～見ないれぇぇ～～♥」

クラウディアは鼻の下を伸ばし、うっとりとした表情を浮かべて頬を撫でながら恍惚の内に達していた。

分かる。己の中の牝の部分が多幸感で満たされていくのを。感じる。熱く蕩けきった乳腺から快い何かが迸るのを。目が眩む。乳房と膣内との官能が混ざりあい溶けてしまうほど気持ちが良くて。

白い飛沫《しぶき》の正体はなんなのか、それは分からないし今はどうでも良い。股を開いたまま恍惚に打ち震え、白液と蜜汁を噴き出す感覚に、羞恥心も困惑の心も一切合切押し流された。

(アレクの前では、理想の騎士でっ、ありたかったのにぃ……オークのペニスにハメられた挙句、乳首でイクところを見せるなんてぇ……！)

そう叫ぶ理性の声でさえも広がる官能の波は打ち消せない。一体何がどうしてこうなるのか、今もって理解が追いつかずにいる。それに乳首はともかくとして膣は抽送もされなかったのだ、乳首もろともこちらまでイクなど不可解にも程があった。

「部下の前で乳首イキで母乳とマン汁撒き散らして果てるとはな」

まったくだらしない騎士団長様だ、ゲルドロリックスがそう言って床に降ろしてくる。

びしょびしょになってぬかるんだ膣孔からずるりと肉棒が引き抜かれた。

クラウディアは仰向けで床に伸び、濡れ霞んだ瞳をヒクつかせ、自らの変調に意識を向ける。

(母……乳……？　なんで、そんなものが……)

こんなことは初めての経験だ。乳房や乳首で感じることはあるが、だからといって普通は母乳など出はしない。これではまるでお産を控えた妊婦ではないか。

そこまで考えて、改めて膨らんだ腹を意識する。何かが詰まって重たくはあったが、まさかこれは――おぞましい想像が回答を拒絶し、ただただ細かな震えが走る。

「ほ、ほひ、いぃ〜〜……♥」

「く……クー姉……！」

「触れるな！　これは私のモノだ！」

「うあっ！」

床を這って近づき手を伸ばしてきたアレックスを、ゲルドロリックスが鼻息と共に丸太のような足で踏みつけた。

「はぁはぁ、やめっ……アレクに手を出す……うあっ！」

「このまま始末するのは簡単だが、お前たちにチャンスをやろう」

頭を掴みぐいと乱暴に持ち上げてきてから、むき出しの肉棒をヒクつかせ、慈悲深き王でも気取るがごとく言う。

「簡単なことだ。私が果てるまでお前が一度も絶頂しなければ、小僧はもちろん、この国も返そう」

我らが神に誓い約束しよう。

ゲルドロリックスはそのように告げ、破格の交渉だと自賛し笑った。

「…………分かった」

クラウディアはギリッと奥歯を噛み、挑戦と取って受け入れた。

この段になれば大まかな事情は思い出せていた。剣技も魔法技も記憶から失せ戦闘能力をなくした自分。戦う術がない。殺す術がない。第一この異様な身体でどこまで動けるか甚だ疑問だ。やるしかない、アレクの、アレックスの命がかかっているのだ。今度こそ負けない、此度こそ騎士として最後まで耐え抜いてみせ――

「――るッ⁉　あおッはあああああ♥♥」

――プシャップシャアアァアァア！

だが雌雄が決したのは、決意からものの数秒後のことであった。

玉座に座り対面座位にて子宮口まで叩かれた途端、不意打ちにも等しい巨大な官能が瞬く間に下腹を焼き尽くしたのだ。

「い、イギっ、イギ、ギぃ……♥」

（嘘、なん、で……わらひ、いれられただけで、イッ、てぇ……!?）

半目になってガチガチと歯を鳴らし愉悦の巨大さと感覚とに慄く。こんな馬鹿な、ありえない、まだ満足に動いてもいないのに。ほんのひと擦り肉ヒダを擦過され弱い子宮口を打たれただけで、こんなにも呆気なく気持ち良くなって全身びくびくと震えが走るとは。クリトリスまでもがびんびんに膨らみ失禁もかくやと潮を噴くなんて。

涙がとめどなく視界を覆い朦朧《もうろう》とした意識に拍車をかける。頭の奥がじんじんと痺れ、思考が満足にまとまらない。

それでも必死に奮い立とうとしたが、すでに勝敗は決したも同じであった。

「ブヒヒ、もうイッたのか。勝負にならんな」

「い……イッでないっ、わらひは、まだ……イッてな、ぃッ――でぇエ!?　あおッおッおッあぁあ!!」

――ズコッ！　ズコッ！　ズコッ！　ズコッ！

――プシャップシャッ！　プシャップシャアアァ！

そう、まったくの無意味であった。反抗的なのは口ばかり、身体の方はあまりに貧弱でひと突きされるごとに潮を噴いてはアクメした。揺れる立派なボテ腹も相まって、まるで破水したかの有様だった。

「はぁはぁおぃひィ……♥　アレ……ク……ぅ……！」

「く、クー姉……！」

その派手なイキっぷりはごまかそうにも出来るものではなく、床に這いつくばる愛する彼にも明らかに伝わっている。

クラウディアは愉悦に仰け反り、上下逆で目に映る彼に懸命に詫びようとした。

が、それさえも巨根の抽送が始まると、すべてが無為と化した。

――グポォ！　グポッグポッグポッズポッズポォ！

「ほひぃおほおっんおあぁあぁあぁあ♥♥」

「そぉら！　まだまだこれからだぞ、そらそらそらそら！」

「あぁあっなんでぇ、なんでなんでなんでぇぇえ⁉　おひイッ、どぉなってるの私の身体ぁあ⁉」

彼の姿をその目に捉えたまま豊満な肢体が繰り返し繰り返し淫らに痙攣する。天井を向いた巨大なボテ腹が抽送に合わせて揺れて跳ねる。超がつくほどたわわな乳房が乳液を滴らせばるばると踊り狂う。

連続アクメがあまりに効きすぎて網膜の内側が絶えず明滅する。怖気を震うほどの太長い巨根、それを易々と呑み込む膣孔がぐりぐりと掘られ悦びに波を打つ。官能以外を忘れたかのようにヒダというヒダが擦られるたびにぷりぷりと柔らかに蠢き立つ。

「ひと突きごとにイッてるぅぅ⁉　すごいっこんなァァ‼」

「クー姉、そんな奴に、負けるなっ……！」

「ムリなのぉっ！　ひぁあ♥　オークチンポ凄すぎてっ、まだイッちゃうのぉぉっ♥」

いつしか口元までだらだらに緩み、肉悦に歓喜する卑猥な牝の面持ちとなっていた。どうしようもない。抗いようがない。下腹に募る甘美な灼熱は、弾けて混ざって膨らんでいって膣と子宮の粘膜を沸き立たせる。凄まじい激痛がそうであるように、凄まじい官能が意識ごと感覚を根こそぎ支配していく。思考がまとまらない。前後不覚となっていく。性感帯が敏感すぎて、どうすれば感じずにいられるのか皆目見当もつかない。

「はぁ、はぁ、あ、ああ……クー姉……！」

「ダメェ気持ちいぃ～っ気持ちいいぃイッ♥　チンポ素敵ィ、ごりごり素敵ィ、イクの止まらないぃぃぃ♥♥」

「まあ、抵抗など不可能だろうがな。お前の身体に刻んだ淫紋は記憶を奪うだけでなく、快楽を味わい尽くすため身体を変化させたのだ。そう――お前の望む姿にな！」

「ッッ～～～!!　んおっおお♥」

亜人の言葉を耳にしたその瞬間、あと少し欠けていた過去の記憶が一気に脳内に映像化《フラッシュバック》された。

そうだった。今のこの肉体の有様は、己自身が求めた結果だった。オークの巨根を扱きやすいよう乳房はより派手に肥大し、ヴァギナを始めとした身体全部をより鋭敏にし快楽を貪る道具と成した。それだけではない、魔力からさえも快楽を得られ、力ある肉棒と触れ合うだけで感じるようにまでなった。

それらすべては己が望んだもの、性奴隷《エローナ》となっていた欲深な淫牝がそのように望んだからこそ淫紋の力を頼りに肉体が変質したのだ。言わば己が欲の集大成であった。

そして亜人の種に馴染むよう子宮すらをも無意識に変質させ、身も心も捧げたあの時、ついにその種を――穢らわしきオークの子をこの身、この胎に宿して――

「――――いやあああああアアアアアああぁッッ‼」

すべてを思い出し終えた末の、悲嘆と絶望の絶叫。

その瞬間クラウディアの心は、消すに消し切れぬ己が汚点に完膚なきまでに打ちのめされた。

「あ、ああ、わた、し……わたじ……ぃぃ……！」

瞳孔の開いた青い瞳は何を映すでもなく。

流れ出る涙は唾液と鼻水とに溶けて混じり。

「自分が何者か分かったか？」

せせら笑う亜人の声にも、がくがくと意味なく震えるばかり。

「お前はチンポ欲しさに国をオークに捧げた牝豚だ！　恋人の目の前で無様に犯されて悦ぶ牝豚だ！」

「ヒグッ、ちがっ……私、皆を守る……き……き騎士に……」

しゃくりあげながら否定したものの、すべてが無駄なのは、もはや誰の目にも明らか。

純潔も思慕も根こそぎ奪われ恋人の目の前で孕み腹を晒す、美しくも哀れな寝取られし娘の姿であった。

　亜人が腰をあげ再びぐっとのし掛かり、床に仰向けの牝豚の肢体を黒い巨根にてがつがつと突いていく。

「おッんおッ、んおッんおッんあおぉ～～～♥」

「ぐぶぶ、部下の前で、オークの種を孕んだボテ腹で、チンポをハメられイキ狂うのが騎士の仕事か⁉」

　――ズボズボズボズボずぷずぷずぷずぷずぷずぷ！

「うぐっおへぇぇぇぇ⁉　ふ、深いぃッ、抉れりゅ、潰れりゅ、まんこッ、子宮ッ、がんじッ、イグゥう～～～ッッ♥♥」

「またイくのか？　どうした、少しは耐えてみせろ！」

「おへぇへええおおおお♥♥　たっ耐えらッ、なッ、おお無理ッ、い゙い゙い゙‼」

「騎士の誇りがあるなら自害でもしたらどうだ！　出来まい！　認めろ！　自分はチンポの奴隷だと！　性奴隷《エローナ》だと！」

「あああおおおあああぁ～～♥♥」

見せつけるように大股を開き、真上から突き刺すよう巨根を打ちこまれ。

のたうちながら、潮を噴きながら、何度も何度もアクメしながら。

クラウディアはぐしゃぐしゃに泣き、締まりなき表情にて懇願した。

「殺してぇ、おひっ、アレクっ、おねが――私ぃ……♥♥」

人が発するものとも思えぬ裏返りきった金切りの嬌声で、敗残騎士の最後の矜持をかけ、泡まで噴きつつ訴える。

「オークの赤ちゃんなんてっ、いやぁ、産むのやあぁぁっ……!!」

「ッッ〜〜ぐぐ……俺にもっと力が……もっと力があれば……!!」

血まみれになるほど唇を噛み締め屈辱に打ち震える騎士アレックス。

クラウディアはなおもプシャブシャと潮を噴き、それでも慈悲という名の介錯を頼もうとして、

「もうよい。耐えることも、自害して逃れることも出来ない。――哀れな牝だ」

言葉通り哀れみを含んだ声音と共に、太い五指が頭部を掴み、某かの魔法を行使した。

直後、下腹部に浮いた淫の紋様が再び赤々と輝き始め、

「はあはぁ、あ――あれぇ？　私……何してたんだっけぇ？」

苦悩と官能とに歪んでいた顔が、一変して淫らな法悦のみのそれとなる。

その女、エローナは、自らがクラウディアであったことなど綺麗さっぱり忘れていた。

※

「――何をしていたか？　決まっておろう」

ゲルドロリックスは膣から肉棒を抜き、余裕を取り戻してすくっと立ちあがった。

一時は危うかったが、これにて優劣は決した。

王としての威厳たっぷりに背後の玉座に尻を据えると、トトトと駆け寄ってくるエロー

ナに向けて股間の肉棒を指して命じた。

「お前の仕事はなんだ？　エローナよ」

「はーい♪　ゲルド様のおチンポを、べろべろしてハメハメすることです♥♥」

忠犬さながらにさっと跪き、飢えた子犬のごとく肉棒に抱き着き舌を這わせるエローナ。

「あーん、いつ見てもゲルド様のおチンポ逞しい♪　レロレロッ、大好きぃ♥」

さしもの肉体変異魔法とて口のサイズまでは変えられなかったらしい。巨大すぎて呑み込めぬため両手でせっせとサオを扱き、膨れた亀頭を舌でべちょべちょと舐め回す。

膣に比べればいくらか劣るも、捕らえた初期の頃に比べれば実に淫猥で快い行為だ。

そろそろこちらも一発出しておくとしよう。

ゲルドロリックスはそう決め、肉奴隷兼妻である牝に、鷹揚《おうよう》な口調でさらに命じた。

「さあ、そこの小僧にハメ狂ってるところを見せてやれ」

牝は「はーい♪」と無邪気に返事し、玉座に座るこちらにたっぷりと肉付いた尻を向けた。

「えへへ♪　お客様、エローナがチンポハメハメしてぇ、イクとこ見てくださぁ――――いぃ――――ッッ♥♥」

両手でぐいと膣孔を広げ、その隙間に亀頭をはめ込み、飴菓子でも舐めるかのように、ゆっくりと焦らして呑み込んでみせる。

「あひッおほほおおおン♥　ぶひっぷひぃ♥」

だが焦らしもほんの束の間のこと。肉悦に飢えた淫らな牝豚は入れたそばからすぐにもアクメし、潮を噴き終わるのも待たず全身を使って尻を振り始めた。

「ぶひっぶひっぎもぢぃぃ～～!!　ぶひィィン、チンポ、チンポぉ♥」

「良いぞ、良いぞ、良い腰使いだ、淫らに蠢く良いマンコだ！」

高揚感に身を任せ腰を振り、勝利の愉悦に酔って高笑う。実に愉快だ、一時でも自分を追い詰めた男が今や床に這いつくばって、愛しい牝が寝取られるのを涙を呑んで見ているしかない。散々オークを見下してきた者への良い報復ともなろう。

「ぐぶぶ、お前たちの牝団長の使い心地は最高だぞ。何度犯しても飽き足らん！」

「ぐっ――ぐうう……!!」

これほどの牝を手籠めに出来ぬとは人間とはなんと惰弱な生き物か。ゲルドロリックスは心底そう思う。この良い塩梅にたるんだ柔肉、むちむちとした尻に太腿、赤子の全身ほどもある超乳、においたつほどに色気ある素肌。まこと美しい。孕んだ腹も最高だ。人の目からは異なるらしいがオークにとってこれほどの美の化身はない。淫と美の融合、完全無欠の肉の奴隷。この牝を産み落とした者には心から礼を述べたいところだ。

「交尾セックシュサイコーおおぉ♥♥　あへッあへェおまんこイグぅ♥　ボテ腹まんごイグぅうッ♥♥」

「ぐううう……!!　クー姉……お、おお……!!」

懸命に立とうとする男を眺めつつ、揺れ躍る超爆乳をむんずと掴みぐいぐいと搾って肉サオを脈打たせる。盛大に広がった濡れた産洞をさらに掘り込み子袋ごと下からどすどすと突き上げる。

あと一歩、恐らくあと少しでこの男の心は折れる。両腕を頭上にし踊るようにして巨根と悦楽とを貪りゆく淫牝。その堕ちた姿は確実に精神を打ちのめしたはずだ。諦め忘我したその瞬間に洗脳魔法で支配出来る。

「見ろ、こうまで広がってもよく締まる柔らかなまんこを！　この膣肉の味、肉ヒダのぬめり、試せないのは残念だな」

——ズップズップズップズップグッポグッポグッポグッポ！

——ピシャッピシャッビュルルッビュルル！

スパートをかけ母乳を搾り出し、睾丸を煮沸させ高らかに笑う。とどめに豪快な中出しを決めて寝取られた事実を刻みつけてやろう。愛する女に自分以外の種が注がれる、腹の子の父が誰なのか証明される、その不動の現実に弱った心身では耐えられはすまい。

「イグッイグイグイグぅ～～♥♥　まんこイグゥ、おっぱい、ミルグもお～～♥♥」

淫牝の方もイキまくって二度三度と潮を噴いている。きゅうきゅうとうねって止まぬ媚肉、啜りあげるように吸いつく子宮口、孕んでなおよがる汗まみれの肢体。なんと美しく快いものか、宣言通り飽きなど来ない。

ゲルドロリックスは巨体を震わせ、勝利宣言も兼ねるつもりで哄笑と共に精液を吐き出した。

「さあ、中にたっぷり注いでやるぞ！　味わえ、そして見ろ！」

「あへえッおへえええぇぇええおおおおンンンッ♥♥」

「ぐぐっ、お――おおおおおおお!!」

――ビュルビュルビュルルッビュブッビュブッビュブッ！

――カッッ――――ッッ!!

その三つの事柄は、ほぼ同時に起こった。

とどめのひと突きと中出しを食らい、びくびくとのたうって果てたエローナ。

熟成した精液を膣内に注ぎ込み、恍惚に酔うゲルドロリックス。

そして、血まみれの肉体に魔力を漲らせ、鋭く床を蹴る騎士アレックス。

（なんだと!?　まさか、命を魔力に!?）

ゲルドロリックスは我が目を疑った。魔法の一撃をまともに食らったのだ、脆弱《ぜいじゃく》な人間が立てるはずがない。結界への抵抗ゆえ魔力とてとうに尽きているはず。それがなぜ動けるのか、剣など振るえるのか。

恐らく生命力を削って魔力と成したのだ。反動は凄まじかろう。だがこちらとて完全に不意を突かれエローナがいるため瞬時には動けず、

――ザッ――ズバァア！

「ぐっ――おおおお!!」

避けることなど出来なかった。大上段から袈裟斬りにされ、断たれた右耳ごと血飛沫が

舞い上がった。

(馬鹿なっ――こんなことが……!?)

黒々と照り輝く肥えた巨体が、地響きを立てて玉座から転げ、冷たい石床に倒れ伏した。

6章　泡沫《うたかた》の夢

――リンゴーン……リンゴーン……！


その日、およそ一年ぶりにコルヴィア王国の空は晴れ渡っていた。

無論、比喩である。一年間も天候が崩れているはずはない。

それでも一年ぶりの晴天と思えた。少なくともアレク――騎士アレックスには。

「クラウディアよ。汝はアレックスを夫として生涯愛することを誓いますか？」

王都の中心に聳え立った、白亜の教会。

鐘の音が響き渡る静謐《せいひつ》で厳《おごそ》かな大聖堂にて、神父の問いに、彼女は頷いた。

「はい。誓います」

花嫁姿の彼女の隣でアレックスは達成感に震えた。

あの悪夢の始まりから約一年。ようやくこの日にこぎつけた。穢れた過去を払拭し、幸福への一歩を踏み出せる日が訪れたのだ。

（愛してるよ。クー姉……クラウディア）

一人娘の晴れ姿を前に、彼女の両親も涙を浮かべている。式に参列したすべての人が晴れやかな笑顔だった。

幾多の艱難辛苦をも乗り越え、今、二人はやっと夫婦になった。

長年に亘る恋慕の情が自他共に認められ実ったのだ。

「ようやく想いが叶った……クー姉……」

挙式を終えてすぐの夜、アレックスは妻との初夜を迎えた。

自宅の寝室にて衣服に手をかけ、抱擁と共にそっと彼女をベッドに導く。

「子供の時からずっと好きだった……」

「アレク……あ……♥」

「クー姉……綺麗だ」

今の二人に言葉など無用だった。幼少期からの長い付き合い、口にはせずとも想いは伝わっていた仲である。愛の告白、求婚、挙式と指輪の交換、そして誓いの口づけ。晴れて夫婦となった今、これ以上何を語れと言うのか。

「あ……♥　あ……♥」

すべやかな白い肌に小さくキスの雨を降らせつつ、一枚一枚衣服を奪いとってやる。

小声を漏らす今の彼女はいつにも増して美しかった。異様とまではいかないまでも目を見張るほどのたわわな乳房。鍛錬によるほっそりとした腹。形の良いどっしりとした臀部。すべてが美しい。すべてが愛おしい。これぞ人の女の理想の造形美と見えた。

そんな妻との初めての夜だ、情熱が現れぬわけがない。

念入りに唾液を肌に塗し、柔らかな乳房をたっぷりと揉み。愛らしくヒクつく膣の孔には愛情をこめた手つきで優しく愛撫を行った。

「はぁ……はぁ……ん、ふぅぅ……♥」

「そろそろ……挿れるよ、クー姉……」

「う……ん……アレク……来て……」

ぽーっとした赤ら顔でコクンと頷く初々しい妻。

しっとりと濡れた膣も……しなやかな肢体も……すべて……すべてが愛おしい。

「んっ、はぁぁ……っっ……♥」

初めて二人の腰が重なると、少しだけ緊張気味だった彼女の顔にも、すぐに安堵と幸福の色が笑顔となって広がっていった。

「アレク……私、嬉しい……初めてをあなたに捧げられて」

「————ッ……オレも、幸せだ……」

ようやくひとつとなれたというのに、ふと表情に陰りが出てしまったのを、果たして彼女は気づいただろうか。

快感に呻く素振りに似せてアレックスはギリッと奥歯を噛む。

(初めてじゃないんだ……クー姉のすべては、もう、あのオークに蹂躙され尽くした後なんだ……)

望まずとも記憶に蘇るのは、辛うじて彼女を救出し得た、あの日の出来事。

——あの日。王の間での、あの時。

憎き知恵あるオークの王は、渾身のひと太刀をその身に浴びるも辛うじて生き永らえ姿を消した。空間転移の魔法で逃げたのだ。クラウディアを避けて斬りつけたため致命の一撃とはならなかったのだ。

アレックスは瀕死となるも勝利を収めクラウディアの身柄を確保した。五芒星結界の中心部、六つ目の魔晶石も破壊し結界の無力化にも成功した。

あとは概《おおむ》ねアグナイアス軍が処理してくれた。結界さえなければ武に長けた彼らにオークを討てぬ道理などなく、統制すらも失った雑兵らを飛ぶ鳥落とす勢いで駆逐した。事後処理も抜かりなく暫定政権が打ち建てられ、対外的にはベルカストロによる謀反とされオークらの件は伏せられた。獄中で発狂死した愚王については、軍を率いた英雄エドワード王子の手で直々に討伐したと表向きには発表された。

これで何もかも終わった。悪しき呪縛からクラウディアを解放出来たのだ。

一時でもそう思い安堵したのは、しかしすぐに浅はかと知れた。

本当の地獄はそこからであったのだ。

『チンポぉ、オーク様のチンポぐだざいぃぃぃぃ!!』

クラウディアにかけられた呪いは、あまりにも苛烈で強力だった。

アグナイアス軍がオーク軍を撃破、王都を解放し残すは残党のみとなった頃。

救出されたクラウディアは、後遺症に苦しみ始めた。

人ならざる享楽に侵食され尽くした心身は、もはやそれなしにはいられぬほどに自制心を打ち壊されていたのだ。

『クラウディア……なんという姿に……！』

帰還した彼女の両親がその有様を見て、言葉を失ったのも無理はなかろう。

狂ったように、否、文字通り狂って暴れる姿は、重度の麻薬中毒者のそれ。

高名な魔導士らに治療を頼んだが、並の術では打つ手がないと皆一様に首を横に振った。

残された最後の手段は、超一流の魔導士複数が総出で解呪にかかることだった。他国からも援助を募り各地から集めた練達の者たち。その彼らでもってしても呪いの浄化には、ふた月以上もの期間を要した。見ている方まで気が触れそうな日々だった。

そして、そこからがまた地獄の日々の連続となった。

どうにか解呪には成功した。呪いによって淫らに変容した肉体も、お腹の子以外は概ね元通りに戻せた。

なれどその精神面は、肉体以上に深刻なダメージを負っていた。呪いが解かれたことをきっかけに心は見る間に壊れていったのだ。

『イヤ……イヤぁ、イヤぁぁああアアアアア‼』

彼女が己を取り戻した直後の絶叫は、未だに耳から離れない。

オークによって処女を散らされ再三に亘って犯され続け、快楽に屈し己を失い、仲間ばかりか果ては祖国をも裏切った。その過去ばかりは癒えることなく一斉に牙を剥いたのだ。

あの時分ばかりはアレックスも日々泣き濡れた。正気に戻ったがゆえにこそ彼女は発狂寸前まで追い込まれたのだ。正気に戻したのを後悔するほどに見ていて辛いものだった。

そのうち彼女は違った意味で正気を失い始めた。日に日に育っていくお腹の胎児、亜人の子を恐れるあまり、それがアレックスとの間の子だと思いこむまでに至ったのだ。

『違う！　それは、それは呪われた子なんだ！』

『やめて……殺さないで……この子は私とアレクの……！』

もはや一刻の猶予もないと胎児は浄化の魔法にて消し去った。狂乱する彼女を囚人よろしく拘束してまで、術による堕胎を強行したのだ。

止む無きことであった。亜人の子を産めば彼女の発狂は必至だったのだから。

しかし皮肉にも、これが最後の致命打ともなった。アレックスの子と信じていた彼女は、それを失った悲嘆に耐えかね、ほぼ廃人と化してしまったのだ。

『ごめ……な……さぃ……赤ちゃ……アレ、ク、の……』

決断するほかなかった。乾くことのない涙を垂れ流し譫言を呟き続ける彼女を見ては、もはや手段は選べなかった。

彼女を救うには忌まわしき記憶を消し去るしかない。古城から端を発したこれまですべての記憶を。

こうなったのは無論クラウディアだけではない、同じく恥辱を味わった人々も程度の差こそあれ同様だった。トラウマと化して怯え続ける者、快楽に逃れようとする者、酒に溺れる者、様々である。国全体として見ても爪痕は大きかった。

彼らを救うためにもアレックスたちは、禁じ手とも言うべき大魔法を発動させた。

オークの用いた呪いのシステムとかつて王都を覆った結界を利用して、ごく一部の人間を残し、国全体に記憶の封印を行ったのだ。

過去に例のない極大魔法だが、どうにか成功と相成った。大半の者が一年あまりの記憶を封じられ、辻褄あわせに別の記憶を刷り込まれたのだ。

——こうして国は平穏を取り戻した。少なくとも表向きは。協力してくれた隣国アグナイアスにも固く緘口令が敷かれ、その過去に触れる者は一人としていなくなった。

「あぁ♥　あぁ♥　アレクぅ♥」

可愛らしく喘ぐ彼女を見下ろしつつ、アレックスは今一度己に刻む。

本当は自分も忘れたかった。一緒に忘れて何も考えず愛したかった。そうしなかったのは、おぞましき記憶を抱えたままなのは、己の弱さを忘れぬため、転じて彼女を守り抜くため。戒めと誓いの意味であった。

(こんな胸の痛み、クー姉の味わった苦しみに比べたらなんてことない……！)

「はぁ、はぁ、クー姉、オレ、もう……！」

「う……ん……あぁ♥　きて……きてっ……！」

シーツの上にて幸せそうに昂る彼女。アレックスの胸にも幸せが満ちた。これでいい、いつか過去が完全に霞と消えるまで、今ある幸福が勝るまで、二人で愛を積み重ねるのだ。

それしかないのだ。

「クー姉……クラウディアっ！　愛してるっ！」

「ああっアレクゥ♥　私も、愛してるっ！」

熱い抱擁が交わされると同時、彼女の中に納まった分身が白いものを放出していく。

もう二度と離すまい、その思いが形となるような解放感だった。

「……アレク……」

「クー姉……」

初夜の余韻が穏やかに過ぎ、夫婦の間に弛緩した空気が漂う。

「とっても……気持ち良かった。初めては痛いって聞いてたのだけど……」

「…………」

「アレクだったからかな……フフ」

アレックスは答えなかった。言えるわけがない。クー姉は初めてのつもりかもしれないが処女はとうに失われているんだ、なんて。散々快楽を知った後だなんて。

黙していることに不安を覚えたのだろう。彼女が小声で聞いてくる。

「アレクは……どう？　私の……気持ち良かった……？」

「うん……すごく気持ち良かったよ」

甘えてくる仕草にアレックスは興奮を覚えた。今さらに思うが、彼女の本質は一途で依存心が強い。思いこみが激しいとも言える。騎士になって守ってあげる、そんな子供然とした約束を守ってきたのがその証拠だ。

平素は厳しく振る舞う傍らで、いつか恋人の胸に抱かれて眠りたい、そんな願望もあったのだろう。

「だから、もう一度……！」

「あっ、アレク……ああっ♥」

愛おしさと欲望に駆られ今一度彼女を貫いてやると、子供のように甘えた声が艶かしい女のそれとなった。

そうだとも、何を悩む必要があるのか。彼女は今ここにいる。自分もここにいる。念願叶って夫婦となり愛のある初夜も迎えたのだ、これ以上はない幸福であろう。

強く抱いて腰を振り、己の証を刻み込む心地で膣の粘膜を肉棒にて擦っていく。極太の性器で拡張されてきた粒の多いザラつく肉の穴。さすがに人のそれには広い。穢れてきた末の名残だ。それでも蠢き締めつけるそれを昂るままに肉棒で突く、突く、突く。

やがて彼にも限界が訪れ再び息が荒くなってくる。身体以上に心が熱くなり抱き寄せる腕にも力が入る。

「はぁはぁ、クー姉……イクよっ！」

「アレク……私もイクっ、んんん～～♥」

――ビクビクビクッ！

共に揃って果てると同時、唇と唇とを強く触れ合わせ熱い舌を絡ませる。

快感が二人を覆い、互いの腰、肌と肌とが重なり合ったまま小刻みに痙攣する。

「――――ヒゥ!?」

と、余韻へと移行し始めた直後、突然、彼女が驚いた表情で声をあげた。

「はぁ……はぁ……。クー姉？　どうしたの？」

「――――あ、ううん……なんでもない……」

アレックスが聞くと、彼女ははっとした様子で、取り繕うような笑顔を見せた。

「すごく……気持ち良かったから……フフ」

「そ、そっか」

アレックスも笑顔を浮かべ、重なったまま、そっと指と指を絡める。

「クー姉……」

「ん？」

「幸せになろう」

「……ん」

夫婦となった二人の初夜は、こうして穏やかに過ぎていった。

※

――不思議だった。

自分は剣に生き剣に死ぬと思っていたのに、まさかこうして男と愛しあい、寝屋を共にするなんて。

「ああん、アレク……！」

「クー姉……ああ……！」

恋慕がなかったかと問われれば否だ。子供の頃から気にかけていたし途中から異性として意識し始めた。自分もまた一匹の牝——いや一人の女だと実感するばかりであった。いつかは、という思いもあったろう。まだ先の話と思っていたが。予想より早くその日が訪れたことを気恥ずかしく思わないでもない。

先日ついに挙式となった。彼の、アレックスからの求婚を受け入れ晴れて妻となった。初恋は無事実り、式の日の夜には甘い一夜を共に過ごした。

「あ♥　あああ♥」

そして今またこうして朝からまぐわっている。式から数日、すでに何度となく褥を共にした。若い情熱をぶつけあうような日々だった。

不思議に思うのは、この一年ほどで彼が見違えるほど逞しくなっていたことだ。

聞くところによると、自分はこの一年あまり、ずっと昏睡していたらしい。オーク討伐の任に出てすぐに古城で不意打ちを受け不覚を取ったのだそうだ。

辛くも生命を拾ったのは偏《ひとえ》にアレックスの奮闘あってのことという。彼はオークの王を退け無事任務を果たし帰還したそうだ。その際自分は共に帰還し長らく眠り続けたらしい。

「クー姉のためなら俺はどんなことでも耐えられる……これからは俺がクー姉を守るから……！」

「アレク……ああアレク……♥」

己の失態を恥じはしたが今は心から幸せだった。この一年で王都は様変わりした風にも見えたが、それも些末なこと、彼との暮らしはまるで夢のようだった。

「はぁはぁ、クー姉、クー姉……！」

「はぁはぁ、ん♥　ああ♥　アレ、クぅ……♥」

昨日も、一昨日も、一昨昨日も、そのまた前日も、また前日も、二人は欠かさずベッドを共にし夜と朝とで交わった。

素直に気持ちが良い。最初は緊張し身構えたものの、苦痛は一切なく快感ばかりがあったものだ。存外感じやすい体質なのかと気恥ずかしく思えたものだった。

「あ♥　ああ♥　あっあっあ～～♥」

——ビクビクッ————ザザッ、ザ……！

そして最近、また新たな不思議を感じていた。

（なん、だ、今の……映像、は……？）

一体なぜなのか分からないが、身体がアクメを迎えたその瞬間、見覚えのない奇妙な光景が毎度目の奥にチラつくのだ。

（あれは……一体……？）

返す返すも記憶にない光景である。どす黒い巨体。肥えた腹。不気味な笑み。恐ろしいほどの巨大な——男根。そう、ペニスだ。夫のものしか知らぬというのに別のペニスが目に浮かぶ。どういうことなのか。どこかで見たのか。分からない。亜人どもの蛮行現場は幾度か目にする機会はあったが、記憶に残るほど見ることはなかったはずだった。

最初は気のせいに違いないと思った。どこぞで目撃した光景をたまたま思い出しただけだろうと。そのうち忘れるだろうと。

だが彼に抱かれアクメを迎えるたび、不思議とそれは必ず起こった。達するたびに脳裏にチラつき少しずつ明瞭になっていった。

彼女は、クラウディア・コンスタンツィは怖れを覚える。あの猛々しいまでの剛直、黒光りし脈打つ肉サオ、拳より巨大な鉄塊のごとき亀頭――恐ろしい、あんなものが己に入るのか。入ったらどうなるのか。考えるだに震えが走る。

同時に身体が火照ってくるのが奇妙なくらいによく分かった。恐ろしい、けれど欲しい、いやだめだ、でももう一度――己の中の別人格が胸中でざわめいているかのようだった。

「はぁ……はぁ……ん、アレクぅ……♥」

「はぁ、はぁ、え、クー姉……っ？」

ゆっくりとペニスが抜かれたのも束の間、何かに急《せ》かされる心地で今度は口に咥えて啜る。

あれは知ってはいけないもの、心のどこかでそう強く警鐘が鳴る。あれは危険だ、今ある幸せを容易に打ち壊すもの。開けてはならぬパンドラの箱だと。

「はぁはぁ、そんな、クー姉激しいっ……なんて口使い、ううっ！」

「んんッんんッ、お!? おふぅ、ンクッンクッンンッ……♪」

――びゅるっびゅるっぶぶっ！

肉棒は瞬く間に細かく脈を打ち、数分と経たずして白い体液を口内へと放った。

喉に絡むのも一向に構わず、彼女は夢中でそのすべてを残さず飲み下す。

「ンクッ、ふぅぅ～～♪　はぁぁ、アレクぅ、もっとしよ……ね、もっとぉ♪」

そうとも、決して開けてはならない。触れることすら許されない。触れれば恐らく開けずにはいられまい。

しかしそれでも彼女は無心で手を伸ばしていた。今目の前にある幸福は、これとよく似て見える。見た目はまったく同じ箱。開けてみたい。今ある幸せをもっともっと享受したいがため、愛する夫を悦ばせたいがため、満たされた時間を多く得たいがため。

「はぁはぁ、ね、もっとぉ♪　もっと突いて、もっとして、もっとぉ♪」

あくまでも彼を愛するがゆえだった。男根を見ると、なぜだか無性に身体が疼く。子宮が飢え渇き膣が濡れる。乳房が張ってもどかしくなる。激しく抱いてほしくなる。滅茶苦茶に犯してほしくなる。

「欲しいのぉ、ああもっと、もっとぉおン♥」

何を迷う必要があるのか、相手は将来を誓った夫で自分はその妻、邪魔するものなどありはしない。貪って良いはず、この快楽を、一匹の牝と成り果ててでもだ。

――ヌポッヌポッぢゅぽっぢゅぽっ……！

「はぁはぁアレクぅ、ああンもっとぉ、素敵ィもっとぉン♥」

「はぁはぁ、クー姉、く、クー姉……！」

跨るこちらを下からせっせと突き上げる彼。愛おしい、すべてが、この快楽が。肉棒で膣孔をほじくられるのが癖になるほど好きで堪らない。

　こうしている間にも妙な胸騒ぎはある。パンドラの箱を撫でていることに畏怖を覚える己がいる。けれど止められない、止まりたくない、より強く腰を振り、より深く肉棒を咥えこみ、より乳房を、より髪を振り乱してよがり、

(気持ちいい、気持ちいいっ、もっと、もっと激しくっ、奥までっ、深くぅっ……！)

「はぁはぁア、おまんこにぃッ、おチンポぉぉ♥」

　やがて訪れた歓喜の瞬間に、彼女は舌を出し唾液を飛ばしてびくびくと痙攣した。

「おほぉお、ぶひィィイイんん♥♥」

「ッッ!?　クー、姉……!!」

　膣内に精を撒き散らすその傍らで、アレックスが驚愕の表情となった。

「はぁ、はぁ……今の……しゅごかったぁ……！」

　クラウディアの方はただひたすらに、身に染みる快楽を啜り、強く噛み締めていた。

「はぁ、はぁ、っ、どうしたの……アレク？」

「……いや。なんでもない」

「……そう？」

　彼は何かを言いたそうだったが、この時はなぜか気にならなかった。

　そんなことより続きがしたい、そればかりが頭にあった。

「フフ……ね？　もっとしましょ♪」

――ゴーン、ゴーン……！

朝靄に響く鐘の音を背景に、その時は刻一刻と迫りつつあった――

※

――不思議だ――不思議だ……。

――おかしい……おかしい……!!

挙式からふた月ほど過ぎた頃だった。

そんな風に思い始めたのは。違和を覚えてならなくなったのは。

「はぁはぁ、ああン♥　ああ♥」

その夜も一心不乱に情事を楽しんでいた。世俗のことなど一切忘れ夢中で腰を押しつけあっていた。

「もっとして、もっと、もっとぉン♥――――ッッ!?　は、アァァ……！」

毎晩のように繰り返される体液の交換、粘膜と粘膜との触れ合い。

まただ。またあの映像。見上げるほどの黒い巨躯と凶悪にすぎる巨根が目に浮かぶ。

文字通り自分の身体は一匹の牝として開花していった。ひたすら淫乱に、ひたすら貪欲に、それも瞬く間、堰《せき》を切ったように、である。まるでそうなることが自然であるような早さだった。

（どうして、気持ち良くて腰がっ、止まらないぃ♥♥）

最初は純粋に嬉しかったが次第に奇妙を覚えていったのは、それがあまりに急ピッチなのと、己自身の欲望の奥深さゆえだった。

来る日も来る日もこうして抱かれアクメにアクメを重ねてきた。一度の行為で最低四回、多ければ七回は続けた。盛りのついた猿を思わせる頻度だった。

(こんなにも欲しがるなんて、一体どうしてしまったんだ、私……⁉)

感度が良いだけならまだ分かる。若いのだから体力とて有り余っている。初恋に夢中にもなろう。

しかしだとしてもこの頻度と欲深さは異常に思えてきた。結婚前でさえこうまで悶々とした日はない。自慰のひとつもすれば大抵は波が去った。それがどうだ、膣の精液が乾ききらぬほど毎日毎日続けているのに、淫らな衝動は過ぎ去るどころかむしろ日増しに大きくなっていった。

「おおぉ♥　おほおぉチンポ、チンポぉお♥」

「はぁはぁ、ううっ、クー姉……こんなに動いたら、俺また……っ！」

「ダメぇ、腰止まんないのぉ♥　アレクぅ、おほぉンン♥」

自分より歳下の夫でさえも弱音を吐くほどの大胆な腰使い。跨る腰は主を無視し、身勝手に貪欲に膣内に収まった牡肉を啜る。

「はぁはぁはぁクー姉っ、クーね――っおおぉ！」

「おほおぶっ～～ぶひょおおおおお♥♥」

——プシャップシャアァァァ……！

果てはアクメと共に起こる、異様なまでの大量の潮噴き。

おかしい——おかしい……一体いつから自分はこんな女になったのか。浅ましい肉体となったのか。

（ああ、またあの映像……どうして、あの巨大なモノを見ると、切ない、苦しいっ……！）

そして浅ましさを認識するたびに件の男が脳裏をチラついた。あれは男で間違いない。性器もそうだがどこか覚えがある。あの黒い肌、吐息の獣臭、恐るべき筋力、荒々しい動き、当初は朧だったものがイクたびに脳裏に蘇ってくる。

未だそれは判然とせぬものの己の異常に勘付くには充分な要素であった。もどかしさを覚えるなという方が無理な話だった。

「あへぇ、あへ……気持ち、いい〜〜……！」

「はぁ、はぁ、クー姉ごめん……今日はこれで終わりにしよう」

「——————は？」

夫の台詞を理解した途端、彼女は、この世の終わりでも見たような表情となった。

「いやっ、いやいやいやっ！　もっとしたい、もっとイキたいっ！」

「く、クー姉、ああ……!?」

「おっきして、もっとチンポおっきしてぇ！　回復魔法《ラ・ルカーナ》！」

狂おしいほどの衝動に駆られ我を忘れて萎えた肉棒を手でしごく。べろべろと舐める。

爆乳を擦りつける。終いには魔法による回復まで試みて、どうにか屹立《きつりつ》させせんとする。

「無理だよ、もう六回もして……今日、疲れてて……」

それでも肉棒は力を取り戻すことはなく、蜜に濡れたままゆっくりと小さくしぼんでいった。

「また明日にしよう。ね？」

「ッッ…………っ、っ、ハァー……ハァー……！」

（まだ、六回でしょ……あのひとなら何回でも……!!）

無自覚に顔を俯かせて、凄まじい形相で歯軋りする。

始まってから、まだほんの数時間ほど。夜明けまでは未だ遠く時間はそれこそ山とある。愛撫はされたし中出しもしてもらった、気持ち良かったしイくことだってその都度出来た。けどまだ足りない、まったく足りない、身体中が疼いて仕方ない。これがもしあの男ならば、一度の中出しまでの間ですら四、五回は軽くイけたというのに！

が、そこまで考えて、はたと気づく。あの人？　あの男？　一体誰のことなのか。結婚まで純潔を守り夫しか知らぬ身であるというのに。

「そう……ね……我がまま言って、ごめんなさい……」

疑問のおかげで少しだが頭が冷えた。今の自分は騎士団を一時出て一人の妻として家に居る。対する夫は功績を認められ別の騎士団の長の座に就いた。彼の多忙さは他の誰よりも熟知している立場であった。

夫のアレックスは静かに微笑み「俺こそゴメン」と口づけをして、明日こそはと次を約束した後、夫婦のベッドにて寝息を立て始める。

妻であるクラウディアも隣に横たわり、静かに寝息を立てようとして。

「っっ、ふぅ……ん、んん、んッ……！」

出来なかった。代わりに漏れるのはくぐもった自慰の声。なんたることか、若く夫持つ身でありながら満たされぬ欲求を自分で慰めるしかなかった。

（私の身体……どう、なってるの……？　イッても……イッても……っ、全然、足らないっ……！）

感情の出所は判然とせぬも、あまりに物足りなく生殺しにされている心境だった。

なぜだろう。以前はもっと感じた気がする。今以上に大きなアクメを見ていた気がする。

ゆえにこそ足りなく感じるのだ。落差というものを覚えていた。

（でもどこで？　自分でしても全然なのに……っ！）

あるいは自分は生娘ではなかったのかもしれない。どこかで牡を知ったのやもしれぬ。

そんなあり得もしない疑念を払拭しきれないほどに、今ある衝動は無視出来ないものだった。

――その時から彼女の幸福な日常に、歪《ひずみ》とも呼べる変化が生じていった。

「お帰りなさいアレク。……その、いつ、するの？　私はもう、いつでも……！」

「今日は精のつく料理をいっぱい用意したの、これで今夜はもっといっぱい……ね？　出来るでしょ？」

「きょ、今日は、生理なの……それでね、すごくその、ほ、欲しくなっちゃって……！」

「お願いアレク、今日は早く帰ってきて、私朝からもう、もう……！」

それを目にした使用人らは皆、股の緩い淫らな新妻と思ったことだろう。

顔を見るなり伽を求めモゾモゾと尻を揺する姿は、裏通りなどで時折見かける場末の娼婦かあるいはそれ以下だ。

分かってはいる、いかに浅ましい態度であるかなど。そんなことは百も承知、それでも止められない、求めずにはいられない、夫の帰りを待つ間ですら身体が寂しくて泣きたくなる。

ばかりか最近は、夫のペニスそのものにすらも物足りなさを覚え始めた。より大きな刺激が欲しい、そのためにはより大きな逸物が良い。何故かは知れないが夫のそれは小さいと感じるのだ、比較対象など知らぬはずだというのにだ。

「んおぉ、ふぎっ、いいいいッ！　ち、チンポぉ、チンポぉ、欲しい、欲しいぃっ……！」

そして終いには裏街に赴き、張り型まで買って自分の孔をほじくるようになった。

この手の代物は表に出回ることは少なく、奴隷商や売春宿等のいかがわしい界隈でしか取り扱われない。

そんな代物を、疑似チンポを使ってまで日がな一日享楽に耽っている。夫が出ていき戻ってくるまで。言葉通り蜜汁が乾く暇もない。

しかしそこまでしてもなお、彼女は満たされはしなかった。

(欲……しい……大きくて逞しいチンポ、もっと欲しい、もっと、もっといっぱい……！)

自室でびくびくと愉悦に震えつつ、張り型を手にクラウディアは考える。だらしなく鼻の下を伸ばし、さらなる快楽の手段に知恵を働かせる。

違和を覚えてからさらに数ヶ月、これまで必死に耐えてきたが、もう限界だ、夫の帰りを待っていられない。作り物のチンポでは足りない、本物のチンポをハメまくりたい。

顔見知りには手を出せない、家名に傷がついてしまう。売春宿もだめだ、すぐに足がつく。奴隷も論外、目立ってはならない、それでいて男どもの溜まり場、となれば——

「——本当に100アジルでヤらせてくれるのか、ねーちゃん？」

出向いた先は裏街の果て、ゴロツキどもの溜まり場。浮浪者たちや傭兵崩れどもが潜む治安の悪いうらぶれた場所だった。

貧民街《スラム》と呼ばれるその地域ならではの陽の当らぬじめじめとした街角。狭い裏路地にはゴミや残飯が無造作に捨てられ衛生面も悪い。

そんな地域に住む連中に真っ当な者などおろうはずもない。

現にこうして取り囲む男どもは、体力と欲望を常に持て余す荒くれ者といった風体だ。

ゆえにこそ今の彼女にとっては好都合と言えた。この手の連中は大抵ガタイも良く獣欲丸出しで、少々色気を出しうろつくだけで野犬よろしく群がってくるのだから。

「ああ、それでいい……早く、チンポを……！」

元よりヤル気満々なのだろう。有無を言わさず襲う気だったに違いなかった。だが相手の女ははした金で素直にヤらせてやるというのだ。娯楽に飢えたゴロツキどもが食いつかぬはずがない。

所詮は愚かな無頼漢どもも、コンスタンツィどころか王の名すらロクに知るまい。それでいい、だからこそ遠慮なく喰い漁れる。好きなだけセックスの相手をさせられる。

(私は何をしているんだ……こんな格好でゴロツキどもを誘って……)

涎垂らさんばかりの笑みのその中で、己の行動に激しく疑問を持つ。

夫がおらぬ昼間の寂しさを別の男で埋めようとしている。それも一人や二人ではない、ざっと見るだけで五人はいる。恐らく他にも寄ってくるだろう。これほどの状況を自ら望んでお膳立てしてみせるなど、正気を疑われて当然だった。

(それなのに、それなのに……誇り高きサヴィーナ騎士団の団長ともあろう者が……!)

チンポ欲しさに自ら媚を売り、尻を突き出して待ち構えている。手近な木箱に両手をついて背後から犯してくれとばかりに。

その服装とて酷いもので、谷間がぱっくりと開いた胸元に尻の大半があらわなスリットという色気ばかりが誇張されたドレス。まさに場末の売春婦が客欲しさに路地裏で男を誘う装いだ。

ゴロツキからすればさぞ美味い話に違いない、子供の駄賃レベルの金でいい女と好き放題ヤれるというのだから。

「すげぇぜ、なんて乳だ。まるで牛だぜ」

「尻もむちむちしてやがる、エロすぎだぜねーちゃんよぉ」

「紐みてぇなパンティ穿きやがって、もうヤりてぇばっかじゃねぇか」

「はあはあ、そ、そうだ、だから早く、チンポ、チンポをぉ……！」

四方八方から伸び、巨大な爆乳を、艶かしい豊尻を、腹を、肩を、あらゆる場所を、ぐにぐにとまさぐる男どもの無粋な腕。

たちまち半裸の姿とされながらクラウディアは興奮にわななく。この乱暴な手つき、覚えがある。身体の感覚が記憶している。執拗に撫でくられ恥辱を与えられるゾクゾクとしたこの興奮を。

「乳首もうびんびんじゃねぇか、いい具合にぷっくりと膨らんでてよぉ」

「まんこだってとっくにびちょ濡れだぜ、下着黒ずんで糸引いてやがる、綺麗な顔してどスケベ女が」

「はあぁ、はああ♥」

嘲笑すらもが脳天を揺さぶり記憶中枢を刺激してくる。良い格好だ、デカいケツを物欲しそうにふりふりさせおって――誰かの言葉が不意に耳に蘇る。そう、自分は誰かに尻を振って哀願していた。今と同じように犯してもらわんと媚びていた。夫にでないことは確信があった。

「お願い早くぅ、さ、さっきの半額でいいから、さっさと挿れてぇぇ♥」

「よっしゃ、俺が一番乗りだ！」

「んひィ♥　いいいイイィ♪」

大いに気を良くした男が背後から両手で尻を掴み、ずんと一気に深く突いてきた。

（あああああ、はいっちゃったぁ♥　アレク以外のチンポいれちゃったぁぁ♥）

すぐさま歓喜と官能が走り、軽く目が裏返るのを自覚する。

襲い来る背徳感の中、同時に直感した。夫以外のチンポを自分は知っている。誰かに貫かれた経験がある。恐らくは結婚前、それも繰り返し繰り返し何度も何度も。

（分かるぅ、だってアレクのチンポじゃないのにこんなに気持ち良くなっちゃうんだからぁ♥）

初夜でもそうだったが抵抗感なるものを微塵も感じないのだ。心は別としても肉体の方が生娘特有の畏縮を見せなかった。その時から奇妙はあったが今それが確信に変わった。

「うおぉなんだ、こいつのまんこっ、やべぇ！　メチャクチャ柔らけぇのに入れた傍からぐいぐい締めつけて離しやがらねぇぜ！」

「まじか？　早く俺にも試させろ！」

「はあはあ、あはぁぁ、チンポぉお♥」

背後で腰振る男を羨み次々とペニスを突きだしてくるゴロツキども。

クラウディアは歓喜と興奮、そしてさらなる飢餓感を覚える。さすがは無頼漢とでも言おうかその犯し方は乱雑だ。盛りのついた熊か何かにでも犯されているような気分にさせてくれる。群がるペニスは獣臭に満ち満ち腐敗した巣穴を妄想させた。

それら肉棒とて飢えて硬く、あたかも熱した焼きごてのよう。待ちきれず握ってしごいてやると、つんとした性臭を早くも漂わせ血管が荒々しく脈打ち始めた。

「あン、こっちも硬ぁい、こっちも、こっちのも、みんなしてびんびん勃起してるぅ♥手もまんこも熱くなっちゃううう♥」

（はぁあ素敵、チンポがこんなに、こんなにたくさん♥♥　イケるっ、たくさんイケるぅぅ♥）

その数ざっと6か7、いやもっと増えてきている。ニヤニヤとした笑みを張り付かせ牡どもが群がってくる。一人10回ヤったとしても100回近くはイクことが出来る。なんて幸運、なんて悦ばしい、牝の子宮が今回は狂うほどよがりまくれる！

クラウディアはだらしなく頬を緩ませ、心の底から夢中になって輪姦という名の淫行にのめり込んだ。

「あんあぁぁあん、もっとぉ、もっと突いてもっと奥までぇ！　そうそこ、擦り切れちゃうくらい引っ掻き回してぇえ♥」

「おおっおぉ、絡みつきやがる、引きずりこまれるっ、身体もすげぇがまんこも半端ねぇ、やべぇもうイクっ、もう出すぞ、おおぉ！」

「はぁあンちょおらい、中、ナカぁ、おっほおおおお♥」

——びゅぼっぶぼっぶぼぼぼっぼぼぼ！

獣臭溢れる汚らしいペニスから、これまた獣臭そうな体液が勢いよく膣奥に迸った。

「くるっ、イクぅ、せぇえきナカ出しお尻踊っちゃうう♥」

「すげぇ、し、搾り取られるぅ！　なんてぇまんこだ、まるで別の生きモンみてぇだ！」

一人目のゴロツキが喚いたように、牡を咥えこんだ膣肉と柔ヒダはきゅるきゅると蠢いて精液を吸い出していった。愛する夫以外の子種、にもかかわらず大喜びで飲み干していく。しかと子宮でそれを感じ、彼女自身も大いに悦び身震いをする。

「せぇえき美味しい、子宮でごっくん好きぃ♥　ナカでびゅるびゅる出てる、びっくんびっくんチンポ跳ねてる、ああンもっと、もっともっとぉ！」

「よっしゃ次は俺だ、どれほどのモンか試してやるぜぇ！」

息巻いた男が袖をまくって尻を掴み背後から貫く。精液でぬかるんだ熱い膣孔が再び牡で埋め尽くされる。

「あはっいいのぉ♥　その調子ぃ、休まずどんどんチンポ突っこんでぇ、ぬるぬるまんこ抉りこんでぇぇ♥」

「うおっ、まじでやべぇ、イったばっかのくせしてもう食いついてきやがる！」

当初男は息巻いていたが、いざ入れるとすぐにも遮二無二腰を振りだした。自信があったか知れないが早くも血管が脈打っている。射精が近い、その感覚が牝の肉体を昂らせる。乱暴なピストンも気持ちいい。なんという快楽、なんという蛮行、これぞ牡の猛々しさだと身に沁みて彼女は思う。

「ああっおほおおっ、しょ、しょんにゃに激しくしたりゃ、滅茶苦茶にされたりゃ、しゅ、しゅぐイッちゃううッ、おひ――――ブヒイイイン♥」

――びゅぶっびゅぶっぼぼっぼぼ！

次なる体液が中で解き放たれ子宮に愉悦が走った瞬間、クラウディアは無意識に滑稽な鳴き声をあげてしまった。

（アレク、ごめんなさいっ、生涯を誓いあったのに、アレクを、心から愛しているのにっ……！）

その間にも肉棒たちを手でしごきつつ、霞んだ理性が心の片隅にて悲鳴をあげる。

今もって己の行動原理が分からない。なぜこんな真似をするのか、なぜ彼を裏切るのか。夫への想いに一片たりと嘘はない。式の最中には感泣したほどだ。それなのになぜ、何が足りない？　どうしてこうまでも満たされない⁉

分からない、分かるのは快楽が、チンポが欲しいことだけ。今この瞬間とてチンポに囲まれ興奮に熱が冷めやらない。精子の感触に子宮がぐつぐつと煮立って止まない。尻が跳ね背筋がわななき乳首をびんびんに尖らせてしまう。

「はは、なんだこいつ、イクとき豚みてぇに鳴きやがる！」

無論これで終わりなわけがない、三人目が背後から挿し貫いてくる。鼻までヒクつかせ悦ぶこちらに嘲笑を浴びせかけながら。

（……豚？　私、が……？　そんな、そんなっ……！）

「おら手がお留守だぜ、もっとしごけよおらぁン！」

「オレは丸出しの乳もらうぜ、でっけぇケツみてぇな乳してよぉ！」

ケツみたいな乳――そうだ、そうだった。彼女は言われて、パイズリさせられて思い出した。こうしてチンポを挟んでしごくのもこれが初めてではない。以前は乳房も今より大きかった。目を疑うほどの巨大なチンポを谷間でたっぷりと包みこむために。あの男を悦ばせるために。

（あの、男……黒い……大きい……逞しい、身体……！）

あたかも鍍金《めっき》が剥がれるがごとく記憶の淵から浮かび上がってくるものがある。およそ人とも思えぬ巨躯は一体誰のものなのか。頭以上に身体が想起し始める。この手でしごいた覚えがある、この舌で舐めた覚えがある、今みたいに夢中で揺すってパイズリした覚えがある。

「チンポ、チンポぉぉ♥　私の手でイッて、おっぱいでイッてぇぇ♥」

――ぬぷっぬぷっタプッタプッたぷたぷむにゅむにゅっ！

――しゅっしゅっしゅっしゅっシコシコシコシコ！

――ぶびゅるっびゅるるっびゅう～～～！

激しさを増した手コキとパイズリに肉棒がわななき一斉に汚濁を解き放った。びちゃびちゃと周囲に飛び散り手胸顔中が白く汚れる。鼻を塞ぎたくなるくらいの濃厚な牡のにおいに包まれる。

「あはああンッ、素敵ぃ、チンポ、チンポどびゅどびゅっ♥　おほぉ、ほおおおんブヒイイイイン♥」

続けざま膣内にて精液が迸り子宮を撃ち抜くアクメが来た。一発一発は決して大きなものではない、なれど間を置かず募る甘美感に腸全体が悦びで打ち震えた。

「イクッ、イクゥ、ぶひ、ぶひぃいイイン♥」

「はは、まただ、完全に牝豚だぜこいつ！　どうしようもねえ牝豚女だ！」

「よっしゃ替われ、もっと鳴け豚女っ！」

「ブヒッ、ぶひぶひぃいイイイン!?」

——パンパンパンパンパンパンッ！

——びゅるっドクドクドクッ！

「ブヒィッおほおぎもぢっ、ぶひっぶひぃいい♥」

「そらそらまだ終わらねぇぞ、もっと鳴けおらぁ！」

——ずぷずぷずぷっ、プシャップシャアァ！

「ほおおっブッヒイイイイ♥♥　ブッヒョオオオ!!」

次々と犯され果て続ける中、滑稽な鳴き声をあげ続ける中、クラウディアは混濁しきった意識の奔流を彷徨う。

私は騎士だ、豚なんかじゃない。

違う、こんなのは違う……！

なぜ、どうしてイク時に決まって豚の鳴き声が出る？

分からない。理解出来ぬまま記憶の鍍金はさらに剥がれ落ちていく。ニタニタと笑む牙を生やした口元。広く巨大な鼻。長く尖った耳。肌以上に黒い髪、黒目を持たぬ白い両眼。

（そう、だ、あれはオーク……オークの、王……奴にこう鳴けと命令されて……！）

こうして膣奥を突かれるたびに、絶頂のたびに脳裏が蕩け、逆に記憶は明瞭になっていく。自分はあのオークに投降し身を委ねた、仲間のため仕方なかった、初めは死ぬほど辛かったが、そのうち身体に変化が訪れ次第に気持ち良くなって——

「おらイケっ、豚女ぁ！」

「コッチのお口がお留守だぜぇ！」

「おほっ♥　ふた孔ぁぁあ♥♥」

——ジュコジュコジュコジュコずもっずもっずもっずもっずもっずもっ！

——ジュポジュポジュポジュポパンパンパンずるずるっ！

そうだ、あの時もこんな風にあられもなく乱れよがったのだ。巨大すぎる肉棒を打ちこまれ腹がたわむほど奥を抉られたが、そこに絶大な快楽と目も眩むような高みを見た。

今また高みへと突き進むのは膣と肛門が共に貫かれ擦られていくからだ。二本同時はやはりキツい、圧迫感が並ではない。それでもあの巨根に比べればまだ生ぬるいくらいだ。

それほどにオークのチンポは太く、長く、硬く、刺激的だった。

「おじりのあなぎもぢいいいいぃいぃ♥♥　ぞくぞくずるぅ、おおおいぐいぐぅうう!!」

もはや粘膜という粘膜が快楽器官と化したかのよう。子宮も腸も胎という胎が激しい熱と愉悦で沸騰する。膝を抱えられ挟み撃ち《サンドイッチ》にされ蜜汁と腸汁とがひり出され散る。狂ったようにバタつく手足は巨大なオーガズムが差し迫る証拠。

「いぐいぐおおおおじりィまんごおおおおッ!!　ぶッ、ブヒ、ブブッ、ブヒ――!!」

自らも遮二無二腰を前後させ、ふたつの粘膜でチンポをしゃぶり尽くしながら思い出す。

ああ……そうか……私、とっくに……!

おぞましいほどの歪んだ快楽。

狂気じみた淫らな悲鳴。

壊れた玩具のごとき肉体。

真っ白になっていく頭の中。

アクメと共に訪れる強烈なフラッシュバック。すべて思い出した。古城での出来事、呪い、自己の喪失、オークの子を孕み国さえも売り渡した。

それら記憶の回帰に合わせ甘美感が胎奥で炸裂する。堪らず弓なりとなる背筋、ばるんと跳ね上がる釣鐘状に伸びた乳房、汁まみれの孔が泡噴きながら再度新たな汁を飛ばし、

「いぐっブヒッ、ブッヒイイイイいいいいいンンン♥♥」

――びゅくびゅくびゅくびゅくっ！　プッシャアアアアア！

かつて教わったオークの流儀、チンポに向けての腰振りと共に、彼女は果てた。

クラウディアとしてではなく――牝奴隷《エローナ》としての淫らな姿で……。

※

「――ふーっ、最ッ高の使い心地だったぜ」

「また頼むわ、牝豚ちゃん」

「「「へっへっへっへっへ」」」

すべてが終わったその頃には、すでに陽が落ち夕闇が辺りを覆っていた。

チャリンチャリンと澄んだ音がして、傍らの路面にわずかばかりの銭貨が転がる。

「はぁ、はぁ、ぶ……ぶひ……いぃ……♥」

ゴロツキどもが嘲笑を残して去っていく。

一人その場に残された女は。

肌という肌、孔という孔、毛という毛を汚濁まみれとした彼女は、度重なるアクメに緩んだ眼差しで、路上に横たわったままでいる。

「はぁ、はぁ……ゆる……さ……な、い……殺して、や、るッ……」

怒気とも恍惚ともつかぬ呟きが唾液だらけの唇から漏れる。

快楽中毒者と呼ぶべき今の自分。こうなったのもすべて奴のせいだ。あの穢らわしいオークの王――必ず見つけ出す。見つけ出して息の根を止める。骨肉の一片、血の一滴とてこの世に残してなるものか。

「絶対に、殺して、やる……絶対……絶対、に、だ……ッッッ!!」

しばししてからふらふらと立ちあがり、襤褸同然の衣服を纏い、汚濁を拭うことも忘れ、裏街の宵闇を歩いて戻る。

ふと気づくと、手の中にいくらかの銭貨があった。ゴロツキどもが置いていった金だ。激情に駆られ投げ捨てようとしたが、気が変わって寄り道をし、孤児院の子供らにそっと握らせた。汚れた金でも助けられる者がいる。果たして偽善か、それとも己への慰めか。立ち去った後も分からなかった。

幸いなことに帰宅出来たのは夫が戻る前だった。不幸だったのは、おかげで根掘り葉掘り聞かれなかったこと。異変を察してもらえていたならば、この後の流れは変わっていたかもしれぬのに。

(あのオークを討たない限り、この悪夢は……消せない)

思い出してしまったこと自体が一番の不幸なのは問うまでもない。だが思い出してしまったのだ。どうしようもない。覆水盆に返らずだ。

残された道は過去を払拭すること。でなければ夫との間に真の幸せは築けまい。

「……必ず戻ってくるから……それまで待っていて……アレク」

その夜最後に彼が抱いてくれたことを、幸福と共に胸に仕舞い込み。

寝静まる夫に軽くキスすると、彼女はそっと、夫婦の寝室を後にした。

クラウディア失踪が判明したのは、その翌朝のことであった。

※

「あひっ、おへぁ♥　あ♥　あ～～♥」

そこは辺境の名もなき小さな村であった。

村と言っても村人の多くは死に、残された娘らはオークどもの慰み者となって久しい。

およそ一年と半ほど前、手傷を負って王都より逃げ延びたゲルドロリックスは、今現在はその村に身を潜めていた。

(我ながら落ちぶれたものよ……人間どもに追われ、こんな辺鄙な村で息を潜めねばならんとはな……)

かつては数多いたはずの手勢も残るはほんの十数ほど。順調だったはずの研究もあと一歩というところで頓挫した。機が熟すのを待ったつもりだが知らず焦りが出たということか。

(この傷も……一年以上経っても完治せんとは。忌々しい小僧め、欲を出して手駒にしようなどと考えたのが間違いだった……！)

斬撃に乗った魔力の残滓が今も治癒を阻害しているのだ。逃れてなお苦痛を味わうなど思っても見なかった。

捕らえた村娘をさんざ犯すが気分は一向に晴れはしない。後先も考えず楽しむ部下どもに適当にくれてやり、奥の寝室に入り粗末な寝台に尻を乗せる。

「この程度の娘どもの子宮では、ただオークを孕むだけ……つまらん……もっと知、体、美に優れた極上の女でなければ……」

胸板に巻かれた包帯を撫で、失った右耳に触れる。

クラウディア――エローナ。

あの極上の肉が味わえぬのは、つくづく惜しい。長年をかけて探し求めた逸材だった。知、体、美すべてが揃った女だった。あの女だからこそ犯す意味があり悲願にも手が届きかけたというものを。

コルヴィアからほうほうの体《てい》で脱出して一年半。再興の兆しは未だ見えぬ。アグナイアス軍にもまんまとしてやられ手勢も大半を失った。まずは数を増やさねばならぬがそれも思うようにはいかず、こうして各地を渡り歩いては寒村を襲って糧を得る日々。

情けない、これではただのオークではないか。獣同然に野でのさばり人間どもによって狩られる有象無象と大差ない。せめて手傷がなければと思うも、どうしたところで今は彷徨に時を費やすしかない。

自分には大いなる野望がある。人間ごときには想像もつかぬ神代に有りし日の栄光への道筋が。現界を統べて満足する愚か者どもとは違う。その先をも見据えられるのは己をおいて他にない。

「――ム？」

と、一人思索に耽っていた時である。これまで聞こえていた村娘どもの嬌声が途絶え、代わりに部下どもの悲鳴が届いた。

（なんの騒ぎだ……追っ手か？）

いや、まさか。用心のため探知魔法は発動中である。察知されずにここまで接近出来るはずがない。

なれど部下の断末魔の悲鳴はすぐそこまで迫っている。間違いなく何者かが接近している。高位の術士の探知をもすり抜けここまで来られる者など、一体――

「探したぞ……国を出て半年間……ようやく見つけた……！」

「⁉　お前は……‼」

果たしてその者は、抜き身の長剣を利き手に携え、静かに戸口に立っていた。

初対面時と同様、否、それ以上の強い闘志を漲らせて。

「残るはお前一匹……滅びろ！　醜いオークめ！」

「クラウディア……！」

久方ぶりのその者の名を、ゲルドロリックスは口にした。

7章　ラスト・レター

コルヴィア王国に平和が戻って、そろそろ一年が経とうとしていた。

人々の表情にも笑顔が舞い戻って久しい。かつて地獄だった日々が嘘のような光景だった。

果たしてそれがいつまで保つのか――事情を知る者は不安が尽きない。

一年間という長い時間を消し去るという荒療治は、すでに各所で歪が見えていた。

違和に悩まされる者。肉体の変調を訴える者。失われた時間を欲し悪夢と知らず探し求める者。そしてそれらに胸を痛め続ける者。

騎士アレックスもまた、その内の一人であった。

「クー姉……一体、どうして……」

愛する妻が姿を消したのも、およそ一年も前のこととなる。

新居となった宮殿にある立派な肖像画を見上げて独り言ちる。絵の中の彼女はいつも変わらず美しい。けれど本物には敵わない。艱難辛苦が横たわったものの二人で乗り越え愛を誓い合ったはずだった。それなのにどうして突然失踪などしたのか。彼には分からなかった。

「!?　…………！」

突如咳が出て喉の奥からごぼりと血の塊が出た。

命を削った代償か——手のひらについた赤いものを見て、苦く笑みを浮かべる。

知恵あるオークに一撃を見舞ったあの時、彼は生命力を魔力に変換し限界を超えて動いた。結界術への抵抗で疲弊し重症までも負った身体では、そこまでせねば立ちあがることすらも叶わなかったのだ。

その代償は決して小さくない、目に見えぬ部分に巨大な爪痕がある。恐らくあと十数年ほどしか生きられまい。

それでも構わなかった。彼女さえ、クラウディアさえいてくれれば。それほどに愛していた。たとえ10年しか共にいられずとも人生を捧げるに値した。

「旦那様、お手紙が届いております……！」

侍女が血相変えてやってきたのは、手についた血を拭い去った時だった。

「クラウディア……奥様からです！」

アレックスもまた血相を変えナイフも使わず手紙の封をその場で開けた。

「クー姉……無事だったんだ！」

長きに亘る捜索も無為に終わり途方に暮れていたところだったのだ。生存の一報が得られただけでも希望を持つに充分だった。

——アレク。何も告げずに姿を消してごめんなさい。私はあの日、忌まわしい記憶を思い出しました――

喜び勇んで開封したアレックスだが、一文を読むなり、さっと顔色を変えた。

恐れていたことが現実となっていた。王都の人々と同様に、彼女の中の歪もまた露呈していたのだ。

強い狼狽に苛まれ、続けて文面に目を走らせる。


――私を穢したあのオークをどうしても許せず。決着をつけるべく探し求めること数ヶ月。

辺境の村で私はついに憎きオークを見つけ。一刀のもと斬り伏せようとしました。

けれど……私は見てしまったのです。

オークの……いきりたった雄々しいペニスを――

※

「おお……会いたかったぞクラウディア、我がエローナよ……！」

「あ、ああ……お、オークの、チンポ……♥」

それは、彷徨の末手がかりを掴み、村を訪れた直後のことである。

邪魔な雑魚どもをたちまちのうちに斬り伏せたクラウディアは、むき出しとなっていた亜人の肉棒が隆々と聳え立つのを目の当たりにしていた。

（あんなにデカかったのか、オークのチンポ……♥　あんなものを、今まで、ずっと……♥♥）

それを見た途端、下腹部に激しい疼きを覚えた。なんと立派な逸物か、人間の男など比にならない。数々の男を知った今だからこそ入れた際の刺激の大きさを想像せずにはいられなかった。

凄絶な笑みは憎悪ゆえか、復讐のその時を目前にしたがゆえか。

「ふ、ふふ、フフ……！」

——カラン……。

いや違う。身の内に燻《くすぶ》る飢えた衝動が表面化したためだ。

「はぁはぁはぁ……♥　チンポぉ……レロレロロッッ♪」

気づけば手にした剣を取り落とし、跪いて舐めていた。黒々と隆起した憎き敵の憎き肉棒を。犬が主人に跪いて尻尾を振って媚びるかのように。

「おおっと、もう待ちきれなくなるとは。やはり私が忘れられんかったようだな」

「レルレロッ、はぁはぁ、臭ぁい、美味しぃい♪　苦くて吐きそうでぇ、じゅるっ、堪んないぃ♪」

当初の目的すら早くも霞み、床板に膝を突き夢中になって舌肉を這わせていた。

長らく探してようやっと見つけたチンポなのだ、味わわずになどいられるものか。愛する夫を置いてまで遠路はるばるやってきた、せめてその見返りくらいは——

（ハッ!?　な、何を馬鹿なことを、私はこのオークを討ちに来た、はず……！）

すぐにも身を蝕む獰猛な欲求に内心激しく狼狽した。何が見返りか、こんなもの欲しくて旅を続けてきたわけではないのに。苦難を乗り越えてきたわけではないのに、と。

（でも……やめられない、止まらない、口が、舌が勝手に動いてしまう、こんなチンポ目の前にしてるとぉ……♪）

自問自答を繰り返す中、不意に脳裏を過ぎっていったのはこれまでの長い道中であった。この半年間ずっと手がかりを求め各地を渡り歩いた。危険にも度々首を突っこんだ。決して楽な旅路ではなかった。

しかし何より苦しかったこと、それは日増しに膨らむ肉欲であった。夫の元を去ったため疼きを癒やすには道中で男を漁るしかなく、生きずりの男どもを来る日も来る日も食い漁った。我慢など出来なかった、そうでもしなければ眠れもしなかった。それでも所詮人間相手では真に満たされる日は来なかった。

それなのにどうだ、このオークのチンポときたら。サイズ、形、苦み、硬さ、どれをとっても素晴らしいのひと言、舐めるだけですらたちまち濡れてきてしまうほどだ。これほどのモノを目前にして貪るなと言うほうが無体に思えてならなかった。

（どうせ……これっきり、これっきりなんだ。そうとも、最後に一度くらい楽しんでいいはず、思いっきり感じまくらなきゃ……♪）

迷う己へ詭弁《きべん》という名の免罪符を与え、しきりに舌肉を這わせ手ですりすりと撫で擦る。

咥えるのは無理だ、大きすぎるため口に収まらない。だがそれがいい。一度で隅々まで味わえぬからこそ舐め甲斐があるというもの。強くなっていく臭い性臭もゾクゾクときて堪らない。

「いいぞ、尻まで振って舐めおって、いやらしい牝だ。柔らかい舌がぬるぬると張り付いてくる……！」

愉悦を口にするオークの王は、すでに肉棒が濡れていた。先の村娘らを犯した後なのだろう。羨ましい、こちらは半年もの間ロクなチンポに出会えなかったというのに、娘らはこの巨大なチンポで散々犯してもらえたのだ。

「んっんっレロレロレロッじゅるる、おふぅ♥」

そう考えると飢餓感がいや増し抱き着く形で肉棒を両腕でしごいていた。だらだらと唾を出し腰まで振って、舐めながらマン肉をこすりつけていった。

「じゅるるっ、チンポ硬ぁい、血管太ぉい、舐めてるだけでまんこ火照るぅ♥」

いつしか全身から汗が浮き、着慣れた赤の騎士装束が肌にぺったりと張り付いていた。乳首が勃起し浮いているのが自分でもよく分かる。下腹が熱を帯びているのも尻までぱんと張ってくるのも、小さなショーツがぎゅっと食いこみマン汁を浮かせてヒクついているのも、勝手知ったる習慣のごとくいやにはっきりと自覚出来る。

舐めるだけで済むのなら重畳と心のどこかで思っていたが、やはり無理だ、我慢なんて出来ない。ぐちゅぐちゅになった牝マンコにぶち込んでもらわねば収まらない。

クラウディアは自ら騎士装束の腰前をはだけ、あらわとなったショーツをも破り捨て、立ち尽くすオークの胸に縋った。

「はぁはぁ、は、早く、入れろぉ……♥　穢れたチンポ、私のまんこで粛清してやるぅ♥」

がっと尻たぶが掴まれると同時、背後に回った片方の剛腕が腰布をびりりと派手に引き裂く。

そして丸裸となった下肢、そのとっくにびちょ濡れの淫らな膣孔に、巨根がめりめりと入りこんだ。

「ああおッ、おほおおお♥♥」

――そう、気が付けば私はオークに犯されてました。自分から抱き着くようにして真正面から貫かれてたのです。

その時味わった感覚ときたら、もう気持ち良いのひと言で、入れられただけで頭の中が甘美な薔薇色に染まってしまって――

「おおおお！　これだ、この膣肉の味！　チンポに絡みついてくる、精を搾り取ろうとうねりよる！　極上の淫肉よ！」

久方ぶりの挿入感にオークの王は歓喜ばかりか感動をもあらわにした。むき出しの尻たぶを両手で抱え込み、心の底から嬉しそうに、確かめるようにして腰を振り粘膜を擦る。

対するクラウディアもまた歓喜をあらわとした。所狭しと膣内をみちみちと押し広げる肉棒、その力強い圧と刺激はまさに至極の甘味のごとくだった。

「あうッ、ひッ、おう♥　おほおお♥」

堪らず漏れ出る舌と嬌声。鼻がヒクつき喉が震え、背筋が愉悦で痺れると共にくびれ腰がクナクナと回る。視界がぶれて霞んでいるのは瞳が半分裏返るせいか。

その反応はあまりに淫靡《いんび》で、他者が見れば男に媚売る節操のない淫女と思うだろう。さもありなん。心はともかく身体は早速媚を売りまくり、早く精を搾り出さんと自ずから抽送を行っていた。

「ひぃひぃおふぅおふぅ♥　き、きも、ぢぃ……このチンポ、サイコォ♥」

「私もだ！　このまんこに勝るものはついぞ見つからなかった！」

オークの王は手近な寝台に場所を移し、牝を仰向けに転がしてから胸の衣装をもばりばりと引き裂く。

途端にたぷんと柔らかに揺れ出るオークの手にすらも余る爆乳。

ピストンが勢いを増していくにつれ、そのふたつがぶるんぶるんと派手に縦揺れする。

「あの日お前を手放したことをどれほど悔やんだか……お前もそうだろう？　人間ごときといくらヤッても満足などできまい？」

「おほぉほおぉ、だ、誰が、貴様なんかにぃ……♥」

口ではそう抵抗したが、単なる虚勢に過ぎぬことは身体が雄弁に物語っていた。揺れ惑う乳房を隠すでもなく激しいピストンを拒むでもない、鼻にかかった嬌声をあげ続け寝台の上にて豊尻を跳ねさせる、これで何がごまかせるというのか。

「ほおぉほおおッ、こんにゃの、この程度ぉぉ♥♥」

「無理をするな、マンコがぐしょ濡れだぞ！　粒でいっぱいの柔らかい肉ヒダもさっきから絡みついてしょうがない。感じていないわけがなかろう！」

「ちぃ、違うぅ、感じてにゃっ、感じッ、おおおお♥♥」

「悦べっ！　久方ぶりに本物の快楽を味わわせてやるぞ！」

――ズンズンズンズンズプズプどちゅどちゅ！

――ビクンビクンビクンビクン！

体重をかけた重々しいスパートが女体と膣孔とを果敢に襲った。脆い寝台がギシギシと軋みをあげ半裸の女体がその都度悶え跳ねる。太長い剛直を呑み込む腹がぼこぼこと膨れては縮むを繰り返し、胎内をまさぐるペニスの存在をこの上もなくはっきり物語る。

自らの肉体の反応に戸惑い、それでも女は快感に蝕まれ恍惚の面持ちで喘ぎ続ける。今もって信じられない。首より太い逸物がこの胎に収まるなんて、下腹部が膨らみ形が浮くほど強烈な圧をかけられるなんて。それでも一切苦痛を感じずただただ気持ち良いばかりだなんて。

「んギッおおッおおお!!　いぃイグッ、もおイグッ！　しゅごっ、チンポおおお♥♥」

今改めて確信する。自分は間違いなくこのチンポに犯されまくったのだ。気が狂うほど貫かれ続けて肉体がそれに染まった。人外の巨根の虜とされた。だからこんなにも感じるのだ、子宮が悦びに沸騰するのだ、蜜汁をどばどばと垂れ流すのだ。

この半年、旅先で数え切れぬほどセックスをしたが、今ある快楽はそのすべてを容易く凌駕《りょうが》する。ハメられて嵌ってしまう。頭の奥がチカチカと明滅する。酒に酔うように感覚が酔い痴れ何ひとつ考えられなくなって、開いた両足がバタバタと大きく痙攣し始め、

「さあ出すぞ！　久しぶりの濃厚精液をたっぷりと子宮で味わえ！」

「ひグッおおおイグッせぇしイグぅぅぅ♥♥」

——ズンッ！　どぶっどぶっどぶっどぶぶびゅるるる～～!!

そしてついにその時が訪れた。目も眩むような凄まじい快感、五感が飛ぶほどの膨大なアクメ。鋭い衝撃と膣内射精とがそれをもたらしてくれたのだ、子宮粘膜すら真っ直ぐ打ち抜き卵巣さえをも愉悦で満たしてくれたのだ。

(これよ、この快感～～ッ♥　思い出した、思い出せた、やっと、やっとぉ♥)

長らく手の届かなかった場所に、今ようやっと手が届いた。本物のアクメ、本物のセックス。これぞ至福と言える感覚に心も身体も歓喜に踊り狂う。

「はあはあ、あへ……ほひぃ～～……♥」

ぬぷっと肉棒が引き抜かれても、まだアクメがしばらく続く。大きすぎたということだろう、余韻のみでさえ相当なものだ。全身が弛緩し腰が抜けたように力が入らない。

——本当に腰が抜けたかと思いました。たった一発の中出しだけでそれくらい感じてしまったのです。

先にもあった通り、貴方のもとを去った後も何度となく私は男たちとセックスしました。

記憶が戻った私は丸一日だってチンポなしではいられなかったのです。

情報を求めて当て所《ど》なく彷徨い、折を見ては見知らぬ男どもを漁る日々。

けれどオークとのセックスは、どれも比較にならないくらい気持ち良いものでした。

気持ち良くて……気持ち良くて……私は快感に酔い痴れるばかりでした。

けれど心まで許すつもりはありません。

許すつもりは毛頭なくて、私は——

「はぁはぁ……私をイカせても……む……無駄だぞ……！」

彼女は負け惜しみなどではなく、確たる自信を持って息を荒らげたまま、そう告げた。

「淫紋を刻んで記憶を奪い、また私を肉奴隷にするつもりだろうが……残念だな、対魔法防御は完璧だ……！」

だから、と続けて寝台で身を起こし、今度は相手を仰向けに押し倒すと、自ら跨って肉棒を咥えこみ、豊かな尻たぶをたっぷりと揺すった。

「だからぁ……いっぱいイッても大丈夫……♥♥　んひ♥　ほ、んほぉ♥」

初めて、この亜人に犯されてから初めて主導権を取れたのだ。これまでは呪いのせいでずっと翻弄されっぱなしだった。自分では何ひとつ制御出来ず一方的にイカされるだけだった。けれど今回は違う、自分で動きたいように動き感じたいように感じられる。好きなタイミングでアクメ出来る。なんて素晴らしい、まるで最高の自慰のようだ。

「んほッおおおお♥　大ぎいッ、太いぃ、奥まで届く、子宮潰れりゅうう!?　ごりごり開く、入り口開いちゃうッ、感じりゅッ、おおほおお♥♥」

杭打つように尻を打ち付け黒い剛直を自らの孔に突き立てる。暴れ馬にでも乗るがごとく全身をたわませ衝撃を受け止める。大きく膝を使って弾み豪快に腰を上下させていく。

「ぎもぢッぎもぢいぃ～～!!　アレグのおチンポより、だれのよりぃ～～♥♥」

じっくりと堪能するつもりでいたが、じきに身体は我慢を放棄し夢中になってチンポをしゃぶっていく。人外の巨根はやはり刺激的でひと突きごとに子宮ごと内臓をどすどすと持ち上げる。覚えている、この肋骨が軋む感覚、肺腑《はいふ》まで圧迫される感覚、壊れんばかりの灼熱の官能、どれもあの頃のままだ。否、長らくおあずけを食らったせいか迫り来る官能はそれより上だった。

「おほおッおほおッおほッほッほぉォイグっ、イグっ、ぎもぢッ、イグぅぅ～～!!」

自ら刺激を欲したゆえか呆気なく高まり一気に絶頂へと昇り詰めた。電撃に似た快感が走り背筋がびくびくと弓なりに震える。ばるんと爆乳がひとつ跳ねあがり汗珠をぱぱっと周囲に散らす。窄まる膣口が肉サオを食い締め歓喜もあらわにきゅうきゅうとわななく。

――どぶっどぶっドビュルッドキュルルルル～～ッ!

「おッおッおッほおおおおまだイグうううう♥♥」

そこへ見計らったかのように襲い来る膣内射精という名の激快楽。突かれ潰れていた熱い子宮が今度は種汁でみるみる膨らむ。呪いも淫紋も関係がない、一匹の淫らな牝と化した肉体すべてが悦びに押し包まれた。

「せぇしぎもぢいいぃ、ナカ出しぎもぢいいぃ♥　これだこれぇ、これが欲しかったのぉぉ♥♥」

膣アクメと中出し子宮アクメ、同時アクメを味わってもなお、彼女はしきりに尻を振って膣粘膜で巨根をしごいた。

こうしてみると改めて分かる、このチンポの雄々しさと獰猛さが。二、三度射精したところでその硬さは一向に萎えることがない。逆になおさら敏感になるのかより硬度を上げ脈動を速くする。夫の、人間のそれとは雲泥の差で、無尽蔵とも見える欲望にこちらこそ圧倒されそうになる。

それでいい、こちらも肉欲は有り余って久しい。この程度では終われない、まだまだイカせてもらわなければ。ノンストップで尻を振りながらクラウディアは嬌声をあげ続ける。

「おおッおおッおおおッ♥　いいッ、いいいのお♥」

「イグっまだイグぅ、子宮ッ、カラダぁぁ♥」

「まだ出しでッ、せぇし、あつあつの精液ぃ、おッッおほおおぐるうイグイグぅ～～♥♥」

溺れに溺れ何もかも忘れ、文字通り日がな一日、牡に跨り貪り続けた。快楽の波は途切れることがない。一度感じて一度イッたらまたすぐに次が来る。動く限り、肉ヒダをたっぷりと擦りつける限り、身も狂いそうな熱と官能とが延々と胎と腸を押し包む。屋内に充満するむせ返りそうな血臭でさえ、とうに気にならなくなっている。溢れ出る両者の体液がそれを覆い隠している。鼻腔すらもが性臭一色で嗅覚が馬鹿になりそうだった。

「あはは、覚えてる、何度イッても覚えてるぞ！　積み上げた技を！　魔法を！」

すでに日が替わり朝陽が昇って昼となっても、彼女はまだ腰を振っていた。快楽で緩みきった笑みに勝利のそれを織り交ぜ、己に刻みつけるがごとく激しく腰骨ごと叩きつける。

「おおォッぉおほぉ♥　主君をぉ、父を母を、部下を、愛するアレクをぉ、もう忘れるものか、私の大切な人たちを！」

腰も振らず黙して笑っている憎きオークの王に対して、彼女は両手を後ろについて身体を支えながら、踊るようにして腰と背筋と爆乳とを振り乱す。

そして叫ぶ。今一度来る巨大なアクメと勝鬨を混ぜた歓喜の言葉を。

「私は誇り高きコルヴィア王国サヴィーナ騎士団団長ッ～～クラウディア・コンスタンツィだ、あはははは!!　――あへぇああッおッおッおひぃィィ～～～～♥♥」

――プシャップシャアアアアァァァァ！

恍惚の表情でグンと仰け反り、天を仰いでひと際大きなアクメを味わう。潮を噴く。汗珠を撒き散らす。長い桜髪を背後に垂らし、ガクガクと打ち震えそれを揺らす。

「くく、派手にイキ散らしおって……」

すでに20発は出したというのにオークの王には疲弊の色もない。ニィと牙持つ口端をあげて愉悦混じりの嘲笑を作る。

「どうした。私を斬るのではなかったのか？」

「はぁはぁはぁはぁはぁ、あと一回……あと一回イッたら斬ってやる、だから……もっとイカせろぉぉ！　もっと……もっとぉぉ！」

「くく、そうかそうか。ではお望み通り、あと一回で済ませてやろう」

「うぅ、うるさいぃ、いいから早くしろぉ……！」


——結局、私は斬れませんでした。

一回なんてすぐ来てしまいました。数分と経たずイッてしまいました。

でも、それでは足りなくて……やっと見つけたチンポだというのにこれで終わりだと思うと辛くって……。

一体どれくらいセックスしていたのか……三日？　一週間？　覚えてません。食事も睡眠も忘れてたのは覚えています。

今までのセックスでは決して得られなかった、満ち足りたまどろみに浸っていました。

ずっと、ずっと、時が過ぎるのもすっかり忘れて。

だから、私は——

「グブブ、どうした。何度もイッたというのにまだ私を斬らないのか？」

「はぁぁ、あへぁぁ……っ、き……斬ってやる……す、すぐにでもっ……」

そのやり取りがあったのは、身体中が快楽に蕩けきり脱力してしまっていた頃だった。

乱暴に左腕を掴まれ吊るし上げられたクラウディアは、覇気など微塵もない表情で、それでも抵抗の言葉を発した。

「はぐうぅ♥♥」

「無理だな。骨の髄まで牝奴隷《エローナ》のお前にはな！」

しかしまたしても貫かれれば、口から出るのは甘く蕩けきった淫牝の嬌声のみ。

「それを今からたっぷり分からせてやろう！　そぅら、大股を開いてな！」

「はッあはぁほひィィ♥♥」

床に立ったまま片足を持ち上げられ開いた恥部に肉棒が突き刺さる。不安定な体勢からの豪快なグラインド。角度が変化したおかげで膣側の肉ヒダが激しく擦られ、新たな官能に太腿がぶるぶると痙攣し始める。

「おほっおお♥　ほひっほっ、おほぉまだイグぅぅ♥」

「やせ我慢など無駄だと知っているだろうに！　また続けるのか？　古城での日々を？　自分を偽って？　結局最後はちんぽ欲しさに跪くのに？」

「ひぃひぃ、だぁ、だまれぇ、おひほっ、イグうう潮でりゅううう♥」

「勝負はとっくについているのだ、認めろ、受け入れろ、お前はエローナ、完全無欠の性奴隷だとなあ！」

「おひっおほぉ、まだイグっ、イグぅ、まんこっ、ぶひょおおぉ♥」

（違う、私は性奴隷じゃない……私は……私はぁ…………っっっ‼）


――飛びそうな意識の中、思い浮かんだのは貴方でした。

アレク……貴方のもとに帰らなければ……そのために来たんだ……。

だから、私は……今度こそ私は――！


（――私は復讐を遂げる！　性奴隷になんかならない、復讐を遂げて帰るんだ！）

またもアクメしぬぶっと肉棒が抜かれた直後、彼女は全身全霊で横に飛び、床に転がった剣に手を伸ばした。

（帰る……アレクのもとに！）

――ザシュッッッッ！

声なき裂帛《れっぱく》の気合と共に、剣は袈裟懸けに斬り払われた。

肉と骨を断つ重い手応え。内臓を捉えた確かな感触。

「ク……ラウ……ディア……！」

呆然とした様子の黒い巨漢が、どしんと音を立て簡素な板敷きの床に倒れ伏す。

遅れて舞い上がる赤黒い血。クラウディアはぜぇぜぇと息を荒らげたまま、己が勝利を確信した。

「は……あは、あははは！　やったぞ！　この汚らわしいオークをついに倒した！」

汚濁と体液にまみれた顔に、達成感に満ち満ちた晴れ晴れとした笑顔が浮かぶ。

「帰るんだ……！　アレクのもとに帰って――そして………」

………帰る？　元の暮らしに？　半年前の、あの地獄の日々に？

地獄、そう地獄だ。ロクなチンポもなければ快楽もアクメもない飢え渇いた苦悩の日々、あそこにまた舞い戻るというのか？

半年かけてやっと見つけた極上の快楽をかなぐり捨てて……

「ああ――ああ………あああ゛あ゛あ゛あ゛ぁあ～～～……!!」

直後に彼女に襲い掛かったのは、理性と感情が捩《ね》じ切られるような耐え難い懊悩と絶望であった。

あの日常に舞い戻らなければならないのか、水もなく枯れ果てる華のごとし憔悴を味わわねばならぬのか。何故己は旅立ったのか、何故己は苦しんできたのか、何を求めてここまで来たのか、何に縋ろうとしていたのか。

――私はやっと気づいたんです。ずっと求めてやまなかったもの、探し求めてきたもの、その正体に――

「私……私はぁ…………あ、ああ……あああぁぁ～～……!!」


――――

――――

――――

――――


「――あ……へ……?」

――びくんびくん、プシャアァァ……!

はた、と。

我に返って視線をあげれば、そこには見慣れた黒い巨漢と、己が噴き出す濁った体液の飛沫があった。

一体何が起こったというのか。ついにやった、やってしまった、そう思ったばかりだというのに。

「ぐぶぶ、どうした? 悲鳴なんぞあげて」

オークの王、ゲルドロリックスが、断たれたはずの巨躯を揺すり、悠々とした態度で緩く抽送を続けていた。

「どんな恐ろしい夢を見た? 私を殺した夢か? ん?」

「バ……カにゃ……お前はぁ……今、確かに斬ってぇ……」

身の内を駆け巡る膨大な感情に、エローナは心底から震えた。

分かっていると言わんばかりにゲルドロリックスが笑って語る。

「幻覚魔法だ。お前が殺意を向けると同時に発動するよう仕掛けた」

「幻……覚？　だって私、魔法防御を……」

「通常なら無理だろう。お前ほどの騎士が本気を出せば私とて術をかけるのは難しい」

しかし、とゲルドロリックスは膣から肉棒を抜きつつ続けた。

「イキ狂った無防備な状態なら解呪など造作もない。散々イキまくっていた間に手を打たせてもらった」

己が失策をきちんと理解するよりも早く、そのまま無造作に床に放られる。汚濁まみれの肉と肌とがべちゃりと湿った音を立てた。

「たっぷりと肉欲を貪り尽くしただろう？　淫紋のような搦め手は使わぬ」

「はぁ、はぁ、っっ……あ…………!?」

「さあ、もう一度選べ。騎士か、それとも我が牝奴隷《エローナ》か!?」

「はぁはぁはぁはぁ……！」

放り出された先には、手にしたと思いこんでいた長剣が転がっていた。

先王より賞賜された魔力を帯びし深紅の宝剣。最高の騎士のみが帯剣を許された名誉と誓いの象徴。

拝命の儀を行う上でも必ずや用いるその宝剣を前に、彼女は……。

――そう、私は――私は――

「お前に選ばせてやる。私は慈悲深いからな。――さあ……どっちだ！」

「ッッ～～～ああ……‼」

――ガッッッ……！

――プシッ……ジョォォォォ……！

「ヒヒ……ブヒィィィンン……♪」

――私は迷いませんでした。ほんの一瞬も。

アレクは知らないと思いますが、オークにとって勝者の前でお小水を垂れ流すのは、相手に対して完全敗北を認める行為です。

私は王より授かった剣を手に取り、ガニ股になっておまんこを近づけ、盛大にお小水をぶっかけました。ゲルド様に敗北の意を示しました♥

私はオークの牝奴隷《エローナ》になることを選び、そこで固く誓ったのです――

「ゲルド様の魔法のおかげで私ようやく目が覚めましたぁ♥」

そうだ、そうだったのだ。ようやくにしてすべてを思い出せた。私は何よりもオークチンポが大好き。これなしには生きてはゆけぬ真性生粋の一匹の牝豚。

紛うことなきエローナの名を冠する存在なのだ、と。

あれほど執拗に探し求めたのも、憎悪からではなく、この人に会いたかったがため、オークチンポが欲しかったがため。自分自身の本当の望みを、この時やっと理解した。幻覚による喪失感が、それを教えてくれたのだ。

「身体だけでなく心も私のものになるというのか」

ゲルドロリックスは珍しく嘲笑とは別の笑みを作り、エローナのまろやかな尻を抱き寄せた。

「やはりお前こそ我が性奴隷に相応しい。クラウディア、いや……エローナよ」

「はい、ゲルド様……♥　どうかキス……してください♥」

「よかろう」

小さな笑声の後、獣臭い幅広の唇がこちらのそれと重なった。

彼女は、エローナは恍惚に小さく身震いした。彼とは何度となくセックスしたが、思えば接吻はこれが初だった。

「は、んンー……♪　あン……ジュ……♥」

脳髄が、口蓋が蕩けていく。相手の異様に長い舌を吸い、己の舌を絡ませ、啜りあう。まるで恋人同士のキス。これぞ恋、これぞ情愛、そう呼ぶのがあまりに相応しい。

「あッ!?　あ♥　あぁ♥　ゲルド、様ぁ……♥」

やがて訪れた膣肉を割り開いていく感触も、こうして接吻を交わしていると、無性に愛おしく思える。当初は激しい苦痛に苛まれた身の毛もよだつほど巨大なチンポ。けれど今ではそれが恋しい。入れるだけで隅々まで膨らむこの膨張感が堪らない。

「あッあッもっとしてぇ、もっとぉ、ゲルド様ぁぁ♥」

――それはまるで初夜のようにドキドキするセックスでした。

甘くて、嬉しくて、心までうっとりするようで……強く、強く、抱いてほしくって。

今まで何を葛藤していたのか不思議なくらい胸がときめいて――

「もっと抱いてぇ、もっと強く、おほぉんぎゅっとぉぉ♥」

――初めは互いに抱きあったまま膝を交えての交尾セックスでした。逞しい、とても逞しい彼の体躯はとても足では抱え込みきれません。でも素敵でした。最高でした。だって彼の大きな身体に包みこまれるような感覚の中で、デカいチンポをいやらしいマンコにたっぷりとぶち込んでもらえたのですから――

「ああンもっと、もっとしてぇ♥　獣みたいに後ろからずぼずぼしてぇン♥」

――恋人気分で楽しんだ後は発情期の犬みたいく後ろからも交尾しました。お尻をしっかりと掴んでからの抉り込むような熱烈な交尾。子宮もしきりに悦んでいて、精液欲しさに完全に降りてぱくぱく口を開けていました。

　この時もずっとキスしたままでマンコもお口も蕩けそうでした。濡れたマン肉がきゅんきゅんと締まりいやらしいヒダヒダがぬるぬる動いて、それはもう幸せ、オークチンポに首ったけです。溶けて混ざるほど粘膜を擦り合わせ壊れそうなほど突いてもらい、とどめに中に出してもらえた時には最高に気持ち良くて――

「おほおッッきてりゅううナカ、ナカぁ♥　マンコイグ、子宮もイグぅぅぅ♥♥」

――最高に感じて最高にイけました。お小水みたくたくさん潮が飛び暴れるくらいにのたうちました。嫌悪感なんてこれっぽっちもありません。彼の精子で子宮が満ちるのがこの上もなく幸せでした――

「はぁはぁ、どうか、どうか私に、あなた様専用の性奴隷の証……淫紋をもう一度刻んでください♥　二度と消えないよう、深く私の奥底にまでぇ……♥」

――私はそう言ってなおもケツを向け、マン肉周辺をぷにぷに押して自分でマンコを開きました。中はとっくに精液でどろどろ、子宮も膨らんでお腹もぱんぱん、でもまだ足りません、もっと欲しい。本物のアクメは淫紋あってこそと気づいたのです。あれは呪いなんかじゃなく私が私である証。あの時の私こそが本当の私。そう理解出来たんです――

「よかろう、前とは違う特別製のをくれてやる！　さあ突くぞ、ぐちょぐちょになったいやらしい牝マンコをな！」

「はあぁあッおおしゅごいいいびびぃぃぃ‼　私の一番奥までくりゅううう♥♥」

――もう最高の上の極上でした。グルド様のぶっといモノがマンコを越えて子宮の中にまでめり込んだのが、はっきりと分かりました。その時初めて知りました。何度も何度も突かれたおかげでマンコだけではなく子宮まで性感帯になっていたことを。当然でしょう、毎回毎回ひしゃげては潰れ壊れるほどノックされたのですから。痛いくらいに押し広げられて子宮口すらも敏感になっていたのですから――

「おっきぃのめりめり入ってくりゅ、子宮膨らみゅ、おおッおおお‼　にゃかでずこずこ気持ち良すぎりゅッ、イッぢゃう、イッぢゃうううッ♥♥」

「そうだ、この熱く蕩けきった子袋に直接刻み込んでやろう！　おおいいぞ、こちらもうねうね蠢いておる、なんという淫らな子袋、私の子を孕むに相応しい！」

「はぁあはいいッ、来てぇ、孕ましぇてぇえ‼　きじゃんでくりゃしゃい淫紋ッ、子宮ッ、オーク専用の孕み孔ぁぁぁ♥♥」

――膨れたお腹が激しく燃えていくのを私は強く感じました。子宮のお口までマンコみたいにチンポをしごいているのが分かりました。きっと身体までゲルド様の赤ちゃんを孕みたがっていたのです。交尾交尾、セックスセックス、中出し中出し、種付け種付け、それで頭がいっぱいになって四つん這いで無茶苦茶にケツを振って振って――

「注いでやるぞ、私の子種を！　今度こそ離さん、必ずや孕ませてやる！　二度と消せぬ淫紋を与えてやる！　さあイけ、イッた時にお前の魂に刻まれる、永遠に消えない性奴隷の証が！」

「はあぁああ～～なるっなるぅう♥♥　オークさまの性奴隷になるうううう♥♥」

「おお、嬉しいぞエローナ！　さあイけ、子宮で中出しアクメするが良い！」

「おほおッおおお～～～ッッッブヒイイイッィィィイイ～～～ンンッッ♥♥♥」

――ドキュルッドキュドキュドキュドキュルッドキュドキュルルル‼

――プシャアアアアアアア‼

――私は人生で最高の瞬間を迎えることが出来ました。マンコを介さず直接子宮に射精してもらい、物凄い量の精液を注ぎ込んでもらったのです。それはもう凄い量で、今度こそお腹がはち切れるかと思いました。子宮がみるみる膨らんでいくのがはっきりと分かるのです。種で満たされるのがこの上なく幸せだったのです。天にも昇る感覚とはこのことだと思いました。

そしてその瞬間、身体の隅々までゲルド様のものとなったのが分かりました。以前あった場所に再び淫紋が現れたのです。それはそれは強力な、魂にまで刻みつけられるようなものを。その時私が覚えたのは、快感だけでなく、強い愛情もありました——

「その淫紋は特別製だ、私の命と繋がっている。私が死ねばお前も死ぬ。だが私が生き続ける限り、お前も死も老いもない」

——ゲルド様はそう言って、永遠《とわ》の契りをくださいました。今や私たちは決して切り離せぬ間柄。命さえもひとつとなったのです。私たちを分かつものはもうこの世にはありません。私は永遠にゲルド様の牝奴隷です——

「不老の研究を完成させ長きに亘りお前を犯して犯して……たっぷりと子を孕ませてやろう。お前は選ばれたのだ。いずれ私が築く王国の国母となるのだ、我が性奴隷にして妻、エローナよ」

「はあはあはあはあ……はい……ゲルド様……♥」

※

――私はセックスが好き、大好き。

なのに愚かにも自分を偽り彼を殺そうなどと。

ありがとうアレク。貴方とのつまらないセックスが、あんなにも穢らわしいと思っていたオークのチンポがどれほど素晴らしかったか気づかせてくれました。

それだけではありません。貴方がいたから私は騎士になった。騎士になったからゲルド様に出会えた。貴方のおかげで私は真実の愛を知ることが出来ました。

一度は淫紋に屈したことを恥じましたが、あの時の私は間違っていました。

今、私はとても幸せです。性奴隷の毎日は気持ち良いばかりです。なんの後悔もありません。

だから心配しないで。今まで本当にありがとう。

そして……さようなら。アレク――


「――――う……あ……あぁ……!!」

手紙をすべて読み終えたアレックスは。

生きたまま腸を引きずり出されたような、筆舌に尽くし難い苦しみを味わっていた。

「ありえない……こんなの……クー姉は強くて、誇り高い騎士で……！」

手紙にあった手記の内容は、あまりにも無慈悲で残酷だった。よもや知らぬ間に記憶が戻り一年もの間、自ら行方をくらましていたとは。旅先で次々と男を漁った挙句、ついには怨敵に膝を折り、自ずから性奴隷の道を選ぶなど。

考えられない、呪いの力も消去してあったというのに。以前とは違う、記憶消去と人格再編により自我を封じられていたわけではないのだ。

それほどまでにオークがもたらした快楽は凄まじいのか。すべてを取り戻してなお、そのすべてを捨てさせるほどに。

「いや……この目で見ない限り信じない！　これはきっと罠だ、あのオークが仕組んだんだ！」

アレックスはかぶりを振って冷静になろうと努めた。極めて詳細に記されていたが、これが真実とは限らない。文面などどうとでも作れる。筆致は確かに彼女のものだが強要された可能性もあろう。

懸命に心を落ち着かせ、手紙を強く握り魔力を放つ。妻には及ばぬがこれでも別騎士団の長なのだ、並の騎士以上に魔法の扱いには長ける。

(今なら手紙についてる僅《わず》かな魔力残滓を辿って……遠見の魔法でクー姉の今の姿を確認できる……！)

内心の怖れを押し隠しつつ、きつく目を閉じ念を送る。どうか嘘であってくれ、無事な姿を見せてくれ、そう祈りながら。

「――ぶぴょおおぉぉおおンンン♥♥」


果たして。

願いは無残にも打ち砕かれた。完膚なきまでに砕かれていた。

遠見の術にて見えたもの、それは、

「おッおッおぉぉおお!!　ぎもぢッ、ゲルドしゃまぁ、ぢんぽッ、まんごッ、ボテ腹ああ♥♥」

それはかつて王の間で見た、無残で無様な牝の姿だった。

あの時と同じだった。オークに両膝を抱きかかえられ胸板に背を預け、大股開きで犯されよがっている。何者かに見せつけるように膣孔を突き出しずぼずぼと激しく貫かれている。

変調をきたしていったのか、元に戻したはずの肉体が以前と同様、いやそれ以上に卑猥なものとなっている。胎児一人分はあろうかという超爆乳、太腿など各所に見られる贅肉らしきたるんだ肉。色気を通り越しもはや堕肉とでも呼べる身体つきは、一見して人外の領域へと達していた。

そして何よりも大きな変調、それは盛大に膨れ上がった、妊娠後期のボテ腹であった。

（く、クー姉……こん、なぁ……!?）

我が目で見ているも同然のアレックスは遠く屋敷にて慄き震える。

それと知ってか知らずか、オークの王は披露するかのごとく犯し、下からずんずんと勢い良く妊娠膣孔を巨根で抉っていく。あたかも何者かの視線を察知しているかのように。

「おおう、相変わらず柔らかくて良く締まる牝マンコだ、ヒダというヒダがぬるぬるとしゃぶってきおる。さすが我が牝奴隷、我が子の母体だ！」

「あぁありがどうございましゅう、エローナは、エローナはじあわぜでずううう❤❤」

対する彼女は身も世もなく喘ぎ、オークの太い首を頭上に抱えてボテ腹を揺すってよがっていく。ふたつの超爆乳とびんびんに勃起した卑猥なクリトリス、その三つも激しく振り乱し蜜汁をどばどばと散らして高まっていく。アレックスには分かった。自分の前では見せたことがないほど彼女は感じイキまくっている、滂沱の官能に酔い痴れている。狂気の快楽に支配されている。

「おほおおまだイグぅ、イギまずうゲルドしゃまぁあ!!　——おぐっ!?　しぃ、子宮ぅ、入り口膨らみゅうぅ、ぢんぽ入ってりゅまんごもッ、おおお!?」

「そうかそうか、そろそろか！　いいぞ、ひり出せ！　我が第一子を産むのだ！」

「おごおおッおおおほおおおおい゛い゛!?」

「そら、抜いて通りを良くしてやったぞ！　さあ産め！　盛大にな！」

（だめだ、だめだだめだだめだだめだっ、やめてくれクー姉っっっ!!）

悲鳴じみた声をあげつつも瞳を裏返らせ歓喜する彼女に、アレックスは声なき絶叫を投

げかけた。

「あぁあゔうう産まれりゅううう!!　ハヒッハヒッ、ゲルド様と私のぉ、愛のっっ、結晶おおおおおおおおお♥♥♥」

（ッッッ～～～～～!!）

なれど現実はどこまでも容赦なく。魂からの絶叫も虚しく。

妻であったはずの愛する女性は、聞くに堪えない破水音を立て、

「んギッあぁあぁあぁあぁあぁあ♥♥♥」

――ずりゅんっ!!　プシャアアアアアアア!!

とうとう呪われし亜人の子を、その胎より産み落とした。

「おお……成功だ！　ついに産まれたのだ、研究の成果が！」

産まれ落ちた我が子を、殊の外大事そうに抱き上げると、オークの王は見るからに深い感慨に耽った。

「見ろ、この美しい姿形を。オークやゴブリンとは明らかに違う。かつて我々の先祖たるエルフ種が穢れ、オーク種に堕ちる前の姿……本来の姿と力を取り戻したのだ……!!」

意味の分からぬことをゲルドロリックスなる亜人は語ったが、産まれた子が普通でないことはアレックスとてひと目で知った。

人の姿に限りなく近い、浅黒い肌を持つ桜色の髪の赤子。美しい。女の子だ。現時点ですら母の面影がある。将来は並々ならぬ美貌を持つに違いない。

人と異なるのは長く尖った耳であった。オークも尖った耳を持つが、それとは雰囲気が違う。そもそもオークとの類似点など耳と若干の肌の色くらいだった。

(クー姉……そんな……俺以外の奴の子を産むなんてっ……!!)

オーク種でないのは奇妙と言えば奇妙ではあった。元来オークに孕まされた女は同じオークしか産まない。それがなぜ違うのか。肌の色以外は伝承にあるエルフ種に近いのか。

そんなことはどうでも良かった。牡にとって自分の番《つがい》を他の牡に孕まされるということは、完全に奪われたことを指し示す、何よりの証拠と言えるのだ。

「よくやったぞ、エローナ」

「はぁはぁ、あ……あ……ありがとうございます、ゲルド様ぁ……♥」

お産を終えた直後にもかかわらず彼女に限界の気配は見えない。生来の頑強さもさることながら変調をきたした肉体がそうさせるのだろう。

産まれた我が子を愛おしげに胸に抱き、早速乳を飲ませてやりながらエローナは亜人に微笑みかけた。

「さて、早速名をつけてやらねばな」

「ぐぶぶぅ……♥　もう決めてるんです。私と貴方の名を取って……――ディアドロ、と」

「くく、良い名だ」

そして二人は大切な我が子を前にしたまま、その場で再びセックスという名の繁殖行動を始めた。

「さあ、すぐに二人目を孕ませてやろう。この子も含め、これからお前が産む子供たちこそが楽園を作る鍵となるのだ」

「あん♥　嬉しい……♥♥　アレクなんてあんなに中出ししても妊娠させてくれなかったのに、さすがゲルド様♥♥」

（ツッ〜〜〜ぐ、ぐぐ、ぐぅう……‼）

お産直後の肉孔を犯す、勝者たる黒きオークの王。

授乳をやめぬまま腰をくねらす、美しくも淫らな堕落せし牝騎士。

もはや見ていられなくなり、術を解いたアレックスは、人生最大の屈辱に打ち震え、目の前にあった妻の肖像画にダンッ！　と拳を叩きつけた。

「ふざけるなぁっ‼　ずっと好きだったんだ、ずっと……子供の頃からっ！　だから追いかけて、命を削ってまで助け出したのに……！」

愛深きゆえに裏切りへの対価は憎悪と罵詈雑言となった。いかな苦難も耐え忍び乗り越えた先にあったのが、これだ。やりきれないとはまさにこのことだ。

「オークのチンポなんかに堕とされて……このっ、売女《ばいた》めっっ‼」

クー……姉……クー姉……。

やがて怨嗟《えんさ》の言葉は、すべてに敗れた者のみが出せる、深き慟哭へと変わっていった……。

※

「――ム」

　ざあっ、と。風の流れる葉擦れの音に、ゲルドロリックスは耳を傾けた。

「どうしました？　ゲルド様」

　汚濁まみれで我が子に乳をやるエローナが、不思議そうに聞いてくる。

　ゲルドロリックスは寝台に座ったまま窓の外を眺め、ぽつりと言った。

「いや……あの小僧の声が聞こえた気がしてな。泣き咽《むせ》ぶ慟哭の声が」

　そうですか、と彼女は呟き、それきり興味を失《な》くした様子で赤子をまたあやし始める。

　小僧への思慕が消えたというわけではあるまい。それ以上のものがここにあり関心の埒外となっただけだ。より美味な食事にありつけたとて過去の好物が嫌いになるというものでもあるまい。

（あの小僧を手駒に出来なかったのは今でも多少悔やまれるが……まあ良い。所詮は少々使える程度の人間の牡にすぎん）

　ゲルドロリックスは煙管片手に内心のみで独り言ちる。

　人間――その存在の、なんと厄介で面白きことか。人がおらねば今あるこの苦労も、覇道への展望もなかったろうに。

　人は知らぬ。遥かな上位種たるエルフたちが何故この世界を去ったのか。現世たる現界を見捨て、幻たる精霊界へと戻ったのか。

　そも自分たち亜人種は、元々はエルフであった。美しい容姿を持ち、優れた魔力と叡智とを兼ね備えた、神に選ばれし存在であった。

彼らの庇護と恩恵あってこそ人も獣も繁栄し生き永らえたのは確実。人が扱う魔法も技術も、すべてはエルフが与えたもうたもの。

そしてエルフ種が世を去る原因を作ったのも、他ならぬ人間種であった。

今となっては真偽のほどは定かでないが、当時の人間種の女がエルフの男を誘惑したことが発端とされている。姿形が近いゆえか、見目麗しいエルフの男を見て己を抑えきれなかったのだろう。どうあれ両者は一時とはいえ肉と肉とで交わった。

それを皮切りとし人間の男どももエルフの女に手を出し始めた。言うまでもないが能力差は歴然で、襲い掛かった男どもは敢え無く返り討ちとなった。

が、この行動がエルフ種にも、なんらかの好奇心を抱かせたのは間違いなかろう。エルフの女の一部もまた人間の男を受け入れた。セックスなるものに魅せられたのかもしれない。その結果エルフと人間との混血児が世に誕生していったのだという。

(コルヴィア王国の王族も、恐らくはその子孫……エルフから国を受け継いだとされるのも、あながち作り話とは言えんかもな)

王族の魔力が優れているのもそれが原因だろう。血族間で婚姻を重ねてきた家系だ、血が薄まることもなかったのか。その意味では王族とは大罪人の末裔とも言える。

なんにせよ両種は一時とはいえ肉欲を享受しあった。

そして、それが原因で悲劇は起こった。崇高であったエルフらの中に堕落する者が現れ始めたのだ。浅黒い肌持つそのエルフらはダークエルフと呼称され、肌白きエルフらは穢れの具現として彼らを忌み嫌った。

　そのダークエルフが欲を貪りさらに堕落を重ねた末、誕生したのが――亜人。オークやゴブリンであるという。

　つまり人が忌み嫌う亜人は、元は崇めるべきエルフであったのだ。

　エルフらが彼らを嫌い排斥を試みたとてなんの不思議があろう。魔力も知性も品性も失くした醜きデミヒューマン。エルフらにとってそれは大いなる汚点であったに違いない。

　純粋なエルフと、ダークエルフおよび亜人、両陣営は反目し争った。片や汚点を消し去らんと、片や野望に燃え覇を唱えんと。

　結果、知恵なき亜人たちを除《のぞ》き、ダークエルフらは消え去ったという。

　しかしエルフらは汚点を生み出す温床として物質《からだ》というものをも疎んじるようになった。精霊に近い存在である彼らは精神面の影響を受けやすく、欲に駆られたがため肉体までも変質したのだと。

　これ以上汚点を産むわけにはいかぬ、そう断じ肉体を捨て、エルフらは現界を離れ精霊界へと戻っていった。

　そうして現界に残されたのが、人間種および亜人種というわけだ。

　亜人が同族で子を成さぬ理由も、この一連の争乱に含まれる。野に放たれた彼らは本能的にエルフへの回帰を求め、姿形の似た人間を襲い子を成そうとしたのだ。同じ醜き同族

間では不可能なことを本能として理解していたのは間違いない
　長き彷徨と飽くなき探求によりそれらを知ったゲルドロリックスは、太古の栄光を取り戻すべく行動を開始した。かつての美しき姿を、力と叡智を再び得るまで。永劫を生きる不死の存在へと昇華するまで。先祖たちが成し得なかった究極の覇道を完遂させるまで。彼の旅路が終わることはないのである。

「……ぐぶぶ。厄災を生み出した当の人間がその厄災に呑まれる……なかなか笑える話だとは思わんか？　エローナよ」

　ゲルドロリックスは回顧に耽った思考を打ち切り、ギシッと寝台から腰をあげた。

「そろそろ行くとしよう。お前のおかげで傷も癒えた。まだまだ忙しくなるぞ」

「はい、悦んで、ゲルド様♪」

　すやすやと眠る我が子を胸に抱きエローナが小走りに後ろをついてくる。

　生まれ落ちた我が子。美しき容姿を持つ浅黒い肌。先祖返り。ダークエルフ。

　この娘こそが続く覇道の鍵となろう。

　オークの王はグブブとまた笑い、小さな村の小さな屋敷をドアを開け放ち後にした。

「野望の完遂にはまだ知識が足りん。さらなる叡智が必要だ。兵力を蓄え、下準備を整え――遺跡を目指す。魔王とやらが築いたという、千年封じられてきたダンジョンへ」

　深い森の奥へと消えていく、人ならざる者どもの背中。

　それは新たな地にて繰り広げられる、次なる陵辱劇の始まりの狼煙でもあった。

あとがき

山田ゴゴゴ

それは日頃の不摂生を心配され、担当さんと仲良く健康診断に行った後の事。打ち合わせと言う名のダべりの最中に、思いつきをアレコレ話してたのが発端でした。

山田「エローナ続編出すに辺り、小説版とかも一緒に出すとかどーでしょう？」

担当「いいですね」

山田「……え？」

数日後
担当「オッケーでました！」

山田「マジですか!?」

と、あれよあれよと話が進んだのでした。キルタイムさんフットワークが軽い！

自分の考えた話を人様の手から読むのは、とても新鮮で面白い体験でした！

素人があーだこーだと原作者の肩書に物を言わせ、面倒くさい注文をしてしまいましたが、すべてを受け入れて書ききっていただいた089タロー先生に改めて感謝を！

そんな感じで、2章も後書き作成中の現在、鋭意製作中です。程なくそちらもお見せできると思いますので、どうぞお楽しみに！

今後しばらくエローナシリーズ続くと思います、是非是非応援よろしくお願いします!!

あとがき

089タロー

今回は二次元ドリームノベルズにて、ノベライズをやらせていただきました。ご覧いただけると感謝感激の嵐です。

実は本レーベルでの単行本は、今回が初めてとなります。短編小説や企画ものはいくつかやらせていただきましたが単独での文庫化はこれが初です。

決してお話が無かったわけではありません。単純に実力不足、構成力不足の結果です。「枠開けられるけどやってみる？」「すいません良い案ないです」という具合でして。

短編なら多少は考えつくのに長編となるとどうしていいやら分からないという、まったくもって情けない話です。先人方の偉大さを改めて痛感しました。

で、今作の話。別レーベルにていくつかノベライズをやっていたところ、今度はドリームノベルズにてどうかというお話をいただきました。「初めてだし大丈夫かな？」と不安はありましたが、ノベライズだけなら経験済みですし、やってみようと決めました。

というわけで取り掛かってはみたのですが、意外な問題点にぶち当たりました。原作の完成度が非常に高くて、独自要素を入れる余地をほとんど見つけられなかったのです。

言い訳させてもらいますと、私はノベライズにあたっては原作準拠でいきたい派です。独自路線も嫌いではありませんが、同じ内容であったとしても漫画には漫画の面白さが、小説には小説の面白さが、それぞれ別であると思うし、それを描きたいと考えてます。

生意気なことを言っちゃってますが、そんな風に思ったきっかけは昔読んだラノベにありります。近年二度目のアニメ化に恵まれた某魔術士モノです。

ぶっちゃけこの作品、アニメには向いてない気がします。作品自体はものすごく面白い。でも絵で表現するのは難しい。実際に見てそう感じました。

これを書いた方はきっと、小説が大好きなんだと思います。小説が好きで小説が書きたい。小説好きな人にこそ読んでもらいたい。小説ならではの面白さを出したい。だからアニメ向きでなくてもいいんです。小説好きが小説好きのために作った作品なのですから。

全部憶測ですけど私はそうじゃないかと思ってます。ほんと尊敬して止みません。この方の書いた作品はみんなどれも大好きです。

とまあ、そんなわけでして、本作でも同じように小説ならではの良さを出せればなあ、なんて考えながら書きました。

ともあれ原作はほんと面白いです。あとは原作補完もできればいいな、とか。

完成度も高くて「別にノベライズしなくてもいいのでは？」と思ったりするくらい。裏設定とかも作り込まれてて、そういうの好きな自分は「すごい！」を連呼してました。

なので、サクッと読んでスッキリ（笑）したい人は原作読んでもらえるといいかもです。「もっと細かく知りたいんじゃあ～」「活字で○きたいんじゃあ～」という方はこちらをということで。そういう住み分けができるといいなって思います。

エローナ
オークの淫紋に侵された女騎士の末路 THE NOVEL

2020年6月4日　初版発行

【著者】
089タロー

【原作】
山田ゴゴゴ

【発行人】
岡田英健

【編集】
平野貴義

【装丁】
マイクロハウス

【印刷所】
図書印刷株式会社

【発行】
株式会社キルタイムコミュニケーション
〒104-0041　東京都中央区新富1-3-7ヨドコウビル
編集部　TEL03-3551-6147／FAX03-3551-6146
販売部　TEL03-3555-3431／FAX03-3551-1208

禁無断転載 ISBN978-4-7992-1368-1　C0293

本作品のご意見、ご感想をお待ちしております

本作品のご意見、ご感想、読んでみたいお話、シチュエーションなどどしどしお書きください！
読者の皆様の声を参考にさせていただきたいと思います。手紙・ハガキの場合は裏面に
作品タイトルを明記の上、お寄せください。

◎アンケートフォーム◎　**http://ktcom.jp/goiken/**

◎手紙・ハガキの宛先◎
〒104-0041 東京都中央区新富 1-3-7 ヨドコウビル
(株)キルタイムコミュニケーション　二次元ドリームノベルズ感想係